王立騎士団の花形職

~転移先で授かったのは、聖獣に愛される規格外な魔力と供給スキルでした~

2

登場人物紹介
Characters
天竜
伝説の生物。本人も忘れるくらい長い時を生きている。ひょんなことからハルカたちの前に姿を現す。
ユーリ
正式名はユーリティウスヴェルティ。毛色から月白の銀狼とも呼ばれ、聖獣として畏怖される存在。ハルカを気に入っている。
ラジアス
穏やかな美青年で王立騎士団第二部隊副隊長を務める。ハルカの一番の理解者。最近ハルカへの好意を自覚したばかり。
ハルカ
異世界転移で特殊な魔力を手にした本作の主人公。持ち前の根性と明るさで新しい世界にて奮闘中。ラジアスのことが好き。

貴族風の男
とある国の貴族と思しき男。流民であるハルカに異常な執着を見せる。
謎の宝石商
とある国の商人と思しき男。表向きは宝石商だが、報酬さえもらえれば汚い仕事も請け負う裏の顔がある。
フィアラ
スイーズ伯爵令嬢。華奢で庇護欲をそそる可愛らしい少女だが、実はかなりの猫かぶり。ハルカを目の敵にしている。
ダントン
魔導師長。ハルカが来るまではこの国一番の魔力量を誇っていた。国一番の魔法の使い手。ハルカの魔法の師匠でもある。

Contents

王立騎士団の花形職 2

Ouritsukishidan no Hanagatashoku.

転移先で授かったのは、聖獣に愛される規格外な魔力と供給スキルでした

プロローグ

「見つかった？　本当に？」

上質な服に身を包んだ貴族風の男が商人風の男に問いかけた。

「はい。隣国レンバックの王城にて特殊な魔力を持った流民《りゅうみん》として国に保護されているようです」

「人違いということは？」

「流民が現れた時期からしてもそれはないかと。何よりその流民は、この国や周辺国では珍しい黒髪黒目の持ち主だということです」

「そうか」

目の前の男の話を聞いて貴族風の男は口角を上げた。

ずっと捜していたものがようやく見つかったのだ。しかも隣国。すぐにでも迎えに行ける距離だ。

「だが国が保護しているというのは、少々厄介だね……」

しかも特殊な魔力を持っているということが本当なら、レンバック王国がその流民を手放すとは考えづらい。

事情を知らない彼《か》の国からすれば、真正面から流民を引き渡してほしいと頼んだところで到底叶わない願いに決まっている。ただ流民に会わせてほしいと言っても、それすら難しいかもしれない。

「さて、どうしたものか」

自分の正体を明かさず、全て秘密裏に目的を完遂《かんすい》することが望ましい。なぜと問われれば後ろ暗いことしか出てこないのだから。

「王城とはなんとまあ手の出しづらい所に……まあ特殊な魔力があるというならそれも当然か」

城壁の外で生活しているなら接触は容易だろうが、王城内となればそうはいかない。

「まずはレンバック王城内に出入りできる者との繋《つな》がりを持つ必要があるね」

可能ならば、そう。流民の出現により不利益を被《こうむ》る者、現状に不満を持っている自尊心の高い貴族などが望ましい。

（はたしてそんなに都合の良い者がいるかどうか）

腕を組んで思案する男に、商人風の男が声をかける。

「お望みの人物、私からご提案させていただいても？」

「ほう？　どんな者か教えてくれるかい？」

聞かれた男はにやりと笑みを浮かべた。

「大した頭もないのに自尊心が高く、レンバック王国においては珍しい聖獣を重んじていない貴族です。流民の出現により、所領の事業が落ち込んでいくことが予想されています。それ故、流民に対して良い感情は持っていないと思われます。しかもこの者は金に汚く、平民は自分の金を生むための道具としか見ていません。非常に扱いやすい人物かと」

「なるほどね」

まさに自分の望む人物だと貴族風の男は満足そうに微笑《ほほえ》んだ。あらかじめ用意してあったような答えに、付き合いが長いだけあって自分の考えをよく理解していると感心する。

「お前たちはその者との繋がりはあるのかい？」

「ええ。非常に良いお客様でしたので」

「そうかい」

過去形ということは、これから自分の起こす行動で失ったとしても構わないということだと理解した。

「十分な報酬を用意しよう。もう少し働いてくれるかな？」

「お任せください」

その答えに頷《うなず》いた貴族風の男はさらさらと迷いなく筆を進め、一通の手紙を認《したた》めた。

「これをその者に。この屋敷に招くまでは私の名は伏せておくれ」

手紙を受け取った商人風の男は当然とばかりに笑みを浮かべて部屋から出て行った。それを見送った男は窓辺に立ち、屋敷から去って行く商人用の馬車を見ながら呟《つぶや》いた。

「もうすぐだ。もうすぐ君に会えるのだね。楽しみだ。――さて、全てが上手くいくように願うとするか」

そう呟いた男の顔にはなんとも言えない歪《ゆが》んだ笑みが浮かんでいた――。

一章　伝説の生物

　ある日執務室でいつも通り手伝いをしていると、ジェシーさんがやってきた。

「お仕事中に申し訳ありません。魔導師長様がハルカに至急森へ来てほしいとのことです」

「先生が？」

「ええ。聖獣様がおみえになっているそうなの」

「ユーリが？　何かあったんでしょうか？」

　今までユーリのほうから呼ばれることなどなかったので、何事かと不安に思う。

「とにかく行ってみます」

「俺も一緒に行こう」

　私の不安を察してか、ラジアス様が同行してくれることになった。私たちが急いで森に行くと、ダントン先生とユーリが待っていた。

「ああ、急に呼び出してしまってすまないね」

「いえ、大丈夫です。それよりも何かあったんですか？」

　私がそう尋ねるとユーリが何かを私に放ってよこした。

「え？　うわっ……びっくりした。何これ？」

　私に投げ渡されたのは直径五センチメートルほどの真っ白な小さい毛玉のようなものだった。摘まみ上げてしげしげと見ていると、ぱっとつぶらな二つの瞳が開かれた。

「うわぁっ！」

驚き、思わず落としそうになったその毛玉を今度は手の平で受け止める。すると毛玉はふるふると動き出し「キュッ、キュウ～」と鳴きはじめた。

「え？　本当にこれ何？　生き物？」

「なんだこれは？」

ラジアス様と顔を見合わせる。ラジアス様もこれが何かわからないようだ。

「先生。これはいったい」

「私にもよくわからないのだが、どうやら魔力持ちの生き物らしいんだ。そうですよね？　聖獣様」

『うむ。紅鳥《べにどり》に喰われそうになっていたから救出した』

「そうなの？」

「紅鳥？」

「ハルカは見たことがないか？　これくらいの紅《あか》い鳥だ」

ラジアス様が手で大きさを教えてくれる。見たことないな。

『獲物として襲われたのだろうが……紅鳥には悪いが貴重な魔力持ちだからな』

「そうなんだ。で、この子なんなの？」

『わからん』

「え？　わからないの？」

『おそらく何かの幼体だろうが、幼すぎて言葉が喋れないどころか意思の疎通もままならん。だからお前を呼んだのだ』

「えーっと、つまり？」

私はダントン先生を見る。すると彼は一度頷いて言った。

「光珠《こうじゅ》を与えて成長を促《うなが》してみよう」

「大丈夫なんですか？」

正体不明の魔力持ちに光珠を与えるのは危険なことなのではないだろうか。

「問題ないと陛下は判断された。一度光珠を与えたくらいなら聖獣様以上の力を得ることはまずないだろうとね」

『私に敵意を向けてくるようなら始末するだけだ』

「は？　嘘でしょ？　魔力持ちの生き物って貴重なんじゃないの？」

ユーリの言葉に驚く私に、当然のことだと言わんばかりに『危険な者は早いうちに消してしまうのが一番だろう』とユーリは言った。そうなんだけど、そうなんだけどさぁ！　始末するってことは殺すってことでしょう？　うわぁ、嫌だ。見たくないよ、そんなの。知りたくなかった。

私は思わず顔を顰《しか》めたが、隣にいたラジアス様の驚いた様子をみると、ラジアス様ですら知らないことだったようだ。

「これは俺が聞いてもいい話だったのか……？」

「あまり多くの者に知られるのは問題だが、ハルカ嬢にはこれからも光珠を提供してもらうからね。彼女の保護者のような副隊長殿も知っておいたほうがいいと陛下が仰《おっしゃ》ったのだよ。まあ他言無用で頼むよ」

私とラジアス様はお互いを見合って静かに頷いた。

「そんな顔をしなくても大丈夫さ。そんなのは滅多《めった》にないことだ。陛下もそれについてはさほど心配されていないし、『久々の新しい魔力持ちか！　ハルカ嬢の負担にならない程度に成長させてやれ』と明るく仰った」

「……完全に楽しんでますよね？」

私の問いにダントン先生とラジアス様が「まあ、あの陛下だから」と呆《あき》れたように答え、ユーリも同意するかのように頷いた。ユーリにまでそう思われている陛下っていったい。私もとてもお世話になっているし、手腕家《しゅわんか》で民からも慕われている人ではあるが、他にもいろいろな顔があるようだ。

それはさておき、私は手の中の毛玉に目を向ける。ユーリに負けず劣らずのふわふわでもふもふな毛玉は跳ねるように動いている。

「喋れるようになったら名前聞かせてね」

そう話しかければ、それに答えるかのように「キュウキュウ」と鳴いた。うむ、可愛い！　この子ならきっと大丈夫！

「先生、ちょっとこの子お願いしても良いですか？」

光珠を作る間、ダントン先生に預かってもらおうとすると、毛玉は手をするっと抜け出し隣にいたユーリの頭に跳び乗った。

「キュウ、キュウ～」

『……おい』

大きいもふもふの頭にちょこんと乗った小さな毛玉。毛玉はどことなく満足げだが、乗られたユーリのほうは面白くないようだ。私はそれを見て和《なご》み、ラジアス様は「ずいぶん懐かれているんだな」と笑いを堪《こら》えている。

「おやおや、最初に助けたのが聖獣様だからでしょうかね」

『はあ……もう何でも良いから早く光珠をよこせ』

「はーい」

ユーリにせっつかれて、私は光珠を作成する体勢に入る。とは言ってもそんな仰々《ぎょうぎょう》しいものではないのだけれど。

姿勢を正し、足は肩幅に開き両手の平を胸から拳二つ分ほど離したところで重ね合わせる。いろいろ試してみたがこの体勢が一番集中できるのだ。作るのは毛玉でも飲めそうな極々小さい光珠。

一度身体《からだ》の空気を全て出すように深く息を吐き、合わせた手の中に魔力を集中させると途端に手の中に温かさを感じはじめる。

少し離れたところではラジアス様とダントン先生が見守っていた。


「先ほど魔導師長が展開した魔法は？」

光珠を作る動作に入ったハルカを眺めながら、俺は先ほどから気になっていたことを魔導師長に聞く。あまりにも自然な動作だったので見逃すところだった。

「おや、気づいていたのかい？　さすがは副隊長殿だ。ここまで探りに来る者もいないとは思うが、聖獣様への魔力の供給方法も光珠の作り方もまだ公《おおやけ》にしていないからね。ちょっとした目隠しだよ」

「杖で地面を叩いただけで……恐れ入ります」

「これでも魔法機関の長だからね。気が付いただけで副隊長殿も十分すごいさ。ハルカ嬢はきっと気が付いていないと思うよ。魔力は高いんだがその辺はまだまだだからね」

そう言った魔導師長の視線の先には集中しているハルカがいる。

「副隊長殿は光珠作りを見るのは初めてかな？」

「はい。話には聞いたことがありますが、実際目にしたことはありません」

「あれは面白い。私がハルカ嬢と同じようにやっても光珠を作り出すことは不可能だった。そもそもあのように魔力が目に見えているということも不思議でならん」

ハルカの手を中心に白く輝くような光が見える。通常魔力は目には見えないものだ。魔導師長ですらあのような現象は起きないのだと言う。

「保有魔力量もさることながら、魔力の濃度にもよるのだろう。あれを見て副隊長殿はどう思う？」

「どう、と言われましても……」

いきなり何を聞かれているのだろうと思いながらも俺は視線を隣の魔導師長からハルカに移す。

ハルカの手から漏れ出る淡く白い光は傍《そば》にいなくても木漏れ日のような温かさを感じる。まるでハルカの人柄を表しているようだ。

「そうですね……。少し気恥ずかしい言い方をするなら、《美しい》でしょうか」

「ほう。なぜかな？」

「なぜとは、また難しい質問ですね。感覚的にそう思ったというのが一番正しいですが……。あえて言葉にするなら、あの魔力をどこか神聖に感じる自分がいるからですかね」

そしてその魔力を発しているのが他でもないハルカだから、である。

「私に魔力を供給してくれた時も思いましたが、彼女の魔力は温かく包み込むようで、魔力だけでなく心も満たされるような不思議な感覚になります」

ハルカの魔力によるものなのか、はたまた俺がハルカを好いているからなのかはわからない。けれど本当にそう感じるのだ。

「ふむ、なるほど。しかし……私は今惚気《のろけ》られているのだろうか」

思わぬ言葉に、俺はハルカに向けていた視線を顔ごと隣にいる魔導師長に向けた。

「は？　の、のろ……いや！　そのような話では……」

惚気たつもりなど微塵もなかったが、魔導師長は慌てる俺を見てくつくつと笑った。

「まあまあ。兎《と》にも角《かく》にもハルカ嬢が信頼しているのが副隊長殿のような人間で安心だ。ハルカ嬢が一人で対処できないようなことが起きた時はよろしく頼むよ」

「は、はあ」

『貴様はハルカの親か何かか……』

それまで黙っていたユーリがのそのそとやってきたと思えば魔導師長にはそう言い、俺には『なぜ顔を赤くしている』と言った。

「できました！　この子用にいつもより少し小さい物を二つ用意してみたんですけど……あれ？

ラジアス様なんか顔赤くないですか？」

「気のせいだ。気にするな」

『そんなことよりも早くそれをよこせ。こいつがさっきからずっとそわそわしているのだ』

ユーリにこいつと呼ばれた毛玉は嬉しそうに跳ねて私の腕に飛び移り、そのまま手の平に収まった。可愛い……！

「これ欲しい？」

「キュッ、キュウキュウ〜」

「これは、言葉が通じなくとも欲しがっているのがよくわかるね」

『幼くとも魔力持ちだからな。光珠の美味《うま》そうな匂いはわかるのだろう』

「そういうものなのか」

手の平の上でピョンピョンと忙《せわ》しなく跳ねる毛玉の前に、小豆《あずき》大ほどの光珠を二つ転がしてやる。するとあっという間に二つとも飲み込んでしまった。

「え⁉　いっきにいくの？　大丈夫？」

私の心配をよそに、光珠が美味《おい》しかったのか毛玉は嬉しそうに跳ねた。そして、ユーリの時と同じように毛玉が白く輝きだした。

それが治まると、手の中の毛玉は光る前より少し大きくなっていた。

「なんだか、少し大きくなったか？」

ラジアス様も同じように思ったらしい。みんなで毛玉を覗《のぞ》きこめばくりくりとした二つの瞳と目が合った。

『ふむ。美味なり！』

「毛玉が喋った！」

『人間！　我《われ》は毛玉ではないわ』

そう言うと毛玉はボンッと音を立てて煙に包まれた。モクモクとした煙が消えた後には手の平サイズの小さな生き物がいた。

『我の本来の姿はこちらよ』

「か……可愛いっ‼」

ふわふわの白い毛を纏《まと》った、リスのようなトカゲのような、でも羽があるから鳥のような、とにかく見たこともない生き物がそこにはいた。

（なにこれ⁉　なにこれー‼　めっちゃ可愛い！）

見た目で判断するのは良くないけれど、絶対に敵意はないと思う。可愛さしか感じない。全力で頬ずりしたい。しないけど。

あまりの可愛さに感動する私の傍で、ユーリが珍しく驚きに目を見開いていた。

『これは……驚いたな』

「聖獣様はこの魔力持ちの正体がおわかりなのですか？」

『おそらくだが、ザザ山に住む天竜……だと思う。とりあえず敵意は感じられない』

今、竜と言ったか。ファンタジーの世界によくいるドラゴンのことか。驚いてユーリに聞こうとした私の声はラジアス様と先生の声にかき消された。

「天竜⁉　あの、あの天竜か⁉」

「天竜ですと⁉　あの天候さえも操ると言われている伝説の⁉」

『おそらく……。私も成体しか見たことがないから断言はできぬがな』

ラジアス様と先生は口を開いたまま唖然《あぜん》とした表情で先ほどまで毛玉だったものを見つめている。この二人がここまで驚くということは相当レアな生き物なのだろう。

『はて？　おぬしとは会ったことがあったか？　……む、やはりまだ力が足りぬようだ』

ボンッ！　またしても天竜？　は煙に包まれた。そして煙が消え去った後にいたのは先ほどと同じ白い毛玉だった。

「あれ？　元に戻っちゃった」

『あの姿は疲れる。今はこちらのほうが楽だ』

「そっかー。さっきの姿も可愛いけどこっちの姿も可愛いね」

『我が可愛いとな？　うむ、まだこの大きさではそう言われても仕方あるまい』

「可愛いって言われるのは嫌？」

『いや、おぬしの言葉に悪意は感じられぬから問題ない。先ほどの魔力も実に美味であった。礼を言う』

毛玉はちょこんとお辞儀のような動作をした。

（くう！　可愛い‼）

溢《あふ》れる気持ちを抑えて、私に跳び乗った毛玉を撫でていると、未《いま》だ信じられないものを見るように立ち尽くしている二人を尾で叩きながらユーリが毛玉に話しかけた。

『おい、名はなんという』

『名前？　我に名などない』

『名付けてもらってもいないのか……そもそもなぜ幼体のお前が紅鳥なんぞに捕まっているのだ。親はどうした』

『うん？　可笑《おか》しなことを言う。我に親などいない。我は常に我であり、他の何者も我にはなりえないのだ』

もう言っていることが理解できない。ユーリにどういうことかと視線を送れば、ユーリもまた考えるような素振りを見せていた。

『せっかく久方ぶりに外の世界に出たというのに……紅鳥なんぞに捕まるとは我も腑抜《ふぬ》けたものよのう。己が情けないわ。あのまま喰われていても死ぬのは紅鳥のほうであっただろうが、消化液まみれになるのは嫌だからな。助かったぞ、白いの』

毛玉はそう言うと再びユーリに跳び移って後頭部のもふもふの毛の中で跳ねた。

『おいっ、やめんか！』

もちろん毛玉は言うことを聞かない。

『はあ……なんだかハルカと似ているな』

「え？　どこが？」

「言われてみればユーリを撫で回している時のハルカに似ていなくもないな」

「怖いもの知らずというか、なんというか。というより私はまだ状況が飲み込めないのだがねえ」

いつの間にか復活していたラジアス様とダントン先生にも肯定されたけれど、納得いかないんですが。私はもっと落ち着いていると思う。

心の中で反論していると、毛玉が『ハルカとはおぬしのことか？』と聞いてきた。

「そっか。まだ自己紹介してなかったね。私がハルカだよ。で、白い大きいのがユーリティウスヴェルティ。私はユーリって呼んでる」

『お前、私の名前を言えるようになったのか』

ユーリが驚いたように私を見た。

「さすがに今はね。ちゃんと呼んだほうがいいかな？」

『ふん……今さらだろう』

「ふふ、だよね。ありがとう」

言えるようにはなったが、やっぱり長すぎる名前は舌を噛みそうだからお許しが出て良かった。

毛玉は考え込むように『ユーリ……ユーリ……』とブツブツと言っている。そしてはっと思い出したように言った。

『おお！　もしやおぬし、月白《げっぱく》のか！　おぬしと会ったのはずいぶんと前だったと思うが、小僧が立派になったものだ』

「あれ？　やっぱりユーリ知り合い？」

『私が知っているのは成体の天竜だ。これに会うのは初めてのはずだが』

『阿呆《あほう》が。その成体が我だと言うておるのだ』

『どういうことだ?』

『どうもこうも、先ほども言ったように我は我以外にはおらぬ。以前の身体がだいぶ老いたものだから生まれ直したのだ』

ここまで聞いて、私の頭はパンクした。生まれ変わる、ではなく生まれ直す? 成体も幼体も同じ天竜? 疑問しかない。わけがわからなくなっていたのは私だけではなかったらしく、ユーリもラジアス様もダントン先生も、みんな揃って天竜に説明を求めた。


天竜曰《いわ》く、天竜は普通の動物が何らかの突然変異で魔力持ちとして生まれるのとはわけが違う。天竜という存在はこの世に自分しかいない。

とてつもなく長い時を生き、身体が衰えたらば生まれ直しの時期なのだと感覚的にわかるそうだ。そうなると住処《すみか》であるザザ山の山頂にある泉に身を沈める。深い泉に飲み込まれていく過程で眠りにつくように意識が薄れ、気が付いた時には泉の底で薄い繭《まゆ》に覆われた状態でいるというのだ。

目が覚めた時にはすでに幼体に戻っており、そこからまた長い年月をかけ魔素を取り込み成体になっていくのだという。

『新しい身体になっても我は我であるから、もちろん前の身体であった時の記憶も残っておる。以前おぬしに会ったのは先代が生きておった時だったか?』

小さな毛玉という身体と可愛い声に似合わない古風な話し方はこれが理由だったようだ。私たちには想像もできない長い年月を生きているのだろう。

『紅鳥に山から離された時はどうしたものかと焦《あせ》ったが……こうも早く昔馴染《なじ》みに会えるとはのう。あの紅鳥に感謝せねばならんな。しかもそこの娘、ハルカと言ったか。かの人間と同じ力を持った者に会えるとは……今世の我もなかなかについておる』

『ならばお前は本当にあの天竜なのか？』

『まだ信じられんか？　そうさな、以前おぬしと会った時危うく潰しかけたと言えば信じてもらえるか？』

その答えを聞いてユーリはとても嫌そうな顔をした後、『これは間違いなく天竜だ』と言った。

どういうことかと話を聞けば、以前会った時に天竜がユーリを撫でようとして、力加減を誤り危うく押し潰されそうになったということだった。

『私はあの時死にかけた』

『あの時も久しく他の者に会っていなかったのでなあ。加減を間違えたのだ、すまなかった』

ユーリを潰せるほどの力、恐ろしい。今はこんなに小さくて可愛いのに、やはりドラゴンの名は伊達《だて》じゃない。

天竜たちが話しているのを黙って聞いていたダントン先生がすっと手を挙げた。

『なんだ、人間』

「お話し中失礼いたします。この国の魔導師のダントン・ルースと申します。少しお話を伺《うかが》ってもよろしいですか？」

『なんだ？　言ってみろ』

「天竜様はこの後どうなさるのでしょうか？　住処であるザザ山にお戻りになるのですか？」

そうか。先ほど住処はザザ山だと言っていた。天竜は本来ならこんなところで出会うはずもない超レア生物なのだ。

『戻るのなら私が連れて行くこともできるが』

ユーリの提案に天竜は跳ねながら『戻るわけがなかろう』と言った。

『せっかくハルカに出会えたのだ。先ほどはただ美味そうだからとあの珠《たま》を口にしたが、あれは良い。一粒で数年、いや数十年分の魔素といったところか。我はしばらくハルカとともにおることにする』

「え？」

「は？」

「なっ⁉」

『お、人間が揃いも揃って同じ顔をしておるぞ。面白い』

ケタケタと可愛らしい声で笑う天竜に頭を抱えたのはダントン先生だ。

「とんでもないことだ……伝説の生物が……と、とにかく！　早く陛下にこのことをお伝えしなくては。皆様方、しばしここでお待ちいただいてもよろしいですか⁉　いえ、お待ちください！」

そう言うとダントン先生は急いで王城へと駆けて行った。

「行っちゃいましたね……」

「そうだな……。まあ大人しく待っていようか」

『私は帰るぞ』

「おい、今ここで待つように言われただろうが」

『私はそれに対して待つとは言っていない』

「ユーリ〜、天竜様だっているんだよ？」

『私がいたところで何も変わらん。天竜がハルカといると言うのなら、それはもう決定事項だ。だろう？　天竜』

『そうだ。我はハルカとともにおる。おぬしが森に帰るのは止めんが我は山には帰らんぞ？』

『そういうことだ。ではな』

「「あ！」」

ユーリまでもがいなくなった。残された私たちがユーリの走り去ったほうを見ていると、いつの間にか肩に乗っていた天竜が『ハルカ、ハルカ』と私を呼んだ。

「どうされました？」

私は先ほどまでの友達口調を改める。ダントン先生ですら会ったことのなかった伝説の生物、ユーリを押し潰せるほどの力を持った存在の天竜。

話を聞く限り気安く話していい相手ではないと思ったからだ。

『……なんだその話し方は』

「え？」

『先ほどまでの話し方とかなり違うではないか』

毛玉の状態では表情はよくわからないが、明らかにむすっとしている。不満気だ。

「それは、まあ。お話を伺う限り、友人のような話し方をするのはどうかと思いましたので」

『我は先ほどのような話し方のほうが良い。皆堅苦しいのだ。ユーリばかりずるいではないか！』

「そう言われましても……」

『そうか！　ならばおぬしと友になれば良いのだな。うむ。たった今から美味なる珠を我にくれたハルカと我は友である！　さあ、話し方を元に戻せ』

「ええっ？」

いやいやいや。こんな超レア生物と友達とか。ない、ないない。助けを求めるようにラジアス様を見れば、引き攣《つ》った笑みを浮かべながら「すごいなハルカ、天竜と友になるなど信じられない」と言われた。

駄目だ。腰が引けている。このままでは私だけが天竜の友人ポジション確定だ。というより天竜の中では私はすでに友となっている。ならば、あとできることはただ一つ。

私はラジアス様の腕をガシッと掴《つか》んで言った。

「天竜様！　私一人が天竜様の友を名乗るというのはいささか荷が重いというか！　それでですね、もう一人くらい同じような友がいれば私も天竜様の友と名乗りやすいと思うのです！　そのもう一人にこちらのラジアス様を推薦いたします！」

「なっ！」

私はラジアス様を巻き込むことにした。やめろと言う視線を向けてくるラジアス様の腕をさらにぎゅうっと掴む。一人で逃げようったってそうはいかないんだから。

天竜はラジアス様を上から下までしげしげと見ると尊大な態度で話しかけた。

『うむ。ラジアスと言ったか。おぬし人間にしてはなかなか強そうだな』

「い、いえ！　私など天竜様に比べれば、まだまだです」

ラジアス様が天竜を前に緊張でわたわたと挙動不審になった。まず天竜と自分を比べるということ自体がおかしい。言った本人でさえ自分が発した言葉に驚き、しまったというような顔をしている。言われた天竜も若干驚いているように見える。

『くくく……はっはっは！』

「て、天竜様？」

『くく……人間が我と己を比べるか。面白い』

「も、申し訳ありません！」

ラジアス様が慌てて頭を下げる。

『悪くない。へりくだって媚《こび》を売ってくる者よりよほど気持ちが良いわ。そもそも友というのは対等な存在であろう。なあ、ラジアス、ハルカ』

その言葉に頭を上げたラジアス様と顔を見合わせる。天竜は『今日は実に良い日だ。友が二人もできた』と言って嬉しそうに笑った。

それを見て私とラジアス様も諦めたように笑った。こうして私は無事にラジアス様を巻き込むことに成功したのだった。

深緑色のローブを揺らしながら、私は急いで陛下のもとへと向かっていた。魔導師長という地位に就いてからこれほどまでに走ったことはあっただろうか。いや、ない。しかし今はそれほどの緊急事態と言っていい状況だ。

陛下の執務室の前に着くと、乱れた息とローブを整える。扉の横に立つ近衛《このえ》の騎士たちも普段と違う私の様子に困惑気味だ。

執務室に入るとすぐに人払いを願い、事のあらましを説明すればさすがの陛下も驚いたようだった。

「……存在するとは伝え聞いていたが、本当にいたのか。間違いないのか？」

「はい。聖獣様がそう仰いましたので確かかと」

「このことを他に知っている者は？」

「あの場に居合わせたラジアス・ガンテルグ第二部隊副隊長と、ハルカ嬢、聖獣様、そして私以外は誰も」

「そうか。ならば二人には口外を禁じるよう伝えろ。どのような影響があるかわからんからな。天竜にはできるだけこちらの意向に沿ってもらえるよう頼むしかないな」

「かしこまりました」

いくつかの決め事をした後、私はまた森へと急いでいた。はたしてあの天竜という存在がこちらの意を酌《く》んでくれるのかどうか。不安を抱えながら森に戻った私が目にしたのは、とんでもない光景だった。

意味がわからない。天竜が副隊長殿の手により空に向かって思い切り投げられていたのだ。

「副隊長殿は何をしているのだ……！」

慌てて足を速めれば、楽しそうな天竜の声が聞こえてきた。

『ラジアス！　もう一回だ！』

「まだやるのか？　これで本当に最後だぞ」

『ああ、わかったから早くやってくれ』

空へと放られる天竜。遠くから見れば白い球が飛んでいるようにしか見えない。落ちてきた天竜は、それはもう楽しそうにケタケタと笑い声を上げていた。

「ハルカ嬢！　副隊長殿！」

「あ、先生」

「君たちはいったい何をしているのだ！」

「いや、あの天竜がですね……」

『うむ。おぬしを待つ間、我の遊びに付き合ってもらっていたのだ』

「あ、遊び……ですか？」

『この姿ではまだ飛べないのでな。やはり空の広さとは良いものよ。ラジアス、またやってくれ』

楽しそうに話す天竜に「また今度な」と返すガンテルグ副隊長。こののんびりとした空気はなんなのか。私ばかりが焦っているようだな。

「先生？」

「……とりあえず、状況説明を願いたい」

この後ハルカ嬢から私が城に戻っている間の話を聞いたのだが、少し心を整理する時間が欲しいと思った。

天竜と友になったのか、そうか。友になったのだから気安い口調で話せと言われたのか。そうか、そうか……いろいろと現実を受け止めるのに時間がかかるのは私が歳を取ったせいだろうか。少しだけ意識を遠くに飛ばした私を許してほしい。

「先生？　先生？」

「魔導師長？」

「……うん。陛下から言われたことを伝えるよ」

『我はハルカとは離れぬぞ』

天竜はハルカ嬢の肩に乗って改めて言った。こうしているととてもあの伝説の天竜だとは思えないが、聖獣様が言うのだから間違いないのだろう。

「まず副隊長殿とハルカ嬢には、いらぬ混乱を避けるため天竜様に関して口外を禁ずるとのことです」

「「わかりました」」

「そして天竜様におかれましては、こちらで何かを制限するということはございません。ただ、ハルカ嬢は我が国の騎士団に所属しておりまして、生活も騎士団の宿舎でしております。ですのでそこに天竜様もご一緒に、という形になりますがよろしいでしょうか？」

『うむ、我はハルカと一緒ならどこでも良い』

「ありがとうございます」

「そして先ほども申し上げたように、混乱を避けるため天竜様の存在は公にしたくないというのが我々の考えなのですが、ご協力いただけますか？」

『それがハルカとともにいるための条件ならば問題ない』

理解の早い方で助かる。

「でも先生、ずっと一緒にいて周囲に気づかれないようにするというのはなかなか難しく思うのですが」

「そこは副隊長殿にフォローしてもらいつつ頑張りなさい」

「俺ですか？」

「だって副隊長殿も天竜様の友なのだろう？　よろしく頼んだよ」

私もいろいろ忙しい身だしね。ハルカ嬢の近くにいる副隊長のほうが適任だろう。

「ラジアス様って丸投げされ体質なんですねぇ……」

「……うるさい」

私だってできなそうな人に任せたりはしない。彼ならば何かあった時にも対応できるだろうと思っているからこそ任せられるのだ。

『案ずるな。ハルカの住処以外では目立たぬ姿になっていれば良いのだろう？　ぬん！』

天竜はわずかに光ったかと思うと、ボフンという煙とともに初めの時よりもさらに小さな毛玉になっていた。

『このくらいの大きさならハルカの服でもここでも隠れられるのではないか？』

そう言うとハルカ嬢が身に着けていた小さな腰袋の中にすぽんと収まった。たしかにこれなら見つかる心配もなさそうだ。

「大きさ自由に変えられるんだね」

『先ほどの姿以上に大きくなるのは今は無理だが、小さくなる分には可能だ』

ハルカ嬢の言葉に少し自慢気に天竜は答えた。

「では、くれぐれも頼んだよ」

「はい」

「天竜様もよろしくお願いいたします」

『そう心配するな。ああ、聞き忘れておったがあの光珠とやらはハルカからもらうが良いな？　そもそも山に帰らんのはそのためでもあるのだが、ハルカから光珠を勝手に作ることはできないと先ほど聞いたものでな』

ハルカ嬢と目が合うと、彼女は軽く頷いて肯定してみせた。相手が天竜様であってもこちらが決めたことを守るハルカ嬢には好感が持てる。

あっさりと強者に流されるような者ではないとはわかっているが、改めて流民がハルカ嬢であって良かったと思う。

「ええ、構いません。ただ、ハルカ嬢が光珠を作る際には必ずそこのラジアス殿を傍においてください。それと作りすぎると彼女が倒れる可能性があるので、ほどほどでお願いしますね」

『倒れる？　ハルカは虚弱なのか？』

「いえいえ。むしろ普通のご令嬢よりも丈夫です。しかし、光珠作りはかなりの集中力と体力を要するようなので。そこさえ気を付けていれば問題ないかと思います」

『……そうか。では無理はさせないと約束しよう。友が苦しむのは我としても本意ではない』

「俺もハルカが無理しないよう気をつけますので」

「頼んだよ」

「……私ってそんなに信用ないんですか？」

ハルカ嬢がぶすっとした顔で不満を漏らすと、副隊長殿が「お前は頑張りすぎるきらいがあるということだ」と言って諫《いさ》めていた。やはり彼に任せておけば大丈夫そうだ。

「では話も纏まったことだしもう戻っていいよ。急に呼び出したうえ長いこと引き止めて悪かったね」

「いえ。では失礼します」

「失礼します」

副隊長殿に続きハルカ嬢も揃って礼をした。騎士団の宿舎へと帰って行く二人の後ろ姿を見送る。

いろいろと規格外なハルカ嬢には度々《たびたび》驚かされるが、まさか天竜の友になるとは想像できなかった。

聖獣様とも気軽に触れあえることからもわかるように、この世界の感覚とは少しずれているのだろう。ハルカ嬢からすれば、私たちが身構えすぎているように見えるのかもしれないが。

幼い頃より聖獣の話を聞かされて育つ私たちにとって、聖獣はもちろん尊き存在であるし、もはや話を伝え聞くのみで存在すら疑わしかった天竜などは畏《おそ》れ多い存在である。

というわけで、決して顔には出さないが私は今興奮している。この驚きと興奮を声に出して皆に伝えたいところだが、それが無理なことも十分理解している。いつまで天竜がこの地に留まるのかはわからないが、今はただ今後何事も起きないよう願うばかりだ。

天竜と一緒に生活するようになってから数日、何事もなく平和に時が過ぎている。変わったことといえば、私が常に腰袋を着けるようになったこと。そして今までの光珠作りとは別に、天竜のために光珠を作っていることくらいだろう。

『うむ、これは本当に美味だのう。いくらでも食べられる』

「それは私が無理だなー」

『わかっておる。頻繁に寄こせとは言わんから安心しろ。その代わり、我はクッキーを所望《しょもう》する！』

「はいはい、言うと思ってたよ」

天竜の前にクッキーを一枚置く。このクッキーは先ほどラジアス様からもらったものなのだが、枚数の多さから見ても天竜に渡ることも考えられているのだろう。

「天竜は本当にクッキーが好きだな」

優雅に紅茶を口にしながら椅子に腰かけたラジアス様が言う。光珠作りは陛下かダントン先生、もしくはラジアス様が一緒の時のみと言われているので、自室で行う際にはこうしてラジアス様に付き合ってもらっている。

『食べなくても問題ないが、こんなに美味しい物を知ってしまってはな。これを生み出すとは人間はすごいな』

むぐむぐとクッキーを頬張る天竜。可愛すぎる。この可愛く癒される姿に、つい人差し指で天竜を撫でてしまうというのが日常化していた。

本当は天竜相手にこんなことをしてはいけないのだろうが、嫌がるわけでもなくむしろ喜ばれているので問題ないだろう。

『ハルカは本当に我を撫でるのが好きだな』

「好きだよー。癒される。荒《すさ》んだ心が浄化される」

「ハルカでも心が荒れることがあるのか？」

「そりゃありますよ」

ラジアス様が少し意外そうにこちらを見た。なぜだ。彼の中の私はいったいどれだけ善人なのか。少し聞くのが恐ろしい。

「私そこまでできた人間ではないですし、腹が立つことだってありますよ？」

『原因はあの小娘であろう？　あの者と邂逅《かいこう》した後はよく撫で回されるからな』

「小娘？」

「大したことじゃないですから」

『なぜ隠すのだ？　あの者はよくこやつの名を――』

「はーい、はいはい！　そこまで。天竜、余計なこと言わないの」

「俺の名前がどうしたって？　おい、ハルカ」

「なんでもないですから。大丈夫です」

「そうは言っても俺に関わる話なんじゃないのか？　だったら俺が出るべきだろう」

「これはラジアス様が絡むと余計にややこしくなるやつです。気にしないでください」

「だが――」

納得いかないという顔をしているが、本当にラジアス様に出てきてもらっては困る。理由は天竜の言う小娘がフィアラ・スイーズ伯爵令嬢だからだ。

近頃騎士団の周りをうろちょろしているのは知っていたが、わざわざ私を待ち伏せしているかのように突然目の前に現れるのだ。そして口を開けば嫌味の嵐である。

――ご自分の容姿を姿見で確認してみたらいかが？　ラジアス様の部下だというならそれ相応の距離感というものがあるでしょうに。

――ラジアス様は侯爵家の方、私は伯爵家の人間なの。あなたは……出自がわからないということは平民と同等。ああ、それ以下かしら。この意味がおわかりになって？　あの方の隣には私のような者こそ相応《ふさわ》しいと思いませんこと？

思わん！　そう何度心の中で叫んだことか。遭遇する度にこのようなことばかり言われてうんざりしている。最初こそ綺麗な人だと思ったが、最近は内面の醜《みにく》さが表面の美しさを超えてきたせいかまったく綺麗に見えない。

ラジアス様に相手にされないのは私のせいでも家のせいでもなく、本人の性格が悪すぎるからだろうと言ってやりたい。言わないけど。

というか、彼女は私の口からラジアス様に自分の所業が伝わってしまう危険性を考えたりしないのだろうか。いや、うん。しないのだろう。あれは自分が正しいと信じて疑っていないのだから。

仮にラジアス様が出てきて私を庇《かば》ってくれたとしよう。きっと彼女は流民のご機嫌を取るように陛下に言われているのねとか、ラジアス様可哀想とか、いい加減解放して差し上げてとかキャンキャン言ってきそうだ。

うん、想像できる。自分に都合のいいように脳内変換されてしまうに違いない。やはりラジアス様には黙っていてもらおう。

「どうにもならなくなったらちゃんと言いますから」

疑う顔をしているラジアス様だったが、天竜の『我がハルカとおるから大丈夫だ』という言葉でなんとか納得してくれた。

それにしても、そろそろ本気でどうにかしたいと思っている。あんな人のせいで苛立《いらだ》つのも時間の無駄というものだし、私の精神安定のために天竜を撫ですぎてハゲでもしたら困る。

王城で光珠作りを終え、そんなことを考えながら廊下を歩いていたのだが——今日も今日とてフィアラ・スイーズ伯爵令嬢のお出ましである。

『ハルカ、また出たぞ』

「大丈夫」

私の行きたい方向にいる彼女。行きたくないがわざわざ道を変えて逃げたと言われるのも癪《しゃく》である。よって前進あるのみ。

何も言われなければそれでいいと思いながら、廊下の端を進み会釈をして通り過ぎようとしたのだが……やはりただでは通してもらえないようだ。

「ごきげんよう烏《からす》さん。私を無視なさるなどいいご身分ですこと」

無視してないじゃん。会釈しただろうが。きっと私がどんな行動をしてもねちっこく言ってくるに違いない。

「……最近よくお会いしますね、スイーズ伯爵令嬢」

「本当に。いつになったら私の言葉をご理解いただけるのかしら。男装の麗人などと言われて何か

勘違いなさっているのではなくて？」

「とんでもございません」

「私と違って淑女《しゅくじょ》には程遠く、紳士にもなれない半端者の分際でよくもみっともなくラジアス様に纏わりつけること……汚《けが》らわしい」

（うるさいな～、ほんとよく回る口だよ。返事するのも面倒になってきた）

私は虫けらでも見るような視線を向けてくる彼女を前にし、心の中で盛大に溜息を吐《つ》く。

「ちょっとあなた！　聞いていますの？」

「ええ、まあ」

「身分が上の者に対する態度を知らないようですわね。ああ……どうせあなたのご両親も卑《いや》しい者なのでしょうね。だからあなたのような無教養な人が生まれるのだわ」

「は？」

私の中の何かが切れる音がした。

「今、なんと？」

意識せずいつもより低い声が出る。

「ですから――」

「ああ、やはりもう結構です。私の親を馬鹿にした言葉など聞きたくない」

私は視線を下に落とし、一つ深く息を吐くと再び目線をスイーズ伯爵令嬢に戻した。

落ち着け、落ち着けと自分に言い聞かせる。感情のままに怒鳴るのは簡単だが、こんな人と同じ場所にまで落ちる必要はない。冷静に。顔には笑みを。それも最大限相手を馬鹿にしたような笑みを貼り付けて。

「本当にとても残念な人だ。黙っていればご自分で仰るとおり可憐で洗練された淑女に見えることでしょう。ただし黙っていればです」

「なんですって？」

「他の方の前ではどうだか知りませんが、私に対しての発言は実に醜い。淑女というのは自分より身分の低い者を見下し、人を馬鹿にした発言を繰り返す下品な人を表す言葉とは知りませんでしたよ。私の中で淑女とは、品位のある淑《しと》やかな女性と理解していたのですがね」

「な、なん……っ」

私の言葉に目を見開き、わなわなと震える手でスイーズ伯爵令嬢は手にした扇を握りしめる。先ほどまでの余裕のある笑みを浮かべた顔が今は怒りで赤くなっていた。私なんかに言い返されるなどとは思ってもみなかったのだろう。

「そんな人がラジアス様の隣に相応しい？　ふふ……笑わせないでいただきたい。大体、口を開けば自分に相応しいと仰いますが、ラジアス様は女性の自尊心を満たすための道具ではありません。まあ、淑女に程遠い人には難しい話でしょうね」

「……なんてっ、なんて失礼な方なの⁉　私は伯爵家の人間なのよ！」

声を荒らげて怒りをぶつけてくる彼女は淑女とは程遠い。他人には簡単に馬鹿にする言葉を向けるくせに、自分が言われる側になるのは我慢できないなんてとんだ我儘《わがまま》娘だ。

「ええ、貴女が伯爵令嬢だということは存じ上げております。可憐な花だ、蝶だと言われていらっしゃるようですが……」

私はさらに笑みを深めてスイーズ伯爵令嬢を見据《みす》える。

「……なによ、なんなのよ！」

「姿見で自らを確認したほうがいいのはいったいどちらでしょうね。そのようなお顔をされていては皆さん驚かれますよ。では、失礼いたします」

そう声をかけて怒りに肩を震わせるスイーズ伯爵令嬢の横を通り過ぎる。と、同時にバキッと何かが壊れる硬質な音が聞こえた。

（あー、あれは扇折ったかな。ったく、どこがか弱い伯爵令嬢だよ）

扇なんてそうそう折れるものじゃない。あれはかなりお怒《いか》りのようだ。けれどそんなことは知ったことではない。自分のことだけならまだ我慢できるが、両親のことまで貶《おとし》められて黙ってなどいられなかった。

それに前々からラジアス様に関しての発言も気に食わなかった。容姿が整っている？　たしかに男前である。侯爵家の息子で爵位は継げないが、若くして王立騎士団第二部隊の副隊長という肩書を持つ？　事実である。事実であるが、ラジアス様の良さはそれだけじゃない。

何もわかっていないくせに近づかないでほしい。そんなことをずっと思っていたからついつい言い過ぎたかもしれない。

『おぬしでもあんなにはっきり物を言うこともあるのだな』

「あんまり言いたくなかったけどあまりにも腹が立ったから。嫌な言い方したたっていうのは自覚あるよ」

『人間味があって良いではないか。そもそも、あの小娘は何度会っても我の友に悪意ある言葉と視線しか寄こさなかったのだ。あれくらいは言われて当然だ』

「ふふ、心強い友達だなあ」

『そうであろう、そうであろう』

ふふん、という効果音が付きそうな天竜はやはり可愛い。やはり天竜は私の癒し。部屋に戻ったらまた撫でさせてもらおうと考えていると、前方からラジアス様が歩いてくるのが見えた。向こうも私に気が付いたようで手を挙げながらやってくる。

「こんなところでどうした？　今日の光珠作りは終わったのか？」

「はい、ラジアス様は？」

「俺ももう用は済んだ。一緒に戻るか」

一緒にいられることは嬉しい。ただ、今は少し心が荒んでいていつも通り笑える気がしないから複雑だ。

『ハルカ、戻ったら存分に我を撫でても良いぞ』

「ありがとー」

「どうした？　……この間言っていた小娘か？　もしかして何かあったか？」

さすがラジアス様。察しがいい。

「おそらく小娘というのはスイーズ伯爵令嬢のことだろう？」

ラジアス様がずばり小娘の名前を言い当てた。

「よくわかりましたね」

「いや、少し前に気になる物言いをしていたものだから。大丈夫か？」

『問題ないぞ。今日ハルカがしっかりと言い負かしたからな』

「言い負かした？　ハルカが？」

『うむ。身分がどうのこうのとわけのわからんことを言っておったが、ハルカに言い返されて何も言えなくなっておったわ』

「ちょっと言い過ぎました」

やはりラジアス様は驚いた顔をしている。私が言い返すのがそんなに想像できないのか。そこまで良い子でいたつもりはないのだけれど。ラジアス様は少し考えるような素振りをした後口を開いた。

「もし向こうが何かしてくるようならちゃんと言ってくれ。家格《かかく》としては俺のほうが上だから」

「大丈夫だと思いますよ。だって私スイーズ伯爵令嬢を前に小馬鹿にした発言はしましたけど、その会話の中で一言もそれが彼女のことであるとは言っていませんから」

『む、そうだったか？』

「うん。《スイーズ伯爵令嬢は〜》とか《貴女は〜》とか一言も言ってないよ。私が彼女を指して言ったのは、姿見で自分の姿を見てみたらってとこだけ」

ラジアス様は自尊心を満たすための道具じゃないって言った時も、あえて《貴女の》ではなく《女性の》と言った。

誰が聞いても私の全ての発言が彼女のことを指していたのは間違いない。問い詰められれば、屁理屈を言うなと言われるだろう。けれどきっと大丈夫。

「そこまで言い切るからにはわざとそうしたのか？」

「もちろん。これで何か言ってくるようなら、私の発言が自分のことを指していると認めたことになる。そんなのいくら心当たりがあるからと言って、あの気位の高い彼女が認めるとは思えません。まあ、あのお嬢さんにそこまで考える頭があるかどうかわかりませんけど」

言いながら自分の口からははっと乾いた笑いが漏れた。


「そうか」

ハルカの言葉に若干の驚きを覚えつつも頷いて応《こた》え、歩きながら視線で天竜を呼んだ。それに応じるように天竜はハルカから跳び移ってきた。

『何だ？』

「本当に大丈夫だったのか？　いつもと様子が違うようだが」

『自分を通して親を侮辱されたことが許せなかったらしい。そこまでは大人しくしていたからな』

「……そうだったのか」

『おぬしもハルカを本気で怒らせぬよう気をつけるんだな。笑顔で怒るというのはなかなかどうして恐いものがあったぞ』

「ああ」

こそこそと話す俺たちに気づいたハルカが横目でこちらを見上げた。

「……あの、幻滅しました？」

「何がだ？」

「いや、人を馬鹿にした発言をあえてするなんて失望されたかなと」

俺を見上げる瞳はどこか不安げに揺れていた。

「まあ、聞いていたわけではないからどこまで強く言い返したのかは知らないが、そんなことくらいで失望なんかしないさ。今回のことだって今までずっと我慢していたんだろう？　それに負の感情が一切ない人間なんていやしない」

ハルカの頭をぽんぽんと叩く。

「まあ、ハラハラするから何かするなら俺のいるところでしてほしいけどな」

「……善処します」

やはりどこか遠慮しているのかハルカはあまり人に頼ろうとしない。普通の貴族令嬢と違って自身でできることが多いから余計にそうなのだろう。感情面だってそうだ。揶揄《からか》いに拗《す》ねたように怒ることはあっても、なるべく負の感情を見せないようにしているのではないかと思う。

家族に会えなくて悲しいという感情でさえもこちらに来た当初以来、表には出さない。ただ時折、夜の月を見てぼーっと遠くを見つめていることは知っている。

（あの時も一人で泣いていた。……俺はそんなに頼りないだろうか）

ハルカに嫌われていない自信はある。この世界の誰よりもハルカと接してきたのは自分だという自負もある。もっと俺を頼ってほしい。自分にだけは全てを隠さず、我慢などせず感情をぶつけてほしい。

俺は自分の感情に気づいてから少し欲張りになったように思う。気持ちを告げてもいないくせにその権利を願うなど我儘でしかないだろう。

ハルカから向けられている好意が自分と同じでなかった場合、今と同じように接することができるだろうか。いつかハルカの横に自分ではない誰かが立った時、心から祝福することができるだろうか。……正直自信がない。

（は～、本当に情けない）

隣を歩くハルカを見る。俺の気持ちを受け入れてもらえれば、いつだってこの肩を抱き寄せることが許される。あの時のように腕の中に閉じ込めて、泣いてもいいんだと恋人として甘えさせてやれる。それができたらどんなに幸せなことだろう。

（でも、もし受け入れてもらえなかったら？）

こうして隣を歩くこともできなくなるのだろうか。

（それは、嫌だ）

今のこの関係を壊したくないと思う自分がいる。しかしそれ以上に今の関係に満足できない自分もいるのだ。臆病なくせに我儘で本当に情けない。

「ラジアス様？」

「ん？」

そんなことをぐるぐると考えているうちにハルカの部屋の前に到着していた。

「大丈夫ですか？」

「ああ、少し考え事をしていた」

「さっきのことですか？　あの……もし迷惑をかけるようなことがあったら、すみません」

ハルカは俺の考え事が先ほどのことだと勘違いしたようだ。……すっかり忘れていたけどな。

「ああ、違う違う」

「違うんですか？」

ここでちょっとした悪戯《いたずら》心が働いた。

「まあ考えていたのはハルカのことだけどな」

「へ？」

そう告げればハルカの顔がじわじわ赤く染まる。俺がそれ以上何も言わず黙っていると、ハルカの頬の赤みが引き、代わりに胡散《うさん》臭いものを見るような目で睨《にら》まれた。

「……また揶揄《からか》いましたね」

「本当のことだが」

「はいはい。またそういうこと言って面白がってるんですよね。はい、お疲れ様でしたー」

「嘘じゃないんだがなあ。お疲れ。ゆっくり休めよ」

ハルカの部屋の扉が閉まるのを確認して俺も隣の自室に入った。ハルカの頬が赤く染まるのは俺だからなのか、それとも単に初心《うぶ》だからなのか。わからない。わからないが他の男に頬を染めているところなど見たくもない。

（気持ちが読めたら楽なのにな）

これほどまでに女性のことで頭を悩ませたことは今までにない。想いを告げれば良くも悪くも状況は変わるだろう。ただ今はもう少しだけこのままで、そう思った。

二章　嫉妬と陰謀

貴婦人のお茶会では噂話に花が咲く。どこの家で何があったらしいとか、誰々がこんなことをしているらしいとか。

とある貴族のお屋敷で行われているこの集まりも例外ではない。


「聞きまして？　最近スイーズ伯爵のところのフィアラ様が騎士団によく出向いているらしいですわよ」

「まあ。想いを寄せる方でもいらっしゃるのかしら？」

「なんでも、第二部隊のガンテルグ侯爵家のご子息に会いに行っているらしいわ」

「あら、でもそれは難しいのではなくて？　スイーズ伯爵家は、ほら」

「ああ、そうねえ。ガンテルグ侯爵家は聖獣様への畏敬《いけい》の念が強いですものね」

「わざわざスイーズ伯爵家のお嬢さんと、とはならないわ」

「そうよね。そうだわ！　第二部隊といえば流民の方ですわね」

「ハルカ様ね」

「なんでもハルカ様がいらしてから聖獣様をよく目にするのですって」

「夫も言っておりましたわ。初めて聖獣様を目にしたと言って、子供のようにはしゃいでおりましたのよ」

「まあ、貴女のところも？　うちの夫もよ。流民の方もいい人だそうなの」

「うちの娘はハルカ様とお話ししたことがあるらしいのですけれど、素敵な方だと言っておりましたわ。男装が実によくお似合いだそうなの」

「娘たちのお茶会では必ずハルカ様が話題に上るほどだそうよ」

「ガンテルグ侯爵夫人もお気に入りだとか」

「まあ。私たちも一度お会いしてみたいわねえ」


そして、女性ほどではなくても男性も同じように噂話に興じる。失敗談などは酒の当てにはちょうど良い。その噂の人物が良い感情を抱いていない相手となれば尚更《なおさら》。

ここでは流民の登場により事業の存続が危ぶまれるスイーズ伯爵の話題で持ち切りだ。


「スイーズ伯爵も気が気でないだろうなあ」

「あそこはもう終わりだろう。武器以外には何も手を付けていなかったのではないか？」

「だがあそこの領は上手く回っていると聞くが」

「ああ、当代が雇っている執事がたいそう優秀らしいじゃないか」

「スイーズ伯爵は彼が用意した書類にサインをするだけとか。それなら無能でもできるからな」

「違いない」

「はっはっは。ひどい言い様ですな」

「おや、君もそう思っているのではないかい？　前スイーズ伯爵と違い、当代は何も成していないのに気位ばかりが高くていかん。家格が下だというだけでいろいろ言われてきただろう」

「誇れるものが爵位くらいしかないのだから仕方ありませんよ」

「ああ、でもご息女のフィアラ嬢は伯爵が他に唯一誇れるものでは？」

「あの美しさは社交界でも有名ですからなあ」

「伯爵が溺愛しておられると有名だが、立ち行かなくなって妙な輩《やから》と婚姻を結ぶことにならなければいいのですがね」

「まあ、その辺りはスイーズ伯爵とて考えておられるのではないですかな」

「腐ってもスイーズ伯爵領の領主ですからね」

違いないと嗤《わら》いながら紳士たちはグラスを傾けた。


スイーズ伯爵領は森に面しており、レンバック王国で唯一隣国アルベルグに繋がる道がある。現在では交易に欠かせない重要な街道となったが、かつてアルベルグとは五百年前の戦争から数十年の間、国交が断絶していた。

レンバックが国として成った当初、アルベルグはまだレンバックの土地と森に棲《す》む魔力持ちの生き物たちを諦めてはいなかった。けれど幾度となく手を出した結果、それらは全て失敗と後悔に変わった。

悪意を持って森に入れば二度と出てくることはできない。レンバックを害することはすなわち聖獣を害すこと。レンバックは今もなお聖獣に護《まも》られている。命が惜しければ決して手を出してはいけない――そう言われるようになった。

そしてその頃アルベルグには新王が誕生した。若きアルベルグ新王は《領土を広げた強き王》より《国を豊かにした賢王《けんおう》》になることを選び、レンバック王国に不可侵宣言をし、その後幾度も話し合いの場を持ち平和条約を締結させた。

それ以降、聖獣たちも同意のうえ、森にレンバックとアルベルグを繋ぐ一本の街道が造られた。それこそがスイーズ伯爵領に存在する道である。

スイーズ伯爵家の歴代当主は皆そこそこの魔力を持ち、滅多に姿を現さない聖獣をはじめとする魔力持ちの生き物たちを敬《うやま》いながら生きてきた。

親から子へ、いかにしてこの国が成ったのか、聖獣たちの棲む守護の森――アルベルグでは『魔の森』と呼ばれる――の大切さを語り継いできたはずだった。

しかし長年続く平和の中で、聖獣たちとの関わり合いは徐々に希薄になっていく。本当に聖獣はこの国を護っているのだろうかと考える者たちも出てきていた。それが顕著に表れたのがスイーズ伯爵家先々代当主だった。

彼は貴族にしては魔力が低く、そのことをずっと負い目に感じていた。唯一の隣国アルベルグへ繋がる街道を護る一族として魔力に頼らない防衛方法をと考えた結果、武器を取り入れることにした。

初めはそんな物必要ないと言っていた貴族たちにも、戦いの最中魔力切れを起こした際には代わりとなる武器が必要だ。聖獣だけに頼らず、魔力量の少ない平民たちでも扱える武器が必要なのだと根気強く説いていった。そして領内で武器の製造、補修などを一手に引き受けた。

聖獣の守護を疑っていたスイーズ伯爵だったが、表立ってそれを口にしたことはなかったし、いざという時のために民が自衛できる手段が必要だと説くその言葉にも偽りはなかった。武器には違いないが、攻撃のための武器ではなく護るための武器。

アルベルグとの関係は良好だが、これから先何があるかはわからない。その他の国との関係もどうなるか定かではない。

スイーズ伯爵は純粋にこれからの国のことを考えて武器の導入を進言していた。先代当主も父に倣《なら》いその事業と遺志を引き継いだ。しかし、その後を継いだヘンリー・スイーズは違っていた。現スイーズ伯爵であるヘンリーには先代の遺志も、聖獣もどうでも良いことだった。

彼にとっての武器は国を護るための物ではなく、富を生み、懐を潤す物だった。金さえあれば大抵のことは思い通りにいく。金の力をもって手に入れた妻は少々高飛車《たかびしゃ》だが美しく、その妻に似た娘はとても愛らしい。

領内の諸々も執事に任せ、自分はただ必要な時に金を出せばいいというような気楽な生活を送っていた。スイーズ伯爵の人生は順風満帆だった。

そう、全て上手くいっていた。流民が現れるまでは。流民が現れてからしばらくの間は何の問題もなかった。同じ年頃の娘を持つ者として、その境遇に珍しくも同情すら覚えたほどだった。しかし、そんな思いはこの数か月で消え去った。流民が特殊な魔力を持っていたせいで。

今となっては夢物語のように語られる初代国王サンディアと同じ特性を持つ魔力。そのせいか聖獣にも気に入られているらしく、流民が現れてからというもの度々聖獣の姿が目撃されている。

初めて聖獣を見たという者もいたことからも、それがどれだけ稀有《けう》なことかが窺《うかが》い知れた。そして皆思った。たしかに聖獣は守護の森に存在し、我々とともにあるのだ、と。

そうすると今まで武器を購入してきた貴族たちは、これ以上の武器は必要ないとスイーズ伯爵領との取引から手を引きはじめた。

流民の能力がどれほどのものかはわからないが、聖獣がいれば他国から侵略など不可能に近いということだけはよくわかった。それは魔力が高い者ほど聖獣の強さ、偉大さを感じることができたからであり、そう感じる者が貴族には多かったからに他ならない。

元々一つ一つが高額な武器は少しでも取引が減れば収入は一気に落ちる。今までの贅沢な暮らしに慣れきったスイーズ伯爵家にとって、それは大きな痛手であった。

しかし、今まで金に物を言わせてきたヘンリーにはその事実を妻や娘に打ち明けることができなかった。贅沢を贅沢とも思わない家族、減る一方の収入、このままでいいはずがなかった。

(どうしてこうなったのだ！　……そうだ、全てはあの者のせいではないか！　流民さえ、流民さえ現れなければ！)

ヘンリーの八つ当たりともいえる憎悪は流民一人に向けられるようになった。


ガシャンッ‼

スイーズ伯爵邸の執務室で怒りに任せて振り払った手がテーブルの上に置かれていた花瓶をなぎ倒し、辺りに水が飛び散った。

「くそっ！　忌々《いまいま》しい流民め！」

そう憎々しげに怒りを露《あら》わにしているのはこの屋敷の主、ヘンリー・スイーズ伯爵だ。飛び散った水が豪華な調度品を濡らしたが、それを気にする余裕もないくらいに彼は苛立っていた。あの者さえいなければという思いは日を追うごとに膨れるばかりだ。

そんな荒れるスイーズ伯爵のもとを娘のフィアラが訪ねてきた。

「お父様、そんなに声を荒らげてどうなさったの？　お父様もあの流民に何かされましたの？」

心配そうにこちらを窺うフィアラは伯爵にとっては目に入れても痛くないほど可愛い自慢の娘だ。

「……ああ、なんでもないんだよ。しかしフィアラよ、《も》ということはお前はあの者に何かされたのかい？」

するとフィアラは大きな瞳を潤ませて縋《すが》るように言った。

「あの鳥のような流民が私のラジアス様に纏わりついているのです。ラジアス様は私の夫となるお方なのに。ラジアス様はお優しいから突き放すこともできなくて……流民に遠慮なさって私と二人で会うこともままならないのです。……私、もうどうしたらいいのか」

さて、フィアラとラジアスが恋仲であったことなど一度もない。それなのになぜ自分の夫になるなどと言っているのか。これはフィアラが自分に絶対的自信を持っているからである。

フィアラは一方的にラジアスに好意を寄せていた。整った美しくも精悍《せいかん》な顔立ちに高い魔力。名門侯爵家の三男ということもありスイーズ伯爵家に婿《むこ》に入ることも可能。何より可愛らしく美しい自分の隣に立っても見劣りしない結婚適齢期の男性などラジアスをおいて他にはいない。

フィアラは今まで自分が望んだものは全て手に入れてきた。伯爵家の一人娘として溺愛され、その容姿から男性に言い寄られちやほやされることは当たり前だったし、求婚だって何度もされた。

そんな多くの男性から求められる自分が結婚したいと言って断る男などいるはずがないと、本気で思っていた。

もちろんスイーズ伯爵も、家格は下だが財力のある伯爵家の娘で誰からも愛されるフィアラとの婚姻の打診をガンテルグ侯爵家が断るなど露ほども思っていなかった。しかし断られた。しかも即日返信が来るというほどの速さから、まったく迷いもせず断ってきたのは明白だった。

スイーズ伯爵は慌てた。こんなことを可愛いフィアラに言えるはずがない。断られた事実を言えないまま、そしてフィアラも断られるなどとは思っていないことからこの勘違いは起こっていた。

その後も何度もガンテルグ侯爵家に手紙を出してはいるが、良い返事は貰えないままでいた。家格が上の侯爵家に断られているにもかかわらず、何度も手紙を送ること自体大変な失礼に当たるのだが、それがわからないのがスイーズ伯爵である。

それどころか先ほどのフィアラの話を聞いて、良い返事がもらえないのはラジアスの周りに流民がうろちょろしているからに違いないという見当違いも甚《はなは》だしい結論に至った。

「おお、可哀想に。お前をそんなに苦しめるなど流民の分際でっ……いっそいなくなればいいものを！」

「ごめんなさい、お父様……私のためにそのような恐ろしいこと仰らないで」

フィアラはいじらしくスイーズ伯爵を止めたかと思うと、同じ口で「でも……」と続けた。

「あの流民の娘さえいなければ……私も何度そう思ったかわかりませんわ。ラジアス様のお口からあの卑しい娘の名が紡《つむ》がれる度、私の心は痛むのです。あの娘のためを思って助言しても、あの娘はまったく聞き入れる様子もなく、さらにはまるで私が悪いかのように言うのです。あの娘がいる限り、私の心に平穏など訪れないのですわ」

大きな瞳からはらはらと涙を流すフィアラをスイーズ伯爵は優しく抱きしめた。

「大丈夫だよ。お前は何も心配することはない。必ずお父様がフィアラの愁《うれ》いを払ってあげるからね」

「お父様……ありがとうございます」

フィアラは涙を拭うと「そういえば……」と言って一通の手紙を差し出した。

「これは？」

「私、こちらをお父様にお渡しするために来たのでしたわ」

顔を上げたフィアラに先ほどまでの不安気な表情は一切なく、その可愛らしい顔には笑みが戻っていた。

「この手紙は差出人の名がないようだが……どうしたんだい？」

「先ほどアルベルグの宝石商の方がいらしていたでしょう？　その時にお父様にとこのお手紙を渡されましたの」

「あの宝石商か……」

「なんでも、とても大事なお話があるとかで」

数年前から付き合いのあるアルベルグの宝石商。いつも質の良い物を持ってくるため伯爵夫人とフィアラの贔屓《ひいき》の商人でもあった。

また自分の知らないうちに宝石を購入したのか。そう思いながらも受け取った手紙の内容が気になり、フィアラを自室に戻らせることにした。

「私はこの手紙に目を通すからフィアラは部屋に戻っていなさい」

「まあ、私が受け取ったのに内容は教えてくださらないの？」

フィアラは少しばかり頬を膨らませて拗ねるように言った。

「そんなに可愛い顔をしても駄目だよ。教えるかどうかは……まあ内容にもよるがね」

「お父様ったら意地悪ですわね。楽しい内容でしたら是非お教えくださいましね」

そう言って部屋を出ていくフィアラを見送ると、スイーズ伯爵は椅子に深く腰を掛け手紙を開いた。


手紙の内容はこうだ。数か月前にアルベルグに来るはずだった黒髪黒目の少女が未だ現れない。そんな時、レンバック王国でそれと似た容姿の少女がいるという噂を耳にした。彼《か》の者はアルベルグの魔導師が喚《よ》んだ者。貴殿もその者を知っているのではないか。

これ以上の詳しい内容は手紙に書くことはできないが、そのことについて高貴な方が内密に話がしたいと言っていると記してあった。

手紙を読み終えると、スイーズ伯爵は深く息を吐いた。手紙に記せないとなると穏やかな内容ではないのだろう。そもそもこの書き方から察するに、すでに手紙の主も我が国の流民がその尋ね人であると認識しているはずだ。

それにもかかわらずレンバック王国にではなく一領主の自分にこの手紙を渡したということ。そしてその手紙がフィアラを通して渡されたということは、こちらの事情など全てわかったうえでのことではないのか。

手紙にある高貴なお方とはいったい誰を指しているのか。

（そういえば……あの宝石商はアルベルグの王家とも繋がりがあると言ってはいなかったか。まさか……いや、さすがにそれは考え過ぎか）

スイーズ伯爵の額に嫌な汗が滲《にじ》む。スイーズ伯爵は決して考えるのが得意な人間ではない。そんな彼でさえも、この手紙の危うさがわかり否が応でも緊張が走る。

自分はどうするべきなのか。いや、この国の貴族としての答えは決まり切っている。

（しかし、話を聞くだけならば？）

幸いこの手紙には尋ね人が流民であるなどとは書かれていない。たとえ露見してもただの人助け、尋ね人の話を聞いただけだと言い逃れできるのではないか。

そう考えたスイーズ伯爵は話を聞いてもその内容によっては協力できないし、話すら聞かなかったことにするという条件付きで良いなら話を聞かせてもらうという手紙を返した。

そんなやりとりをした数日後、スイーズ伯爵はとある屋敷に招かれていた。

「よく来てくれた。楽にしてくれたまえ」

目の前の端整な顔立ちの男がそう言った。歳の頃は五十代くらいだろうか。装いは洗練され、その顔には人好きのする笑みを浮かべている。

例の宝石商に連れられてやってきたのはアルベルグにある大きな屋敷だった。王家とも繋がりがあると言っていたのでもしや、とは思っていたが違ったようだ。

しかしこのような大きな屋敷に住んでいるということは、かなり力のある貴族なのだろうと予想できる。スイーズ伯爵のどこか探るような視線を感じた男は、怒るわけでもなく「ああ、自己紹介がまだだったね」と向かい合うソファに腰を掛けて言った。

「私はネイサン・リンデン。この国では公爵という立場だよ」

「公爵様。王弟殿下というのが抜けておられますよ」

「お前はまた余計なことを……ほら見ろ。お前のせいで伯爵が緊張してしまったじゃないか」

「おや、これはこれは。申し訳ございません」

そう言いながら笑い合う目の前の男――リンデン公爵と宝石商の男に、伯爵はやはりとんでもないことに足を踏み入れてしまったのではないかと冷や汗が止まらなくなった。そんなこちらを気にする様子もなく、目の前の人物は話を始めた。

「ヘンリー・スイーズ伯爵、ようこそアルベルグへ。お会いできて光栄だ。お前もよく連れてきてくれたな。後で褒美をとらせる」

「は、ありがたき幸せ」

宝石商は恭《うやうや》しく頭を下げた。

「伯爵のことはこの者からとても話のわかる方だと聞いているんだ」

そう言ってスイーズ伯爵を見る目は怪しく光っていたが、緊張している伯爵はまったく気づかず促されるままソファに腰を掛け用意された紅茶に口をつけた。

わざわざレンバックの茶葉を用意してくれたらしく、飲み慣れた味に少し肩の力が抜けた気がした。その様子を見ていた公爵は「では、早速だが」と話しはじめた。

「そこの者の手紙にも書いてあったと思うが……そう、黒髪黒目の少女。つまり伯爵の国の流民、ハルカ・アリマについてだ。彼女こそ私の捜している人物なのだよ」

やはり、とスイーズ伯爵は思う。しかしアルベルグに来るはずだった、魔導師が喚んだとはどういうことなのか。

「言葉の通り魔導師が喚んだのだよ。召喚した、と言うのが正しいか」

「召喚、ですか？」

「ああ。あまり馴染みのない言葉かもしれないが、魔導師十人の力でこの世界に来てもらったんだ」

「そ、そのようなことが可能なのですか？」

「魔導師は奇跡のようだと言っていたがね……でもできたのだよ。素晴らしいことだ。ああ、これは口外してはいけないよ。この国でも極一部の者しか知らない秘術だからね」

公爵は楽しそうに笑っているが、この召喚の儀は多大な犠牲の下《もと》に成り立っていた。魔導師十人とは言ったが、そのうち公爵に仕えていたのはわずか三人だけであった。

他の七人は密かに集められた身寄りのない者や、国の中でも辺境に住んでいたりするただ魔力の高い者たちだ。はっきり言ってしまえば、この七人は儀式のための材料として集められた。

異世界から望んだ人物を連れてくるという理に反する魔法のための生贄《いけにけ》。なぜ七人なのかといえば、急にいなくなっても誤魔化しのきく者が七人しか集められなかったというだけの話である。

そのような犠牲の下に自分がこの世界に来たと知れば、ハルカは絶対に帰りたいなどとは言えなくなるだろう。

スイーズ伯爵もこのようなことを知るはずもなく、ただただその未知なる魔法に驚くばかりだった。

「しかし、なぜあの者なのですか？」

公爵はなぜあの流民を望んだのか。今なお諦めず捜していた理由は何なのか。スイーズ伯爵の率直な問いに公爵は目を細めて答えた。

「私はね、珍しいものが好きなのさ」

「珍しいもの、ですか？」

「ああ、そうだ。それを望んだ時にたまたま水鏡に映ったのが彼女だった。見たことのない色合いに、不思議な格好、髪が短いようだったから男かとも思ったのだが女性なのだろう？　なお良いじゃないか。聞くところによると不思議な魔力もあるというし……今考えるとたまたまではなくきちんと私の望みが反映されていたようだね。本当に素晴らしいよ！　伯爵もそう思うだろう？」

「は、はあ。ちなみに流民を手に入れた後はどうなさるのかお伺いしてもよろしいでしょうか」

「うん？　どうもこうもただ愛《め》でるだけさ。私はね、自分のものはとても大切にする質《たち》なんだ。他の誰の目にも触れさせたくない。この屋敷に閉じ込めて、私だけのものにして愛情をたっぷり注いであげるんだ。素敵だろう？」

やや興奮気味に公爵は語る。

「だが、こちらに来てもらう最中に魔導師の力が尽きてしまったようでね。まさかそちらの国に行ってしまうとは予定外だった。こっそり楽しむつもりだったのに、捜している間にそちらの国に保護されてしまうなんてね。これはもう諦めるしかないかと思っていたところに、そこの者が良い話を持ってきてくれたのだよ」

公爵がスイーズ伯爵を見据えた。その視線は何かの獲物を狙うかのような鋭さを秘めていた。スイーズ伯爵はこれ以上話を聞くべきではないと感じた。

珍しいものが好きだという理由だけで、異世界から人一人を連れてくる人物がまともなはずがない。ここで手を引かなければ取り返しがつかないことになるという嫌な予感がした。

「畏れながら、私のような者が聞いて良い話とは思えませぬ。この話はなかったことに……」

冷や汗を隠しながら、約束通り聞かなかったことにしてほしいと言おうとしたところを公爵に遮《さえぎ》られた。

「私は伯爵なら協力してくれると信じているのだよ」

「いえっ、そんな——」

「私が珍しいものを愛するように、スイーズ伯爵もご息女を溺愛していると耳にしているからね」

スイーズ伯爵の肩がビクッと揺れる。

そうだ、愛する娘がいるからこそ判断を間違えてはいけない。ハルカ・アリマは今や国の重要人物。そのような者を隣国に売るような真似が許されるわけがない。そんなことをすれば確実に身の破滅だ。

冷静に、冷静に判断しなければと自分に言い聞かせるスイーズ伯爵に悪魔のような囁《ささや》きが降ってくる。

「ねえ、スイーズ伯爵？　伯爵は本当にこのままで良いのかい？」

「……どういうことでしょう」

「流民が伯爵の国に現れてから変わってしまったことが多くあったのではないかな？　流民のせい

で思ったように武器も売れない、それどころか取引さえもしてもらえない。祖父君《おじぎみ》の代から懸命に広めてきたことがあの娘のせいで全てパア。腹立たしいだろう。他の貴族からもやはり武器などいらなかったなどと言われてはね……一つ歯車が狂うと全て上手くいかなくなってしまうものだ。国での伯爵の発言力だって下がってしまっても仕方がない。だって言っていたことと違って聖獣はちゃんといたのだからな。伯爵は何一つ悪くないのにね」

そうだ、全てあの流民のせいなのだ。冷静になろうと、無理やり蓋《ふた》をした感情が顔を出す。

「フィアラ嬢のことだってそうさ。流民がいなければ伯爵の可愛らしいお嬢さんが婚約を断られることなんてあるはずがない。今だってお嬢さんのことを苦しめているのだろう？　忌々しいとは思わないかい？　この先も夫人やお嬢さん、もちろん君自身も贅沢な暮らしを続けたくはないかい？このままいけば近い将来スイーズ伯爵領は立ち行かなくなるだろう。そして領主だからと言って領民からも不満を言われるのだよ。本当に嫌になってしまうね……悪いのは全てあの流民の娘なのに」

公爵に囁かれる度に苛立ちと憎しみ、不満が溢れ出してくるようだった。

「流民がいなくなれば、そう思ったことはないかい？　消えてしまえばいいと思わないかい？　でも死んでほしいわけではないのだよね、わかるよ」

甘い蜜のような誘惑がスイーズ伯爵の思考をどんどん鈍らせていく。

「だから、ねえ？　私はあの流民が欲しい、君はあの流民がいらない……ちょうど良いと思わないか。誰も死なないし誰も不幸にならない。流民だって何もせずともここで楽しく暮らせるんだ。喜ぶに決まっている」

「……しかし、事が露見すれば私は破滅だ」

「いいや、何も心配いらない。君に直接何かをしてもらおうなんて思っていないよ。君の領の街道に検問所があるだろう？　あそこを通る馬車を一台見逃してほしいんだ。あとは君が城に上がる時にこちらの手の者を従者として連れて行ってくれるだけで良い。そうすればこちらで上手くやるよ」

「それだけで、良いのですか……？」

「ああ、それだけだ。もし何か聞かれたって知らぬ存ぜぬを突き通せば良い。実際君は何も手を下さないのだから嘘にはならないだろう？」

「それは、そうですが……いや、しかし」

「もちろん協力してくれるならそれ相応の謝礼は用意させてもらうよ。そうだねぇ、これくらいでどうだい？」

「そんなに⁉」

公爵が示した金額は驚きの額だった。たしかに悪くない話だ。ここまでに失った分を補うどころか、しばらく遊んで暮らせそうな金額だ。邪魔者もいなくなり謝礼金もたんまり貰える。だが――。

結論が出せないままぐるぐる考えていると、溜息とともに公爵から声がかかる。

「これでも駄目かい？　ではとっておきの話を聞かせてあげよう」

とっておきとはいったい何なのか。視線でそう問えば公爵は怪しい笑みを浮かべて言った。

「私はね、珍しいものも好きだが同じくらい美しいものも好きなのだよ」

それが何だと言うのか。貴族は大概美しいものを好む。

「フィアラ嬢はたいそう美しいらしいじゃないか。実はもう新しい子用の部屋は用意してあるんだ。もしハルカ・アリマが手に入らないのであれば……ねえ？」

そう言って笑みを深める公爵にスイーズ伯爵は声を失った。そして背筋に冷たいものが走った。流民が手に入らないのであれば代わりにお前の娘を奪う、最後まで言葉にされなかっただけでそう言われているに他ならなかった。

青ざめたスイーズ伯爵は口をパクパクとさせて声も出せない。

「こんなこと言いたくはなかったが、君がなかなか首を縦に振らないから仕方がないよね。私は欲しいものは必ず手に入れる。どんな手を使ってもね。……手伝ってくれるだろう？」

「……は、い……」

今さらのこのこと話を聞きに来たことを後悔しても遅い。

（……やるしか、やるしかない。私に選択権などなかったのだ）

スイーズ伯爵を引き止めていた最後の枷《かせ》が外れた瞬間だった――。


「公爵様もお人が悪い」

「ふふ、何のことだい？」

スイーズ伯爵がいなくなった部屋で宝石商の男と公爵はにこやかに話をしていた。

「本当にあの男が罰を受けないとお思いで？」

「さあ、どうだろうね？」

「おお怖い、怖い。しかし流民を連れてくるのは良いとして……抵抗されたらどうするので？　あちらの国も捜索はするでしょうし」

はたして無理やり連れてきた娘が大人しくペットになどなるだろうか。常識的に考えて無理だろう。そして流民を失ったレンバック王国がこの問題を放置するとは考えにくい。

そんな宝石商の男の考えなどお見通しのように公爵は微笑む。

「証拠もなしに他国の公爵邸を暴《あば》こうとする輩はいないと思うが、もしそうなったとしても問題はない。すでに部屋を用意してあると言っただろう？　魔法で捜されようとも見つかりっこないよ」

公爵は黒髪黒目の娘がレンバック王国で流民として保護されたと知ってから、内外からの魔法を遮断する特別仕様の部屋を用意していた。

「流民も素直になってくれれば良いけれど、駄目だったら……そうだねえ。まず帰れないようにしないといけないね」

「と、申しますと？」

「そうだねぇ……あまり好みではないが、早々に契《ちぎ》りを交わしてしまうとか。無理やり手籠《てご》めにするのは可哀想だけれど、抵抗されたらそれも仕方がないかな。穢《けが》された身体では元の場所に戻れたとして、なんと思われるだろうか、なんて吹き込んであげようかね。ああ、何も考えられなくなる良い薬もあるだろう？　しばらく閉じ込めて身体も心も壊して愛してあげたら素敵な人形になるだろうね。楽しそうだろう？」

公爵は良い考えが浮かんだとばかりに宝石商の男に同意を求めた。その目は狂気じみている。

「くく。本当に良い趣味をしていらっしゃる」

「ふふ、最高の褒め言葉として受け取っておこうか」

「それはそうと公爵様は流民のような娘にも食指が動くのですか？」

「言っただろう？　珍しいと言うだけで私にとっては愛する対象なのだよ」

「これはこれは。公爵様の愛の深さには頭が下がります。さすがは今は亡き奥様を一途に愛していらっしゃるお方だ」

冗談交じりに言った宝石商の言葉に公爵は片眉を上げた。

公爵にはかつて妻がいた。公爵から言わせれば何の珍しさも、特別な美しさも持ち合わせないつまらない存在だった。もちろんそのような女に心からの愛を囁いたことはないが、表向きは愛妻家で通っていた。

「そんな存在もかつてはいたね。つまらない上に私の趣味も理解できない愚かな女だったよ。まあその彼女を今も愛していると言っているおかげで面倒な後妻も娶《めと》らずに済んでいるのだから、そこだけは感謝かな」

王弟として国王を支え、亡き妻を今も愛し、民も大事にする公爵。それがこの公爵の周りからの印象だった。そんな民の理想とする貴族像を体現したかのようなこの男が、裏ではこのようなことをしているなどとは誰も思わないだろう。

「私は長年かけて今の自分を築いてきたのだよ。よその国の落ち目の伯爵風情《ふぜい》が何かを言ったところで誰がそれを信じるというのだろうね。それに口約束だけで証拠だってどこにもない。お前が伯爵に渡した手紙だってどうせ処分済みなのだろう？」

公爵は当たり前のことを確認するように宝石商を見た。

「もちろんです。伯爵をお迎えに行った時に目の前で燃やしていただきましたよ。これで調べられたとしても公爵様とスイーズ伯爵を繋ぐものは私だけということになります。……いざとなったら私を始末なされますか？」

その問いに公爵は一瞬目を見開いた後、楽しそうに細めた。

「お前のそういうところが私は気に入っているのだよ。そんなことはしないから安心したまえ。だが、いざとなったらお前のほうが私を売って逃げそうだな」

「ご冗談を」

「おや、私は結構本気で言ったのだがね」

公爵はどこまでも楽しそうに言う。実際事が露見したらこの宝石商はすぐに公爵を見捨てて逃げるだろう。この男にはそれができる頭と金があるし、貴族という身分がない分、自由で身軽なのだから。ただ、そうなることはないだろう。

流民を囲うための部屋は外からの魔力の一切を遮断するように作ってあるし、内からも外に漏れることはない。手元にさえ連れてくることができれば全てが上手くいく。公爵はそう信じて疑わなかった。


ここのところ王城内が若干騒がしい。というのも、もうじき久しぶりの夜会が開催されるということもあって、その準備が進められているからだ。街の商人から会場に飾ってもらおうと献上品を持参する貴族まで、王城に出入りする人は様々だ。

午前中に一時雨が降ったため、その時間を避けて来た者たちで賑わっており、その中にスイーズ伯爵の姿もあった。スイーズ伯爵の姿を見つけた他の貴族は珍しいものを見つけたかのように声をかける。

「おや！　これはスイーズ伯爵ではないですか！　お久しぶりですなあ。近頃は領に籠《こも》っておいでだと伺っておりましたが今日はどのような用向きで？　華やかな夜会に武器など不要でしょう」

話しかけてきた貴族は笑っているが、言葉はどことなくスイーズ伯爵を揶揄《からか》うものだった。しかしこのような言葉をかけられるのは想定内だったので、伯爵は苛立ちを覚えながらもそれを表情に出すことはない。

「ええ、今回夜会でお披露目《ひろめ》される流民様のおかげで武器など不要なものになりましょう。我が領もそればかりに頼っていてはいけないということで、新たな産業に乗り出すところなのですよ」

「ほほう。それがそちらの？」

声をかけた貴族はスイーズ伯爵の後ろに控える二人の男が運ぶ荷車に載った大きな箱に目をやった。

「ええ、そうです」

「中身は何か聞いてもよろしいですかな？」

「構いませんよ」

そう言ってスイーズ伯爵は二つの箱のうち、一つの箱の蓋を開けた。覗き込むと中には見事な花束が入っていた。

「おお。これは見事ですな！」

「実はこれは生花ではなく造花なのですよ。よく見ないとわからないでしょう？」

「なんと！　たしかに生花と見紛《みまが》う美しさですな」

感心したかのように頷く貴族はその出来栄えを褒めると、言いたいことだけ言ってさっさと姿を消してしまった。

「くそ。少し自分のほうが上手くいっているからと見下しおって！」

「まあまあ、それも今日までのこと」

後ろに控えていた二人の男たちがスイーズ伯爵を宥《なだ》める。実はこの二人の男も見事な造花も、懇意にしている宝石商が用意したものだった。スイーズ伯爵は二人の男を見て声を潜めて話しかけた。

「……本当に上手くいくのだろうな」

「問題ありません。全ては公爵様の手の内ですよ」

男たちは事も無げに言ってのけるが、スイーズ伯爵は気が気でなかった。心臓がドクンドクンと大きく打っているのが自分でもわかるくらい緊張していた。

そしてそれは造花を納め終えた今、より大きなものになってきていた。

「さあ、伯爵様。もうじきあちらのほうに流民が姿を見せるはずです。計画通り実行いたしましょう。伯爵様は花を愛でておられるだけで良いのです。全て私たちにお任せください」

スイーズ伯爵は静かに頷いた。流民拉致計画。その筋書はこうだ。

まず城への献上品を持参して城壁内に入る。献上品の造花を見せ、今後これらに力を入れていくのだということを印象づける。その上で、今後の参考のためにと城壁内にある常に花が咲き誇る庭園を見学しに行くのは何も不思議なことではないだろう。

そして、この時間帯に流民がその庭園のすぐ横を通ることは調査済みだ。スイーズ伯爵は一応庭園に咲く花を観察する素振りをし、その間一緒に連れてきた男たちは少し離れたところで待機させる。もちろんその場所が最も流民が通る通路に近いと知っているからだ。

今か今かとその時が来るのを待つ。大して時間は経っていないのに、この時間が永遠のように感じられる。静寂の中、スイーズ伯爵は自身が握る手に汗が滲んでいることを感じ、呼吸が浅くなっていることに気づく。

(私自身が手を下すわけではないのだ。私は巻き込まれただけ。私は悪くない。そう、悪くないのだ)

自分に言い聞かせるように二人の男たちから目を背《そむ》け、雨が上がった後特有のぬかるんだ足元に苛立ちながら目線を上げて咲き誇る花に目をやる。

堂々と咲き誇る花々に後ろめたさを感じ、心の中で「やはり花など大した金にはならないな」と悪態をついたその時だった。

自分が目を逸らした後方から、女性の「何を——」という声が聞こえたかと思うと、ドカッと大きな音がした。

(ひっ……知らん、知らん知らん！　私は何も聞いていない！　見ていない！)

スイーズ伯爵は咄嗟《とっさ》に手で耳を塞ぐ。恐ろしくてそちらを見られずにいると、耳を塞いだ手の向こうから「やめ……う……」というようなくぐもった声が聞こえ、その後にガサゴソという音が聞こえた。そして辺りは何事もなかったかのように、先ほどと同じ静寂に包まれた。

ドクンッ、ドクンッ——心臓が今までにないくらいうるさく音を立て、口から飛び出してしまいそうだった。手に握る汗は先ほどまでの比ではない。近づいてきた男たちに声をかけられると、スイーズ伯爵の肩が思わずビクッと震えた。

「伯爵様」

「……終わったのか？」

「はい。目当てのものはこちらの箱の中に。ご覧になりますか？」

「いや！　……結構だ」

「そうですか。誰にも見られてはおりませんのでご安心を。薬で眠っておりますので当分目を覚ますことはないでしょう」

誰が、とは言わない。誰が、と聞くこともしない。

「帰るぞ」

そう言ってスイーズ伯爵と男たちは造花を入れてきた箱に流民ハルカ・アリマを隠し、城を出るために城門へと向かった。

城門を警備する騎士に「ご苦労」といつも通り決まりごとのような言葉をかけることも忘れてはならない。後ろに控える男たちも「ご苦労様です」と声をかけ、互いに会釈をする。

さらには「大きな荷物で大変でしたね」と言われれば「ええ、でもこの通り。献上品は無事に受け取っていただけたので帰りは軽いものですよ」とにこやかに会話をし、あたかも二つの箱が両方空であるかのように箱の一つの蓋を取って空になった内側を見せた。

男たちの思わぬ行動に内心冷や汗をかきながらも、スイーズ伯爵は普段通りを心掛け、気を抜けば早足になってしまいそうな自分を抑え、焦りなど微塵も感じさせず堂々と城門を通過した。

城門の外に待たせていた馬車に乗り込むと、馬車はゆったりとしたスピードでスイーズ伯爵領に向けて進みはじめた。

そして伯爵邸の前でスイーズ伯爵家の執事が彼らを出迎えた。

「お帰りなさいませ」

「ああ」

「旦那様？　お顔の色が優れないようですが……」

「問題ない。少し馬車に酔っただけだ。……フィアラはどうしている？」

「お嬢様は奥様と先ほど届いた新しいドレスを試着されております」

「そうか。私は疲れたからもう休む。馬も彼らに戻させるからお前も一緒に中へ入れ」

「……かしこまりました」

執事は馬車に向き直ると「それでは、よろしくお願いいたします」と頭を下げた。

伯爵たちが屋敷に入ったのを見届けた男たちは、伯爵邸の裏にある厩《うまや》へ一旦向かった。そして死角に入ったところで一人が馬車を降り、馬車に付いていたスイーズ伯爵家の紋章とゴテゴテした装飾を外すと上から幌《ほろ》を被せ、あっという間に商人が乗るような幌馬車へと作り替えた。

姿を変えた馬車はそのまま外へと走り出し、国境を越える街道へと向かう。街道の検問所で、商人に扮した男は【検《あらた》め不要】のスイーズ伯爵のサインが入った手形を見せ、何事もなく通過した。

こうして誰にも気づかれることなく、流民ハルカ・アリマは国外へと連れ去られたのだった。

三章　消えた流民はどこに

「先生、これで最後です」

　私は作り上げた光珠をダントン先生に渡す。

「お疲れ様。どうだい？　さすがに一日で五つは辛いかな？」

「そうですね。以前のようにふらついたりすることはないですけど、実は今結構な眠気に襲われてます」

「うーん、やはり余裕をもって三つまでにしておくほうがいいようだね。今日はもう終わりにするけれど、一人で戻れるかい？」

「天竜もいますし、大丈夫ですよ」

　窓際の椅子の上ですやすや眠る天竜を見て私は言った。窓からは太陽の光が差し込み、天竜は実に気持ち良さそうだ。

「いるといっても寝ているけれどね」

「天竜ってよく寝るんですよ。やることがないとずっと寝ていますよ。やっぱりまだ幼体だからですかね」

「そうなのかな。天竜様に関しては私たちもわからないことのほうが多いからね。ハルカ嬢から聞いて初めて知ることも多いよ……っとそんな話より、ハルカ嬢も早く休んだほうがいい」

「そうですね。そうさせてもらいます」

「本当に送っていかなくて大丈夫かい？」

「大丈夫ですって」

　私は椅子の上で眠る天竜をそっと掬《すく》い上げ、腰袋の中に入れた。眠っている天竜はちょっとやそっとの振動では起きないので、この中に入ってもらっていても何の問題もないのだ。

「それでは失礼します」

「ああ、気をつけて戻るんだよ」

　光珠作りを終えて自室に戻るとき、私は決まって同じルートを通る。庭園に面した通路から、その横を抜けて騎士団宿舎へ戻るルート。これが一番人に会わず気楽だった。

　貴族相手にも物怖《ものお》じしないとよく言われるが、やはり粗相《そそう》があってはならないと緊張する。ご令嬢や城のメイドさんたちから声をかけられて、王子様対応するのも気疲れする上になかなか解放されなくて困ることもある。

　本来の自分をそこまで偽っているつもりはないが、外面《そとづら》を用いている自覚はあるので、それを貼り付けたままにしているのはなかなか疲れるものだ。

　しかも少し前までは、この人通りの少ないルートでさえも視線を感じることが多々あった。それはこの世界の生活に慣れてからなんとなく感じていたもので、ラジアス様との外出許可が下りた後からその視線を感じなくなった。

　あれはおそらく私を見張っていたのだろう。警護というよりも監視の意味合いで、と私は勝手に推察している。視線の先の存在を私でもわかるくらいに匂わせていたあたりが牽制《けんせい》の意味もあったのかもしれないけれど。

一応この国に保護されたとはいっても、いきなり現れた正体不明の人間が敵じゃないですよー、力を悪用しませんよー、と言ってもハイそうですかというわけにはいかないだろう。

外出許可が下りるまでの数か月間は私という人物を見極めるための時間だったのではないかと思っている。今となっては城壁内では監視だか警護だかの目もなくなり、比較的自由に歩くことが許されている身だ。

人の視線を感じないというのはとても落ち着く。日本において、人から監視されるという状況は普通に生活していればないことから余計にそう思うのかもしれない。

そういう理由もあって人通りの少ないこのルートを使用していたのがいけなかった。まさかあんな目に遭うなんて。

「あれ？　光珠作ってる間に雨降ったんだ……あ、誰かいる」

朝来た時には乾燥していた地面が濡れていた。そして庭園では貴族と思《おぼ》しき男性が花を見ていた。気づかれないようにこっそり後ろを通過しようと庭園へ出た私は、途端に何者かに腕を勢いよく引かれた。

「うわ⁉」

驚き、バランスを崩したところをガンッとこめかみに一撃。

「っなに、を――」

手刀のような形で殴られ、強い衝撃に脳が揺れるようで立っていられなくなった。そこへすかさず口と鼻を覆うように布が当てられた。

（な、に？　いったいなんなの？　くそ、頭が、ぐらぐらする……）

こうしてなんの抵抗もできないまま、私は意識を失った。


「やあ、副隊長殿。今日は城で仕事かい？」

「魔導師長。文官組織が商人たちから購入した夜会用の荷運びです。大きい物が多いので我々が駆り出されました」

魔導師長はちらっと俺の後ろに目をやる。大きな箱を抱えた騎士たちが指示されたほうへと荷物を運んでいるのが見えたのだろう。納得したように頷いた。

「たしかにあの大きさは文官には厳しそうだ」

「でしょう？　魔導師長がここにいらっしゃるということは、今日のハルカの光珠作りはもう終わったのですか？」

「つい先ほどね。ああ、今日はいつもより多く作ってもらったからハルカ嬢には少し無理をさせてしまったようでね」

「……もしやまた倒れたのですか？」

「いやいや、そこまでではないから大丈夫だよ。ただとても眠そうでね。もしかしたらすでに自室に戻って眠ってしまっているかもしれないね」

魔導師長の言葉に俺はほっと肩の力を抜いた。

「それならば後で様子を見ておきます」

「そうしてくれると助かるよ」

魔導師長とそう約束を交わしたものの、俺が王城での仕事を終えたのはすっかり日も暮れてからだった。

トントン――急いで宿舎に戻り、ハルカの部屋の扉をノックするも中から返事はない。

「ハルカ？　いないのか？」

声をかけるも返事がないため食事でも摂りに行っているのかと思い、俺は食堂へと向かう。自分も食事がまだだったので日替わりセットを受け取り席に着く。辺りを見回したがハルカの姿はどこにもなかった。

「副隊長、お疲れ様です」

先に食事を終えた隊員たちから声をかけられたのでハルカを見ていないかどうか確認する。

「いや、自分は見ていないです。お前らは？」

話を振られた他の隊員も皆見ていないと言う。やはり疲れて部屋で寝ているのだろう。そう思い、食事の作り手であるケッチャ夫人に声をかけ、ハルカ用に軽くつまめるものを用意してもらうよう頼んだ。

手早く自身の食事を終え、用意してもらった軽食を持って再びハルカの部屋を訪れた。

「ハルカ？　ハルカー？　いないのか？」

おかしい。やはり返事がない。これだけ大きな声で呼んでも反応がないなんて、まさか倒れているのではないか。

「天竜？　そこにいるのか？　いたら返事をしてくれ」

ドンドンと強めに扉を叩き、ハルカと常に行動をともにしている天竜に呼びかけるがこちらも応答がない。ドアノブを動かしてみるが、しっかりと鍵がかかっているようでガチャガチャという音が響くだけだ。

何か嫌な予感がした俺は執務室に戻ると奥にあるハルカの部屋の合鍵が仕舞ってある箱の鍵を開ける。それを持ちハルカの部屋に戻り鍵を回した。

「すまない。入るぞ」

一応声をかけ扉を開ける。薄暗い部屋のどこを見てもハルカの姿はなかった。

（こんな時間に部屋に戻っていないなんて……ハルカはどこへ行った？　まさかどこかで倒れているのか？）

俺はハルカの部屋を後にし、灯りを手に持つと外へと急ぐ。ハルカが普段王城へ行く際に通っている道をくまなく捜すが見つからない。

（どこにいるんだ、ハルカ……！）

他にもハルカが通りそうな場所を懸命に捜すがやはりどこにもハルカの姿はなかった。そもそも王城の敷地内で倒れているなら誰かしらに発見されているはずだ。

（いないっ……最悪の事態も考えなければ……）

流民であるハルカが姿を消したとなれば大事だ。いなくなったという確証がなければ公にすべきではない。だがハルカが自分からここを去るとは思えない。

（そうだ……魔導師長ならばハルカの魔力を追えるのではないか？）

そう考えた俺は城へ行き、まずは魔導師長を捜したが、運の悪いことに彼はすでに帰宅してしまっていた。

（くそっ！　あとはあの方しかいないか）

いなくなったのはハルカだけではない。一緒に天竜もいなくなっているのだ。天竜の存在を知っているのは残るは陛下のみ。俺は王城内の国王の居住区へ急いだ。

陛下の部屋へと続く扉の前には第一騎士団が護衛として立っている。騎士たちは先触《さきぶ》れなく現れた俺に少し驚いている様子だった。

「取り急ぎ陛下に御目通《おめどお》り願いたい」

「このような時間にか？　用件は？」

「申し訳ないが陛下以外に話すことはできない」

「我々にもか？」

「ああ。陛下には流民の件で至急判断願いたいことがあると伝えてもらいたい」

「……わかった。少し待っていろ」

わずかの時を経て騎士が戻ってきた。

「陛下がお会いするそうだ。入れ」

開けられた扉を抜けると、そのさらに奥にもう一枚扉がありその前にも護衛の騎士たちが立っているのだが、話が通っているおかげで特に止められることはなかった。

先ほどよりも重厚な扉の奥には陛下の私室がある。控えていた侍従が扉をノックし、俺の来訪を告げた。

「王立騎士団第二部隊副隊長ラジアス・ガンテルグ殿が参られました」

「入れ」

言われて中に入れば陛下は立派なソファに腰を掛けており、その向かいのソファに座るように促された。

「夜分に申し訳ありません」

「気にするな。急ぎの用なのだろう？　ハルカ嬢に何かあったか？」

「まだわからないのです。陛下、人払いを」

「……わかった」

俺の顔に出た若干の焦りを感じ取ったのか、陛下は壁際に控えていた者を呼ぶと何か話す。そして陛下が手をさっと上げると室内にいた者全員が部屋の外へと出て行った。

「それで？　何があった？」

「ハルカ嬢の行方がわからなくなりました」

「……なんだと？　どういうことだ？」

陛下は眉間《みけん》に皺《しわ》を寄せる。

「言葉通りです。昼過ぎに魔導師長にお会いした際、ハルカ嬢は光珠作りを終え騎士団の宿舎に戻ったとお聞きしました。光珠作りによる疲労のため、すでに自室にて休んでいるかもしれないと言われ、後で私が様子を見に行くことを約束しました」

「それで？」

「ハルカ嬢の様子を見に行き、呼びかけたのですがハルカ嬢も天竜様も返答がなかったため、合鍵を使用し部屋の中を確認しましたが姿はどこにもありませんでした。このような時間に自室に戻っていないことは今までに一度もありません」

「他の場所にいるか、もしくはどこかで倒れている可能性は？」

「私もその可能性を考え、ハルカ嬢の行きそうな場所や王城からの帰り道を捜しましたがどこにも姿がありません。聖獣様の協力を仰ぐことも考えましたが、その前にまずご報告をと思い参った次第です」

「そうか……」

陛下は一度ソファに深く座り直すと俺を見て言った。

「一応聞いておくが、ハルカ嬢自ら姿を消すということはあると思うか？」

「それは有り得ないことかと。ハルカ嬢は元の世界に戻れないと知ってからはここで生きていく覚悟を決めているようでした。それに、もしここから出て行くにしても頼れる場所も人も外には少ないかと思います。唯一考えられるのは、王都にあるガンテルグ侯爵家の屋敷くらいかと思いますが、もしそこにいるようなら母から必ず連絡が来るはずです」

「だよなあ」

陛下は天を仰ぎながらソファの背もたれに身を預けた。

「ユーリに声をかける前にダントンの到着を待つ。先ほど急ぎ呼んでくるように指示したから直《じき》に来るだろう」

陛下は先ほどの人払いの際に、ハルカのことで何かあるならば魔導師長がいたほうがいいと判断し、すでに指示を出していたのだ。魔導師長は城下に別邸を設けており、そこから城に毎日通って来ている。

城に程近いその場所からならさほど時間はかからないだろうが、ハルカがいなくなったという事実に気が気でない俺はそのわずかな時間でさえもとても長いものに感じられた。平静を保つように心掛けてはいるが、俺の焦りは陛下にはお見通しのようだった。

「気持ちはわかるが落ち着け」

「……申し訳ありません」

「ダントンならハルカ嬢の居場所を探れるはずだ」

「やはり、魔導師長は彼女の魔力を追うことが可能なのですね？」

陛下は頷く。ハルカは魔力量が人よりも膨大なことと、彼女の魔力の塊《かたまり》である光珠があるため、それを元に魔導師長ほど力のある者なら魔力探索で居場所がわかるということだった。

そう聞いたところで廊下のほうからバタバタと慌てた足音が聞こえてきた。どうやら魔導師長が到着したようだ。

「失礼いたします。ハルカ嬢のことで急なお呼び出しとは何があったのですか？」

「ハルカ嬢が姿を消した。自室に戻っておらず、思い当たる場所は捜したがどこにもいないそうだ」

「なんとっ……！」

「ガンテルグから話を聞く前にお前を呼びにやったが、どうやら正解だったようだ」

「魔力探索ですね！　やってみます。陛下、光珠をお借りしてもよろしいですか？」

陛下から光珠を借り受けた魔導師長は、目を瞑《つむ》りひとつ深く息を吐くと光珠を握った手を前に出し何かを呟いた。

「陛下。魔力探索はどの程度の範囲まで行えるのですか？」

魔導師長の邪魔にならないよう小声で尋ねた俺に、陛下もまた小声でその問いに答える。

「王都全域、と言っていたな」

「そんなに……しかし、もし見つからなかったら」

「すでに王都から離れたか、魔力を遮断される空間にいるか……」

「……最悪の場合、命が尽きているか」

「そうだ」

自分で言った最悪の結末に一瞬ひゅっと息を飲む。そのようなことはあってほしくない。願うような気持ちで探索の結果を待つ耳に嫌な言葉が届く。

「駄目です。見つかりません」

「そうか。ではユーリの協力を仰《あお》ぐ。行くぞ」

陛下が言って立ち上がる。扉を開けるとそこにいた騎士へと声をかける。

「森へ行く」

「今からですか？」

「そうだ。事は急を要するかもしれん。第一からは……お前たち二人が一緒に来い。そっちの二人は騎士団に戻り待機。他にも今ここにいる者は状況がはっきりするまでは何も語るな。万が一流民に関して探りを入れてくる者がいたら何も知らないと言い通したうえで私に報告を上げろ」

「はっ！」

「では行くぞ」

陛下と俺たちは森へ着くと少し奥に進みユーリを呼んだ。森の木々たちが大きな声が外に漏れるのを隠してくれる。しばらく待つとのそのそとユーリがやってきた。

『揃いも揃ってこんな時間に何の用だ』

「悪いな。いきなりだがユーリに協力を仰ぎたい」

『内容次第だが……言ってみろ』

「ハルカ嬢が行方不明だ」

『何だと？』

第一騎士団の二人は声こそ発しなかったが国王の言葉に驚いていた。先ほど部屋の外にいた二人には初めて耳にする内容なのだから当然だろう。

「ダントンにハルカ嬢の魔力を探らせたが感知できなかった。ユーリなら魔力の匂いでわからないか？　前に美味そうな匂いがすると言っていただろう」

『難しいだろうな。そこの魔導師のほうがよほど捜せる範囲は広いだろう。それにハルカが魔力をコントロールできるようになってからは外に漏れる魔力はほぼない』

「そんな……」

思わず魔導師長から声が漏れる。ハルカが魔力をコントロールできるようにしたことでこのような弊害《へいがい》が出るなど考えもしなかったのだろう。

『それに探っても魔力を感知できぬのなら遮断されているかもしれん。だとすればいくらハルカの魔力が漏れていようとも匂いなどわからん』

「……では、魔力ではなくハルカ自身の匂いならどうだ？」

俺の問いにユーリが答える。

『それならば多少はできると思うが……辿《たど》れる匂いが残っていればの話だ。しかもそれほど距離は追えないぞ』

「構わない。少しでも手がかりを得られる可能性があるのなら頼む」

少しでもハルカを見つける因《よすが》が欲しい。ハルカは俺に何も告げずにいなくなったりしない。そんなことは絶対にない。まだ何の確証もないが、俺の中ではハルカに何かがあったということはもう確定だった。

『ならばハルカの匂いが付いたものはあるか？』

「執務室にハルカ専用のペンがある。取ってくるから少し待っていてくれ」

そう言ってすぐに宿舎に向け走り出そうとした俺をユーリが止める。

『ラズの足より私が行ったほうが速い。乗れ』

「恩に着る。陛下、急ぎ戻りますのでしばしお待ちを」

「待て。ダントン。今日の光珠作成はどこで行った？」

「普段通り、王城と繋がっている魔術研究棟の私の執務室です」

「ではハルカ嬢の私物を持ったらそこに来い。わからなくなっているのはダントンと別れてからの行方だ。そこから捜しはじめるほうが良いだろう」

「わかりました。では後ほどそちらで合流いたしましょう」

俺がユーリに跨《また》がると陛下たちは魔導師長の執務室へと向かって行った。

『こっちだな』

魔導師長の執務室から出発し、ハルカの匂いを辿ってきた俺たちは庭園の側を通る通路へとやって来ていた。

「前にハルカ嬢から聞いた通りです。彼女はいつも庭園の横を抜けて城へ行っていると」

「では、ここまではいつも通りということか」

『この辺りに他より強い匂いを感じるのだが……』

すっかり暗くなっている庭園へと灯りを照らしながら進むと、灯りに反射して光る何かがあった。

『む、これだな。これからハルカの匂いがする』

それを魔導師長が拾い上げる。

「これは、髪留めでしょうか？」

「すみません。ちょっと見せてください」

魔導師長から受け取ったそれは、太陽をかたどったチャームが付いた歪んだヘアピンだった。俺はそれに見覚えがあった。

「これは……これはハルカのものです」

地面に落ちていたのは以前俺と一緒に出掛けた際にハルカが購入したものだった。

「間違いないのか？」

「間違いありません。ハルカ嬢はこれを気に入っていて毎日使用していましたから。ただ、こんなに歪んではいませんでした」

「髪に着けていたものが歪んで落ちるような何かがあったということか……。ユーリ。この先はどこに続いている？」

陛下の言葉にユーリは緩く首を横に振った。

『わからんな。ハルカの匂いもなければ足跡もない。午前中に降った雨で消えたか。向こうからわずかに匂うのはハルカの部屋があるからだろう』

ユーリはハルカの自室の方角を鼻で指して言った。たしかにこの場にはいくつかの足跡があるものの、女性と思しきサイズの足跡はなかった。

「お待ちください」

「どうした、ダントン」

「ハルカ嬢が光珠作りを終えた頃にはとうに雨は上がっておりました。となるとハルカ嬢の足跡がないのは……」

「あの髪留めのことも考えればこの場で何者かに攫《さら》われた、と仮定して動くべきだろうな」

しんと空気が静まる。もし何者かがハルカを連れ去ったとしたらいったいどのように行ったのか。いくら人通りの少ない場所とはいえ、ここは城壁内の庭園である。真昼間に人ひとりを担いで歩くには目立ちすぎるし、出て行くには必ず城門を抜けなければならないはずだ。

他にも何か手がかりはないかと皆灯りを片手に探していると、俺は地面に残るあるものに違和感を覚えた。

「どうした？　何か見つけたか？」

「陛下。この轍《わだち》、妙ではありませんか？」

皆が集まり俺が示した場所を灯りで照らす。そこにはいくつかの車輪の跡が残されていた。

「この轍とあちらの轍はおそらく同じ車輪のものだと思います。大きさからみておそらく荷車か何かのものだと思うのですが」

「そのようだが、何が妙だというのだ？」

「轍の深さが異なるのです。通路脇から城門方向へ延びる轍のほうが明らかに深い」

皆がはっとして今見ていた地面から通路脇の地面へと視線を移すと、そこには俺の言ったとおり先ほどのものよりもくっきりとした車輪の跡が残されていた。

通路脇に落ちていたハルカのヘアピン。そこから消えたハルカの痕跡。雨が降った後のぬかるんだ地面に残る二つの深さの違う車輪の跡。考えられることは一つしかない。

「何らかの方法でハルカ嬢を拘束し、荷車に載せて外へ出たか」

陛下が呟く。いくつかの情報から導き出される答えはこの一つだ。

「見つからずに連れ去られたとなると何かに隠されていたのだろう。運んだのが荷車だとすれば荷物が載っていても何も疑問に思われないだろうからな」

「しかもここ数日は夜会の準備で商人や貴族らが出入りしております」

「ああ、その荷の中に隠されたのだろうな」

状況から考えてハルカは連れ去られた可能性が高い。まさか城内でこのようなことが起きるとは思ってもみなかった。皆が自分たちの平和慣れした甘さと不甲斐なさに、苦虫を噛み潰したような表情になった。もちろん俺も。

（くそっ！　ハルカ……！）

握りしめた手の平に爪がぎりっと食い込む。しかし反省するのは今ではない。今やるべきことは一刻も早くハルカの所在を明らかにし、犯人を捕らえることなのだから。

「状況を整理し、ハルカ嬢の発見に全力を注ぐ。関係者を会議室に集めろ」

「陛下。情けないことですが、城門の警備は我が第二部隊の者が担当しております。本日の担当者を連れてまいります」

「そうしてくれ。詳細はまだ伝えなくて良い。ダントン、お前は今日城壁内に入った者のリストと、仕入れた品、献上品の目録を用意しろ」

「はい」

てきぱきと指示を出していく陛下に『私はどうする』とユーリが尋ねた。

「ユーリにはこれを」

陛下がユーリに差し出したのはハルカが作った光珠だった。

「まだどのように動くかはわからんが、いざという時は力を貸してほしい。それまでは力を蓄《たくわ》えて待っていてくれ」

ユーリなりの了解の意なのだろう。ユーリは何も答えず差し出された光珠を飲み込んだ。ユーリの身体はいつものように光り輝き、それが治まる頃には一回り大きくなった姿がそこにはあった。

これに驚いたのは第一部隊の騎士たちだ。

「聖獣様のお姿が……っ！」

「大きくなった⁉」

第一部隊の騎士たちはハルカが魔力を供給できることは知っていた。だがそれは、自分たちが体験したように魔力を分け与えて回復させるものだという認識だっただろう。

光珠の存在も今初めて知った彼らは、今ユーリが何を飲み込んだのかもなぜ大きくなったのかもわからないはずだ。

「ああ、お前たちは見たことがなかったのだったな。これもハルカ嬢の力だ。あの珠はハルカ嬢にしか作ることができん。だからこそ誰かに奪われるということがあってはならんのだ」

第二部隊に身を置き、真面目で謙虚で偉ぶることのないハルカだから皆忘れているが、彼女は流民だから重要視されているわけではない。流民という存在以上に、その特殊な魔力がこの国にとって重要だからこそハルカの所在不明は放置できない問題なのだ。

この場にいる全員が改めて事の重大さを実感した。

会議室に主要な関係者が集まり、その隣室に来客の手伝いなどをしていた城のメイドたちが集められた。あえて隣室に集められたのは、情報の漏洩《ろうえい》を防ぐためと、妙な先入観を持たせないためだった。

「陛下。念のため王城内の空き部屋など全て確認しましたが流民の姿はどこにも」

「そうか」

「城下警備の第三部隊にもすでに通達してあります。何か情報が入り次第また」

「わかった」

「こちらからは何かわかったか？」

陛下は机の上に広げられた目録に目をやった。目録に記された商人からの購入品、貴族からの献上品の中で比較的大きい物や重い物など、運ぶために荷車を必要としそうな物を選別する。

受け取り係だった者に確認すると、その中で箱などの何らかの入れ物や、大きな布にくるまれていた物はそれほど多くはなかった。

「だいぶ絞られたな」

「品も確認しましたが、これとこれ……あとこの品も布ごと納められています」

「そういえばこちらの物は従者が担いで持って来られていました」

次々と上げられる報告を元に目録の該当する品に線を入れていく。すると残った品はわずか二つとなっていた。

「残りはこの二つか。ワイズ辺境伯からのタペストリー、そして……スイーズ伯爵からの造花」

「いずれも大きな箱に入れられていました」

「うむ……。ワイズ辺境伯とハルカ嬢の関係性は？」

「今のところ直接的な接点はないはずです。ただ、ワイズ辺境伯は流民の出現で聖獣様が力を手にすることを大層喜んでおられるようで、今回献上されたタペストリーも建国時の聖獣様と初代国王の姿が織られたものでした」

「そうか」

ワイズ辺境伯領はザザ山に面した広大な領地で、初代ワイズ辺境伯は五百年前の戦争で初代国王サンディアとともに立ち上がったうちの一人だ。建国にあたり、ザザ山方面の守りを固めるために移り住み、辺境伯という爵位に就いた。

実際は当時の聖獣や魔力持ちの生き物の力を恐れた他国からの侵略など一切なく、今となってはザザ山の植物から取れる染料を用いた織物が盛んな場所だ。

そして初代国王と肩を並べ戦う聖獣の姿を実際目にした初代ワイズ辺境伯が残した手記が数多く存在しているため、聖獣への畏敬の念が強い。

それ故、聖獣へ力を分け与えることができる流民であるハルカの出現は彼らにとって喜ばしいことのはずだ。もちろんそういったことを理解した上で、陛下は念のため確認しているのだろう。ワイズ辺境伯がハルカの失踪に関わっているなどとは思ってはいないはずだ。

「品を納めに来られたのはワイズ辺境伯のご子息方で、次の夜会で流民の姿を見た暁《あかつき》には流民と聖獣様のお姿を織ったものを作成するつもりだと申しておりました」

むしろ子供たちにまでその思想は行き届いていることがわかる。

「わかった。ではスイーズ伯爵は？」

陛下は周りの面々の顔を見て苦笑した。

「言わずもがな、か」

スイーズ伯爵領の主な産業が武器製造であることは言わずと知れたことである。そしてハルカが現れたことにより、その商売が上手くいかなくなっていることも事実だ。現在この国において、ハルカの存在を一番疎《うと》ましく思うのがスイーズ伯爵であっても何の不思議もない。

「ただなあ、あやつがそんな大それたことができる人間だとも思えん。あれは小物だぞ？　スイーズ伯爵はハルカ嬢との面識はあったのか？」

「伯爵自身はなかったと思いますが、娘のフィアラ・スイーズ伯爵令嬢はハルカ嬢と面識があります」

「あ、あの！」

ここで第一部隊の騎士が手を挙げた。

「なんだ？」

「以前そのスイーズ伯爵令嬢から流民に心無い言葉を投げられ、扇を壊されたと言われたことがあります」

「それは穏やかではないな。どういうことだ？」

「私もスイーズ伯爵令嬢からの話を聞いただけなので詳しくはわかりませんが、自分の存在はこの国にとって有益なのだと傲慢《ごうまん》無礼に振る舞い、彼女の手にしている扇を差し出せと言われたと……」

「ハルカがそんなことするわけがないだろう！」

思わず叫んだ俺の声が会議室に響く。

「落ち着け。……他には？」

もう一人、第一部隊の者が手を挙げた。

「私もスイーズ伯爵令嬢から流民に忠告を受けたと。……そこのラジアスに近づくな、伯爵令嬢ごときが目障《めざわ》りだと言われたと」

「──何をバカなっ！　わざわざ騎士団まで来てハルカを貶めていたのはその伯爵令嬢のほうだ！」

「だから落ち着けと言っているだろうが」

バシッと国王によって背中を叩かれ、俺は唇を噛み締めて拳を握った。こんなことで心を乱してはいけないとわかっている。けれど、ハルカのいなくなったこの状況で聞くに堪えない戯言《たわごと》に苛立ちを隠せなかった。

「それで？　私はハルカ嬢のそのような言動の報告を受けていないのだが？」

「それは――。……私もラジアス第二部隊副隊長が言うようにハルカ嬢がそのような言動をしたということに疑問を持ったからです」

「私もです。普段のハルカ嬢からは想像もできないですし、スイーズ伯爵令嬢以外の者からはそのような話を一切聞いたことがなかったので、確認を取ってからと思いました」

第一部隊の騎士たちの話を聞き、俺は握りしめていた手を緩めた。俺だけじゃない。皆わかってくれている。ハルカがこれまで必死に築き上げたものが彼女の名誉を守ろうとしていた。

「なるほどな。私もあのハルカ嬢がそのようなことをする人間ではないとは思うが……まあ事の真偽についてはさておき、その令嬢が原因となってスイーズ伯爵が動く可能性は？」

「スイーズ伯爵は娘を溺愛しているというのは社交界では有名な話ですが……いくら何でもそんなことで。そこまで愚かではないと思いたいですが」

「献上された造花はどのように持って来られたのだ？」

「スイーズ伯爵と、二つの造花を入れた大きな箱を載せた荷車を引く従者が二人付き添っておりました」

「品を納めた後は？」

「その後の動きは私にはわかりかねますが、あの場にいたメイドたちならあるいは」

「では直接話を聞くか」

そう言うと陛下は隣室に向かった。開けられた扉から急に現れた陛下にメイドたちが驚き、頭を下げる。

「ああ、今はそういう堅っ苦しいのはなしにしてくれ」

その言葉にメイドたちはおずおずと顔を上げる。

「さて、なぜここに集められたのかわからなくて不安に思っていることだろうが、君たちを罰するためではないからそこは安心してほしい」

メイドたちはあからさまにほっとしたように息を吐いた。就寝していたところを急に起こされ一部屋に集められた彼女たちは、今の今まで理由もわからずこの部屋で待機させられていたのだからそうとうな緊張があっただろう。

「この中で今日スイーズ伯爵と言葉を交わした者はいるか？」

陛下の言葉を聞いてメイドたちが「スイーズ伯爵様？」などとざわつく。もしかしたらスイーズ伯爵が誰だかを知らない者もいるのかもしれないと陛下は言葉を続ける。

「従者を二人連れて大きな造花を二つ納めに来たようなのだが」

「それでしたら私が」

一人のメイドが手を挙げた。

「造花の参考にしたいから庭園を見たいと仰ったのでご案内いたしました」

「どのくらいの時間庭園にいたかはわかるか？」

「申し訳ありません。ご案内した後は私も仕事に戻りましたので、そこまでは」

「そうか。他に誰かを庭園へ案内した者はいるか？」

陛下が他のメイドを見回す。誰も手を挙げなかったので一番年嵩《としかさ》のメイドが答えた。

「私の知る限り他にはいないかと。品を納めに来られた方たちもすぐに帰られる方がほとんどでした。普段庭園に興味を持たれるようなご令嬢方もおりませんでした。本日は騎士団の公開演習もございませんでしたし、雨の後で地面がぬかるんでいましたから」

わざわざぬかるんだ庭園へ足をやり履物を汚すことを好《よ》しとする貴族はいないだろう。

「ではもう一つ質問だ。この中で今日ハルカ嬢に会った者はいるかな？」

陛下の質問に今度は何人かのメイドが手を挙げる。

「私は朝、王城へと向かうハルカ様にお会いしました」「私も」

「私はお帰りになるハルカ様にお会いしました。とても眠そうにされていて……」

「それは何時頃だ？」

メイドの言葉を遮るように陛下が聞く。

「え、あの、正確な時間はわかりかねますが、雨が上がってしばらく後のことだったかと」

「ハルカ嬢に会ったのはどこだったのか覚えているか？」

「二階へ続く階段前の通路を一つ曲がったところです」

メイドの言った場所からさらに一つ角を曲がれば庭園横の通路だ。やはり庭園に差しかかる前までのハルカの行動はいつも通りだった。

何が起こったのか、なぜこのようなことを聞かれているかもわかっていないメイドからもたらされる情報が、ハルカがいなくなった事実と繋がっていく。

「そうか。皆このような時間にご苦労であった。もう下がって良い」

陛下はそう告げると俺たちを連れて会議室に戻り、外に控えていた城門を警備していた騎士二名を呼び入れた。そしてすぐにその二人に対して確認作業が行われた。

スイーズ伯爵に怪しい動きはなかったかという問いに対して二人は「なかったと思う」と答える。登城した時と同じように荷車に箱を二つ載せて帰って行ったと言った。

「箱の中は確認したか？」

「登城された際にはもちろん中の荷を確認しました。しかし帰りは……」

来た時は中身を検《あらた》める義務があるが、帰りは義務付けられていない。

「あ、でも従者の方と言葉を交わした際に、中身を納めたから箱が空になって軽くなったと言って空箱を見せられましたが……」

「二つともか？」

「！……いえ、一つだけです。もう一つは確認していません」

「わざわざ見せる必要のない箱を開けて中をね……ますます怪しいな」

陛下が呟いたその一言に何も知らない騎士が反応する。

「陛下、ラジアス副隊長。いったい何が起きているのですか？　私たちが通過させたその箱に何か問題のある物でも入っていたのですか？」

俺が陛下を見ると陛下はゆっくりと頷いた。話しても構わないということだ。

「ハルカが失踪した」

「ハルカが……失踪⁉」

騎士たちは驚きの声を上げた。同じ第二部隊に所属する者として、ハルカの存在は非常に近しいものだ。そのハルカがいなくなったというのだから当然だろう。

「そうだ。自分でいなくなった可能性も絶対ないとは言えないが、状況から考えて何者かに攫われた可能性が強い。そして今一番疑わしいのはスイーズ伯爵だ」

「なっ、ではあの私たちが確認しなかった箱の中にハルカがいたかもしれないということですか⁉」

「……そうだ」

「っそんな……」

「お前たちを責めているわけではない。そもそも下城の際の確認は義務付けられていない」

「ですが……」

騎士の気落ちした声を遮るように陛下が手をパンと叩いた。

「そもそも責められるべきはお前たちではなく、早々にハルカ嬢の警護を解いた私だ。今はハルカ嬢の救出を第一に考えろ。反省するのはその後だ」

「「はっ！」」

その場にいた者の声が揃う。

「ガンテルグ、先に隊員を連れてスイーズ伯爵の身柄を押さえろ。抵抗するようなら縛り上げて構わん。一通り屋敷を捜索してもハルカ嬢が見つからない場合は伯爵を城まで連れて来い。ああ、それから伯爵夫人と娘、スイーズ伯爵家の使用人なども屋敷から一歩も外に出すなよ。第三部隊をそちらに向かわせるから彼らに屋敷を見張らせろ」

「はっ！」

「ダントン」

「はい」

「お前はスイーズ伯爵が城へ来た時に特性の《鑑定》を使え。魔力から感情を読み取ることはできるな？」

「はい、お任せを」

「そっちのお前たちは念のためスイーズ伯爵領の街道の検問所に詰めていた者を連れて来い」

「はい！」

「では行け！」

陛下の声で皆が一斉に動き出した。


『──ルカ、ハルカ。しっかりしろ。目を覚ますのだ』

「んん……」

誰かの呼ぶ声で私は目を覚ました。

『おおっ！　目覚めたか！』

「……天、竜？　私は……っ痛」

ガンガンとした頭痛に襲われ、思わず頭を押さえた。そして自分の身に起きたことを思い出す。

この頭痛は殴られたせいか、はたまた無理やり嗅がされた薬のせいなのか。

『大丈夫か⁉』

「大丈夫だよ。ちょっと頭が痛いだけ。それよりここは……？」

きょろきょろと周りを見回す。私は天蓋《てんがい》付きの豪華なベッドに寝ていた。周りにある鏡台や、テーブル、ランプなどの小物に至るまで、素人目に見ても高価そうな物で溢れた広い部屋にいる。

一番都合良く考えれば、すでに誰かに救出してもらっているということもあるかもしれないが、豪華なくせに窓のないこの部屋を見る限りその可能性は低い気がした。

ただ、自分は何者かに攫われたはずなのだが特に拘束されたりもしておらず、腰袋もそのままの状態を見る限り、少なくともすぐに殺されたりはしなさそうだ。そう考えると強張《こわば》っていた身体の力が少し抜けた。

『ここはいったい何なのだ？　いったい何があったのだ？』

「うーん、どうやら攫われちゃったみたいなんだよね」

『は？』

私もそうだが、天竜も事態が把握しきれていないようだ。考えてみれば攫われた時天竜は寝ていたのだから、私以上に謎だらけなのだろう。

「実はさ――」

私は起こったことを掻《か》い摘《つま》んで天竜に話した。その結果、天竜はものすごく落ち込んだ。

『我が、我が眠っている間にそのようなことが……！　なんという失態！　すまぬ。すまぬ、ハルカ！』

「いやいや、天竜のせいじゃないから」

『それでもっ！　我はつい先ほどまでのんきに眠りこけておったのだ。……情けなくて自分が許せぬ』

「でも天竜が眠っていたおかげで相手にも気づかれなくて、今こうして一緒にいられるから結果オーライだよ」

私は天竜に笑ってみせた。こんな状況で一人ぼっちではないというのは本当に心強い。一人だったらもっと気が動転していただろうし、こんなに冷静に考えることもできなかっただろう。

「頭はちょっと痛いけど身体も普通に動くし、まずは状況を把握しないとね」

『ハルカ……うむ！　そうだな！』

私はベッドから降りると軽く身体を動かしてみる。うん、頭はまだ少しぼうっとするし痛みもあるけれど首から下は問題なさそうだ。

どれだけ気を失っていたかはわからないが、この身体の凝り固まった感じからして思っているよりも長く眠ってしまっていたのかもしれない。

伸びや屈伸《くっしん》などをして簡単に身体をほぐし、部屋に三つある扉のうちの一つに向かう。念のため扉を開ける前に覚えたばかりの魔法の《盾》を張ったが、ドアノブを持つ自分の手が小刻みに震えていることに気づいた。

『ハルカ』

「……大丈夫。大丈夫だよ」

どのみちもう捕まっているのだ。意識を失っていた者が状況把握のためにドアを開けようとする行為は特におかしなことではない。見つかったところで今とさほど状況は変わらないだろう。

それにその行為すら許されないのであれば、端《はな》から見張りの一人や二人いてもいいはずだ。そう自分に言い聞かせて思い切ってドアノブを回すと扉が開いた。そこは何の変哲もないバスルームだった。いや、違った。猫脚の付いたバスタブのある豪華なバスルームだ。

若干拍子抜けはしたが、その勢いで二つ目の扉も開けるとそこは衣裳部屋になっており、ワンピースからドレスまで何着もの服が掛けられていた。

(どこもかしこも豪華。服だってあんなにあるし、全体的に可愛らしいし、どこかのご令嬢の部屋?)

三つの扉のうち、残る扉は一つ。

「他が違うとなると、この扉が外に繋がっているはず」

私が三つ目の扉のドアノブを回すと、ガチャガチャという硬質な音が鳴った。どうやら鍵が掛けられているようだ。

(はー、……やっぱりそうだよねって、あれ?)

『どうしたのだ?』

「いや、盾が消えた」

これはもしや、この部屋はそういう部屋なのだろうか。窓もなければ内鍵もなし。それなのに鍵は掛かっている。つまり外から鍵を掛けている。そして魔法もなぜか消えた。

「敵さんは外にいらっしゃると……そしてこんな部屋に監禁?　用意周到じゃない?」

そうなると、私を誘拐したのは誰なのか。今のところ誰かに恨まれるような覚えはない——いや、一人いるな。フィアラ・スイーズ伯爵令嬢。彼女には恨まれているかもしれない。けれど、彼女一人にこのようなことをする力はあるだろうか。

（いや、うん。なさそう。となると彼女の親のスイーズ伯爵とか？）

スイーズ伯爵とは面識はないはずだが、娘のフィアラから何か聞かされているかもしれない。それ以前に私のせいで商売が上手くいかなくなった逆恨みのことも考えられる、と最近座学で習ったスイーズ伯爵領の産業を思い出していると天竜から声がかけられた。

『ハルカ、何者かが近づいてくるぞ』

「え？　どうしよう。どうする？　……とりあえず天竜は隠れてて。私がいいって言うまで絶対に出てこないで」

天竜の存在にはまだ気づかれていないはずだ。最悪隙を見て天竜だけでも逃がすことができれば助けを呼べるかもしれない。

私は天竜に腰袋に隠れてもらうと、慌てて初めに寝ていたベッドに潜り込んだ。寝たふりでも決め込もうかと思ったが、状況を早く知るには起きていたほうがいいのではと思い、上半身を起こして待つことにした。

（来るのはスイーズ伯爵か、はたまた別の人物か……）

緊張で速まる鼓動を落ち着かせるように胸に手を置き深呼吸をする。気持ちを落ち着かせてこの部屋の入り口と思われる扉を見据えて待っていると、ノックもなしにガチャッと扉が開いた。

男性で、年齢はダントン先生より少し上くらいだろうか。レンバックの王城内で目にする貴族のような服装と撫でつけた髪、そして何より男の空気感がただの平民ではないと思わせた。彼は私と目が合ったことに一瞬驚きの表情を見せたが、すぐに笑顔になった。

「おや。もう目覚めていたのだね」

一見穏やかそうに見えるその男の笑みが、私にはどこか気持ち悪く感じられた。

「すまないね。もう起きているとは思わなかったものだから」

部屋に入ってきた男はベッドの横にあるテーブルから椅子を引くと、その椅子をこちらに向けて座った。一気に近づいたその距離に、私は思わず身をすくめる。

「身体は大丈夫かな？　少々手荒な真似をしてしまってすまなかったね」

手荒な真似――なるほど。やはりこの男は私を攫った側の人間で間違いないようだ。

（……怖い）

誘拐犯と同じ部屋にいるという状況に勝手に身体が震える。それでも、目の前のこの男から目を逸《そ》らしてはいけないような気がして見ているとあることに気が付き、私は震えを隠すように話しかけた。

「……いくつかご質問しても？」

「いいよ。私で答えられることなら答えよう」

つまりは答えたくない問いには答える気はない、私に教える必要のないことには答えないということか。

「ここはどこですか？」

「私の屋敷だよ」

「今は何日の何時ですか？　私はどれくらいの間、気を失っていたんですか？」

「どのくらいだろうね。想像に任せるよ」

やはりそう簡単には教えてくれないらしい。部屋に入ってきた時、私が起きていることに驚いていたくらいだから、思ったよりも時間は経っていないのかもしれない。

　こんな奴と話したくはないが、今はとにかく情報が欲しい。質問の答えをもらえなかったとしても、そこから考えることはできる。許されているうちにと私は次の質問を投げかけた。

「貴方は誰ですか？」

「今日から君の主となるものだ」

「っ！　……では聞き方を変えます。貴方はスイーズ伯爵、ではないですよね？」

　聞き捨てならない言葉もあったが、とりあえずそこは無視して男に問う。質問しながらも私はこの男がスイーズ伯爵ではないと確信していた。ただし、王城内で攫われたことを考えると内部に入れる誰かが絡んでいることは間違いないだろう。

　そして私が今のところ疑いを持っているのはスイーズ伯爵だけだ。だからこそ違うとわかっていてもあえてスイーズ伯爵の名前を出し、少しでも相手の反応が見たかった。

　私の問いに男の目が少し開いた後楽しそうに笑った。

「……君はどこまでわかっているのかな？」

（この反応。本当にスイーズ伯爵が絡んでいるってこと？）

「どこまで、とは？」

「先ほどの聞き方だと、君は私がその伯爵ではないと確信を持っているようだが……なぜそう思った？」

「この部屋の調度品や、衣裳部屋にあったドレス、貴方の着ている服、誰が見てもわかるほど質が良いものでしたので、伯爵家より上の家格であると判断しました」

「ほう……本当にそれだけで？　私がそういった物に関心が強いだけかもしれないよ？」

「さて、どうでしょうか」

　本当はそれだけではない。半分は本気で半分は適当に考えただけ。もっと確信に近い理由があるのだが、今言うべきかどうか迷ったので話を逸らすことにした。

「では次に――」

「待ちなさい。まだ君の答えを聞いていないよ」

　男の言葉にわざと私は強気な笑みを浮かべてみせる。

「ではそれは後ほど。貴方への質問が許されているうちに、どうしても聞いておかなければならないことがあるのです。このようなお部屋を与えてくださった貴方なら、攫われた哀れな女のほんの少しの我儘くらいお聞きいただけるでしょう？」

　少しでも相手の雰囲気やペースに飲まれないように。自分を強く保つために。怖いけれど、泣いてしまいたいけれど、でも負けたくない。

「私はなぜ自分が攫われたのか、その理由が知りたいのです」

「……君は面白いお嬢さんだね。外身だけでなく中身も変わっている。実に素晴らしい」

　男は満足そうに笑みを深めると「今までの人生で一番良いものを手に入れたかもしれないな」などと呟きながら椅子に深く座り直した。

「ああ、君を連れ出した理由だけれどね。簡単に言うと私は珍しいものが大好きで、珍しい容姿の君を囲って愛でようと思っていたんだ」

「囲って、愛でる？」

「そう。とびきり美しく着飾らせて砂糖菓子のように甘やかして、誰の目にも触れさせず私だけの君になってもらおうと思っていた」

「そ、それって……」

私は背筋が粟立《あわだ》つのを感じた。思わず自分を抱きしめるように握った両腕には見事な鳥肌が立っていた。

「想像してたのと全然違った……」

(このおじさん、ヤバイ人だ！)

この男が予想していた斜め上を行く危険な人物だということがわかって私は震えた。そんな私を尻目に男は楽しそうに「君はどんな想像をしていたんだい？」と聞いてきた。

私の想像では、私は人質として連れ去られたのではないかと思っていた。そう告げると男は「そんなことをしたらせっかく手に入れた君を手放すことになるじゃないか」と言ったが、そちらのほうが私にとっては意味不明である。

「いや、だって普通に考えて他国が絡んできて、しかも殺されずに生きているなら人質かって思うほうが妥当じゃないですか。それがまさかこんな特殊な趣味を持った個人的な理由で誘拐されたなんて思わないですよ！」

すっかり布団から抜け出した私は後ずさりながらベッドの端ギリギリのところまで行き、男と距離を取った。いろんな意味で泣きそうだ。変態とは人生で初対面だ。この一見人の良さそうなおじさんを私は変態として認識した。

「他国？　なぜ他国が絡んでいると思うのだ？」

男は完全にドン引きしている私を気にすることなくさらに質問を重ねてくる。

「だ、だって貴方レンバック王国の人ではないですよね？」

「なぜそう思う？」

　私は男を指差し答えた。

「貴方の服の襟《えり》に付いているそれ、このベッドのヘッドボードに彫られているものと同じです。おそらくこの家の紋章ですよね？　レンバック王国の貴族なら、いえ、ギルドに至るまで紋章の基本的な形は決められています。貴方の付けているその紋章の形はレンバック王国で定められた形とは違う。だから」

　そう。レンバック王国では紋章は全て盾の形と決まっており、必ず森を表す葉のデザインを入れることが決められているのだ。そして目の前の男の襟に付いている紋章にはそれらがなかった。

　私がそこまで言うと男はパンパンと大袈裟に拍手をしだした。そして嬉しそうに笑って言った。

「素晴らしい。実に素晴らしいよ！　私の魔導師は本当に優秀だ」

「は？　え？　魔導師？」

「こちらの話さ。お嬢さん、先ほど私が言ったことは忘れてくれて構わない。君のような子をただの人形のように愛でるだけなんてそんな勿体《もったい》ないことはできないからね。君とは意思の疎通ができたほうが絶対に面白い」

　そう言うと男は椅子から立ち上がりピンと背筋を伸ばした。

「改めまして、お嬢さん。私の名はネイサン・リンデン。君の考えた通りここはレンバックではない。レンバック王国の隣国であるアルベルグ王国だ」

そこに先ほどまでの変態はいなかった。疑いようもなく貴族、しかもそれなりに人の上に立つことに慣れたような雰囲気を纏う男がいた。

(アルベルグ……平和条約が結ばれて今は争いもないって習った気がする。じゃあこの人は本当にあんな気持ち悪い理由だけで私を？　それになんでさっきまで名乗らなかったのに急に名前を？

もしかして偽名?)

急に態度の変わった男に自《おの》ずと警戒心は高くなる。

「ふふ、そんなに警戒しなくても良いじゃないか。なぜ私が名乗ったのか、先ほどまでの態度と違うのか不思議なのだろう?」

私は黙ったまま頷いた。

「だろうね。私も君と話すまではそんなつもりはなかったのだよ。自分好みに作り上げて愛でられればそれで良いと考えていたのだがね、思っていたより君は聡明なお嬢さんのようだ。薬漬けでただの人形にするより、対等に話せるほうが私を満たしてくれると思ったからだよ。なにせ君はこれからずっと私と一緒にいるのだから」

「……ずっと、ですか?　冗談は貴方の趣味だけにしてもらいたいですね」

苦々しく強がって吐き捨てた私の言葉に男――リンデン卿《きょう》は笑みを深め、ベッドの上へ片膝を乗せて私の顎《あご》を下から掬うように掴んだ。

嫌だ、怖い、気持ち悪い、触らないで。言ってやりたいことはたくさんあるのに恐怖で言葉が出てこない。ただ睨みつけることしかできない。

「まったく、怖いもの知らずなお嬢さんだ。ただ私は寛容だからね。君のその私を睨みつける黒く輝く瞳さえも可愛らしく思えるよ」

私は顎を掴んでいるリンデン卿の手を思い切り払いのけた。

「おお、怖い。まるで野生動物のようだねえ。それを手懐《てなず》けるのもまた一興だ」

リンデン卿は叩かれた手を大袈裟にさすってベッドから膝を下ろした。

「君の望みはできるだけ叶えよう。この部屋にある物は何でも好きに使って構わないし欲しいものがあれば何でも用意しよう」

「何もいらない。私が望むことは一つだけです。元の場所に――」

「ただこれだけは覚えておくと良い。君は一生ここから出られないし、助けも来ない。楽しく過ごすためには私に寄り添ったほうが賢明だと思うがね」

そこまで言うと、リンデン卿は入ってきた扉へと向かい「また来るよ。次はもう少し冷静になった君と会えると嬉しいなあ」と言って出て行き扉を閉めようとしたが、直前で何かを思い出したかのようにこちらに向き直った。

「そうそう。言い忘れていたけれど、この部屋は君を迎えるための特別製でね。君が中でどんな魔法を使おうがどこにも傷をつけることはできない。外へ魔法を使って知らせを送ろうとしても遮断される仕組みになっているから無駄なことはしないことだ」

「じゃあ貴方にだったらどうですか？」

私は瞬時に氷の粒を作り出しリンデン卿に向けて放った。しかしそれらはリンデン卿に当たる直前で弾け粉々になって床に落ち、逸れて壁に当たった魔法はまるで吸収されるかのように消え失せた。

「なんで……」

「ふふ、私は魔導師にいろいろと身を守る魔法を施してもらっていてね。攻撃魔法は弾くし防御魔法だって私の前では意味を成さない。わかったかな？　私に魔法を使うのは魔力の無駄使いというものだ。残念だったね……その落胆した表情も素敵だよ」

　そう言い残して今度こそリンデン卿は部屋を去った。


「公爵様」

「ああ、お前か。今回はご苦労だったね。おかげで素晴らしいものが手に入った」

「お気に召しましたようでなによりでございます。私はしばらく姿を隠そうと思いますので、ほとぼりが冷めた際にはまたどうぞご贔屓に」

「もちろんさ。今回の報酬はこれで足りるかな」

　リンデン卿はずっしりと重いお金の入った袋を手渡す。受け取った男——宝石商はにやっと笑い、中を確認すると満足そうに頷いた。

「十分すぎるほどでございます。自失の香《こう》をもう少し置いていきましょうか？」

「ああ、それは使わないことにしたから必要ないよ」

「おや、従順な娘でしたか？」

「従順ではないが泣き喚《わめ》きもしない。話すとわかるがあれはずいぶんと聡明なお嬢さんのようだ」

「さようでございますか。しかしあの娘は聖獣を操るとも言われております故、十二分にお気をつけくださいませ」

「わかってはいるが、その噂も怪しいところだねえ。攫った時だってその聖獣とやらは現れなかったのだろう？　人の噂というのは得てして大袈裟に語られるものだよ」

「そうでございますね。では私はそろそろお暇《いとま》いたします」

「ああ、達者で」

宝石商の男は裏門からひっそりと公爵邸を去った。

「ただの噂話で終わればいいけどな――」

公爵にとっては不吉な言葉を残して――。

誘拐の目的が自分そのものだったとは完全な想定外だ。

（どうしたらいい？　どうすれば逃げられる？　どうすればこの状況を知らせることができる？

……ラジアス様）

「怖い……会いたい、助けてラジアス様……」

リンデン卿と相対していた緊張から解放され、押し込めていた不安が私を襲う。ベッドの端で抱え込んだ膝に頭を埋《うず》めると涙が零れそうだった。こんな時に思い出すのはやはりラジアス様の顔で、脳裏に浮かんだその姿に縋りたくなってしまう。

しばらく動けずにいると腰袋の中でもぞもぞと天竜が動いた。出てきてもいいと言うのを忘れていたことに今さら気づく。袋を開けてやるとぴょんと天竜が跳び出してきた。

『我も、我もいるぞ！　泣くなハルカ！』

いつも以上に跳ねている。天竜なりに私を励まそうとしてくれているのがわかって、その姿を見たらなぜか目頭が熱くなった。

「そうだね。ありがとう、天竜。どうやって逃げ出すか一緒に考えてくれる？」

目尻に溜まった涙を拭って天竜に笑いかければ思いがけない言葉を返された。

『うむ！　任せておけ！　我はすでにここからの脱出方法を考えついておるぞ！』

「え？　ええ!?　本当に？」

『伊達に長くは生きておらぬわ！　このような箱、我が破壊してくれる』

「箱ってこの部屋のこと？　天竜はさっき見えなかったと思うけど、この部屋の壁は魔法を吸収しちゃうみたいなんだ」

私は言いながら壁に向かって先ほどと同じ魔法を放った。魔法はやっぱり消えてしまう。

「ね？」

『うむ、たしかに。だが魔法など使わなくとももっと簡単な方法があるではないか』

「簡単な方法？」

『うむ。物理的に壊してしまえば良いのだ』

「……えぇぇ？」

まさかの力技。私が内心、いやいや、長生きとか年の功とかまったく関係ないじゃん？　と思ったのは仕方がないことだろう。

「あのさ、天竜には非常に申し訳ないんだけど、女一人と毛玉一匹で壁は壊せなくない？　武器もないし、カンカンやってたら気づかれると思うんだけど」

『……』

私の言葉に天竜はいつになく不服そうにこちらを見て言った。

『ハルカよ……我が長くこの姿でいるせいで本来の我の姿を忘れておるな？　我の本来の姿はこのような小さき箱などには到底収まらぬ巨躯《きょく》であるぞ？』

「そりゃあ竜なんだから大きくなったらそうかもしれないけど、竜の姿になっても今はまだ幼体でしょ？」

『……おぬし冷静そうに見えて相当動揺しておるな。普段なら我が言わなくても自分で気づきそうなものを』

「え？　何？　どういうこと？」

『思い出せ。ハルカの普段の仕事は何だ？　いつも城で作っているものは何なのだ？』

私の仕事は騎士団の雑用で、王城では光珠を作っていて――。

「……あー！」

『理解したようだな。ハルカの作る珠は我を飛躍的に成長させる。本来の姿とまではいかなくともこの箱を破壊できるくらいにはなれるだろう』

この部屋はたしかに魔法は効かないかもしれない。けれど私が作る光珠はただの私の魔力の塊だし、壁にぶつけるわけでもないから影響は受けないはずだ。

本当に攫われたのが天竜と一緒で良かった。私一人なら動揺して考えつかなかっただろうし、思いついたところで天竜が一緒じゃなかったらいくら私が光珠を作れたとしても意味がなかった。

「天竜！　私たくさん光珠作るよ！」

『うむ！　我もこのようなところ早く去りたいのでな。ここにおったら確実にあの男の気持ちの悪い趣味に付き合わされそうだ』

「……たしかに」

珍しいものが好きだと言うあのリンデン卿にとって、天竜以上に珍しい存在などありはしないだろう。ここにいたら二人とも危ない。

『珠を作っている間の見張りは任せよ。魔力を感知できずとも人の気配くらいはわかるからな』

「うん、お願い。あと作ってる最中で私が寝落ちしそうだったら引っぱたいてでもいいから起こしてもらっていい？」

なにせ私の魔力は通常の四百倍あるのだ。倒れさえしなければ無限に光珠を作れるはずなのである。

『任せよ！』

私たちがいないことに気づいたらきっとみんなは捜してくれるだろうけれど、ここは隣国アルベルグ。ここに辿り着くまでどれだけ時間がかかるかもわからない。

うじうじしていても時間は同じように進むのだ。だったらやれることをやる！　この世界に来て以来いつだって私はそうやってきたんだから。

「こんなところ早く脱出するぞー！」

『するのだ！』

　私がハイタッチするように手を挙げれば、そこに向かって毛玉の天竜が飛び跳ねた。一人だったらこんな方法も思いつかなかったし、こんなに早く前向きな気持ちにもなれなかったと思う。天竜がいてくれて本当に良かった。

　脱出に向け頑張ろうと気持ちが前向きになると、私のお腹がグウッと鳴った。なんて正直なお腹だろう。こんな状況でも私の身体はしっかり働いている。素晴らしいね。生きている証拠だ。

　そしてこのタイミングで、天竜が部屋に近づいてくる人の気配に気づいた。どうせあの男だろうと思うと、部屋の扉が開くのがまったく嬉しく思えない。

（ああ、でもそうだ。欲しい物があったんだった。それと、ご飯！　安全かつ美味しいお腹に溜まる食べ物が欲しい！）

　少しだけ期待しながら扉が開くのをじっと見つめた。リンデン卿はどうでもいいからとにかく何か食べたい。こんな所に連れて来られたせいでずっとご飯を食べ損ねていた私の身体は食べ物を求めているのだ。

　扉が開くと、そこには私が期待していたものを持つリンデン卿がいた。

（パンに果物！　ご飯だ！）

　食べ物を確認し、少しほっとした私はもう一つの欲しかったものをリンデン卿に告げた。

「時計が欲しいのですが」

「時計？　そんな物ここでの暮らしには必要なかろう」

　私が今いるこの部屋には日常生活を送るうえでは特に問題がないくらいの物が揃っている。ただし、外へと繋がる物や日付や時刻のわかるものは何一つ置いていなかった。

「そんなことはありませんよ。人間規則正しく生活しなければ心は乱れ思考力も落ちましょう。ただでさえこのような正しいとは言えない状態なのです。日の光も入らないこの部屋にいては、時間の流れもわからず日常生活とは程遠い。このままでは私の心は確実に塞いでいくでしょう。ですから自我を保つためにも時計は必要です」

一度断られたくらいで諦める私ではない。いつまでもこのようなところにいるつもりはないが、こんな場所にいてもきちんと朝起きて、食事もしっかり摂り、夜になったら眠るという行動は自分らしくいるためにも大切なことだと思う。

きちんとしていないと本当に鬱《うつ》になりそうだ。

「それに欲しいものがあれば何でも用意すると仰ったのはそちらですよ？」

言外に「つい先ほどのことを忘れたわけではありませんよね？」と匂わせながら、感じている怯えや不安を隠しにっこりと微笑む。

「……立ち直りが早すぎないかい？　普通、もっとこう……いや、まあ普通でないところが良いのだがねぇ」

私の態度に釈然としないリンデン卿は、ぶつぶつ言いながらも自ら持ってきた食事をテーブルの上に置くと椅子を引いて腰かけた。近寄りたくない私はずっとベッドの上だ。

「まあ時計くらいは良いだろう。用意するよ」

そう言ったリンデン卿は椅子に腰かけたまま不思議そうにこちらを見て言った。

「お腹が空いているだろう？　こちらに座ってお食べよ。もちろん毒など入っていないから安心したまえ」

「私の世界では食事は必ず一人で摂るという決まりがあります。リンデン卿がこの部屋にいる限り私は一口も食べません」

嘘も方便。私の世界のことなんて知るわけがないのだからどうせバレない。こんな人の目の前で落ち着いてご飯なんか食べられるか。リンデン卿は疑う眼差しをこちらに向けたが、いつまでも動かない私に溜息を一つ吐いた。

「まあ今日はまだ来たばかりだしね。いずれは一緒に食事をしよう。時間はたっぷりあるのだから」

リンデン卿は私の頭をひと撫でして部屋から出て行った。

……。

………。

「きもっ！　きっも！　好きでもなんでもない人からの頭ポンポン気持ち悪っ！」

私は堪らず撫でられた髪をぐしゃぐしゃにした。あまりの気持ち悪さに止めていた息も一気に吐き出した。

『ハルカよ、落ち着け』

ふわっと光って腰袋から出てきた天竜は、毛玉ではなく初めて会った時に変身してみせた竜の姿だ。ただしまだまだ可愛い手の平サイズだが。

「無理。むーりー！　気持ち悪い。頭が汚れた」

『む？　汚れてはおらんが』

「変態に撫でられたから気持ち的に汚れた……」

ラジアス様に撫でられると恥ずかしくも幸せな気分になれるのに、人が違うとここまで精神的ダメージを与えられるものかと驚く。

（ああ、また思い出しちゃった……ラジアス様、会いたいなぁ）

さっきリンデン卿は私は今日ここに来たばかりと言っていた。つまりそこまで時間は経っていないということだ。それなのにもうラジアス様に会いたいと思う。

ガシガシと側にあった枕に頭を擦りつけているとふいにふにゃっとした何かが頭を叩いた。

『これでどうだ？　ラジアスには及ばないがあれよりはマシだろう』

天竜がまだまだ短い前脚で私の頭をパタパタやっていた。可愛すぎか。天竜は竜ではなく天使か何かか。いや、アニマルセラピーだ。私の沈んだ心は天竜の可愛すぎる行動により急浮上した。

「天竜～！　ありがとう、癒された。好きだー」

『うむ。我もハルカが好きだぞ』

私は天竜を抱きしめベッドの上を転がった。そしてその瞬間また私のお腹が鳴った。でもこれ食べて大丈夫なのか？

『食べぬのか？　我に光珠をくれたのだから体力はつけたほうが良いぞ？』

「いや～、食べたいよ？　お腹空いてるんだけど、でも何か入ってそうで怖い」

『その食事なら本当に何も入っておらんぞ？』

「え？　わかるの？」

『うむ。安心して食すが良い』

リンデン卿の言葉は信じられなくても、天竜の言葉ならすんなり信じられるから不思議である。

私はしっかりと食事を摂り、その後再び現れたリンデン卿に食器を押し付けた。押し付けたと言っても可愛げがなさすぎて何かされるのも嫌なので、しっかりと「ごちそうさまでした。美味しかったです」と言っておいた。

まあ実際与えられた食事は本当に美味しかったので嘘は言っていない。食べ物に罪なし。美味しいものは美味しい。

私の言葉にリンデン卿は満足そうに笑みを浮かべ、そして頼んでいた置き時計を寄こした。その時計の針が示していたのは十一時五十分で、部屋に居座ろうとするリンデン卿に「私の世界では夜十二時には寝なければいけない決まりがある」とまたまた大嘘を吐きベッドに潜った。

そしてまたしても疑いの視線を向けてくるリンデン卿を無視し、また溜息一つでリンデン卿が部屋から去るとしっかりとお風呂にまで入った。

（なるほど、なるほど。何も言われなかったってことは今は夜ってことで間違いないのね）

窓がないせいで今が午前だか午後だかわからなかったから確認できて良かった。

（さすがに薬を嗅がされただけで丸一日とか眠らないよね？　ってことはたぶん攫われてから約半日ってところか）

お湯に浸かりながら自分の状況を整理する。思っていた以上に私の神経は図太いようだと感じたが、これも天竜が傍にいてくれるからだろう。天竜がいなければ、いつ変態リンデン卿が入って来るかもわからない部屋ですっぽんぽんでお風呂になんか入れない。

その天竜はといえば、浅い桶《おけ》に汲んだお湯の中でまるで水浴びのように身体を震わせていた。可愛い。もう可愛いしか出てこないよ。

『時にハルカよ』

「ん？　なに？」

『レンバックにおった時は皆とともに食事を摂ることも、日を跨いでから眠りにつくこともあったと思うのだが』

「ああ、さっきの？　だってあんな人に見つめられながらご飯なんて食べたくないでしょ……食欲減退するよ、絶対。それに早くいなくなってくれたほうが光珠も作れるし」

『やはり嘘であったか』

「うん。まあでもあの人も気づいてはいると思うけどね。これが許されてるうちに脱出したいな～」

などと言いながらお風呂から出て身体を拭き、服を着る。攫われた時に着ていた服は、その時汚れたり移動中にどこかに引っ掛けたりしたのか、破れたり土が付いているところがいくつかあった。

それならばと衣裳部屋を見てみれば、ドレスやワンピースの他にパジャマと思しきネグリジェがあったのだが……。

それはヒラヒラでスッケスケの、リンデン卿がこれを用意したのかと思うと鳥肌しか立たない悪趣味なものだった。今私の腕ブッツブツ。

それをそっと元の場所に戻し、最後の引き出しの隅で見つけたのがオーバーサイズのシャツワンピのような物とゆるっとしたレギンスのような物だった。

あるじゃん！　こういうの探してたんです、と見つけた時には喜んだ。とりあえずその服を着てベッドのある部屋に戻る。

「天竜」

私が呼びかけると、ベッドの上に乗った天竜が『大丈夫だ。誰かが向かってきている気配は感じぬ』と、すかさず答えた。私と天竜の意思の疎通はバッチリだ。

「よっし！　じゃあお腹も満たされて身体もスッキリしたことだし、ばんばん光珠作っていくよ。天竜は見張りよろしくね」

『うむ。任せよ』

こうして私は時折天竜に叩き起こされながらも光珠の作成をし、時計の針が二時を指す頃には天竜は馬くらいの大きさまで成長していた。

『やはりハルカの魔力は素晴らしく美味いな。この調子ならあと二日もあればこの部屋を破壊することくらいはできそうだ』

「そっか、意外と早く脱出できそ……うで良か……た」

『ハルカ？　どうした？』

「ごめ、ん。もう限界……かも……」

私はフラフラと覚束《おぼつか》ない足取りでベッドに倒れこんだ。天竜も慌てて毛玉の姿に戻り私のほうに飛び跳ねてくる。

『ハルカ！　大丈夫か⁉』

「う、ん……。もう……ねる、天竜も隠れ……て」

今までにない数の光珠を作り、限界を迎えた私はそのまま泥のように眠りについた。

攫われた先でハルカが光珠作りを始めた頃、ラジアス率いる王立騎士団第二部隊の面々はスイーズ伯爵邸に到着していた――。

――ドンドンッ！

深夜の静寂にドアを叩く音が響く。治安の良いレンバック王国では、貴族の屋敷といえども夜間に門の前に見張りを立てておく家はほぼない。扉を叩く音に屋敷の中の者たちが慌てて起き出したようだった。

「――お待たせいたしました。このような時間にどなた様でしょうか？」

扉の向こうからこちらを窺うように声がかけられる。

「王立騎士団の者だ。ご当主はおられるか？」

「騎士団のお方ですか？　……少々お待ちくださいませ」

戸惑うような声とともに、奥でひそひそ話す声が聞こえる。窓からは数人の使用人が外を見ていた。

やがてバタバタと走る音が聞こえたかと思えば、目の前の扉がゆっくりと開けられた。大方本当に騎士団の者なのかどうか確認していたのだろう。このような時間に訪問するなど通常ではないため当たり前の行動と言える。

「お、お待たせいたしました。旦那様は今就寝中でございまして、すぐに参りますのでしばしお待ちくださいませ」

　そう言って頭を下げる執事に俺は言う。

「この屋敷の執事と、そちらはメイド長か？」

「はい」

「ではこの屋敷にいる者を全て一部屋に集めてくれ。もちろん奥方とご息女もだ」

「全員？　今すぐにでございますか？」

　状況がまったく飲み込めないメイド長が慌てて聞き返す。

「全員今すぐに、だ。これより敷地内の捜索を開始する。伯爵に告げ次第屋敷内も同様に行う。これは王命であり拒むことは許されない。理解したら速やかに頼む」

「王命⁉　か、かしこまりました！　あなたたち、すぐにみんなを起こしてきてちょうだい。奥様とお嬢様のもとへは私が行きます。旦那様のもとへはディアスさんが行かれているからいいわ」

　メイド長は急な事態にもかかわらず的確に指示を出していく。ディアスというのは先ほどまでここにいた執事のことだろう。彼は王命と聞いた途端、メイド長よりも早く動きだしていた。スイーズ伯爵家の使用人たちが、当主と違って優秀であるという噂は本当のようだ。

　彼らを見てそう思いながら隊員からの報告を聞いていると、外に新たな馬の蹄《ひづめ》の音が響いた。やってきたのは王立騎士団第三部隊の者たちだった。

「ラジアス！　遅くなってすまない。今どんな状況だ？　アランはどうした？」

　玄関広間で使用人たちの動きを注視していた俺の横に立ち声をかけてきたのは第三部隊のオーラ

ンド隊長だった。

「お疲れ様です。こちらも先ほど到着したばかりです。アラン隊長は城に残り、陛下とともに動いています。俺たちはこのまま伯爵を連れて城に戻ると思いますので、その後はお任せします」

「おう。しっかし陛下直々《じきじき》の命なんていつ振りだ？　伯爵は黒で間違いないのか？」

オーランド隊長は短く刈り込んだ茶髪を手でガシガシとかきながら小声で聞いてきた。

「どうでしょう。さすがに白ではないと思いますが、おそらくここに探し人はいないでしょう」

怪しいと疑われれば一番に調査が入るのは屋敷だ。そのような危険な場所に攫った人物を置いておくことはまず考えにくい。

「だよなー。まあ俺たちは陛下の命に従うだけだがな……お、伯爵のご登場だ」

オーランド隊長が顎で示した先には、最低限の身なりを整えた焦りとも怒りとも取れる表情をしたスイーズ伯爵が慌てて階段から降りてきていた。

俺はスイーズ伯爵の前まで進み、形ばかりの礼を取る。

「夜分遅くに申し訳ありません」

「いったい何だというのだ！　このような時間に非常識ではないか！」

「……王命ゆえご容赦いただければ」

「お、王命だと⁉」

王命だと告げた途端、スイーズ伯爵の目が左右に泳いだ。

(限りなく黒に近い。やはりこいつがハルカをっ……！)

俺は平静を装った顔の下で爪が食い込むほど強く拳を握った。できることならこの場でこの男を締め上げてしまいたかった。

「ラジアス副隊長。夫人とご息女以外の者は全員ダイニングに集まったそうです」

「そうか。ではスイーズ伯爵、詳しくは言えないが貴方にはとある疑いが掛けられている。これよりこの屋敷の全ての部屋を検《あらた》めさせていただく。かかれ」

俺の号令とともに隊員が動き出す。

「何をしておる！　やめろ、やめんか！　貴様ら何の権限があってこのような狼藉《ろうぜき》を！」

隊員の後を慌てて追おうとするスイーズ伯爵の腕を掴む。

「ぐっ、放せ、放さぬか！」

「王命という言葉が聞こえなかったか？　貴方は大人しく私の横にいてもらおう」

「私は何も知らん、知らんぞ……」

スイーズ伯爵の呟きに苛立ちながら待っていると、急に場違いな鈴を転がすような声が喧噪《けんそう》の中に響いた。

「まあ！　ラジアス様！」

スイーズ伯爵の一人娘、フィアラ嬢だ。

「何事かと思いましたが、このような時間に貴方様にお会いできるだなんて、私は夢でも見ているのでしょうか！　このような姿でお恥ずかしいわ」

「フィ、フィアラ……！」

状況を把握する気もないのんきな声に、さすがのスイーズ伯爵も顔を青くしている。ちらちらと俺の顔を窺いながら娘を制止しようと手を伸ばしているが、効果はなさそうだ。

頬を染めて小走りで近づいてくるフィアラ嬢の後ろには娘を微笑ましげに見るスイーズ伯爵夫人、そのさらに後ろには慌てるメイド長の姿があった。

「駄目よ、フィアラ。ガンテルグ様はお仕事でいらっしゃっているのだから」

「わかっていますわ。でもお母様、ラジアス様とお話しできる機会がなかなかないのですもの。それに今はあの邪魔者もいませんし」

この母子は状況がまるでわかっていない。どうやら、まともなのはメイド長だけのようだ。緊迫した状況を理解しているメイド長が、慌てて母子を止めに入った。

「奥様、お嬢様。今はそのような時ではございません。指示された通り、皆とあちらの部屋にお集まりを――」

「もう！　あなたまで邪魔をするの？　婚約者がいらしてくださったのだもの。お相手するのは当然でしょう？」

心底不思議そうに首をかしげるフィアラ嬢のことを可愛らしいと思う者もいるのだろう。俺にはまったくわからないが。だがその可愛らしさは今この場にまったく必要のないもので、俺の眉間の皺を増やすだけだ。

しかもこのフィアラ嬢は、聞き捨てならないことを言った。

「言っている意味がわからないが……誰が誰の婚約者だと？」

「え？　嫌だわ、ラジアス様ったら。照れてらっしゃるの？　もちろん私と――」

「フィアラ！　フィアラ！　お前はお母様と一緒に向こうの部屋に行きなさい」

「ラジアス様とご一緒なら行くわ」

そう言うとフィアラ嬢は俺の腕に華奢《きゃしゃ》な手を添える。今までに何度も触るなと言っているのに、この者の頭の中はいったいどうなっているのだろう。

メイド長は項垂《うなだ》れ、スイーズ伯爵は顔を青くし、伯爵夫人は「困った子ねぇ」とフィアラ嬢を見ていた。こうなってくると、俺はもう苛立ちを隠せなかった。いや、隠す必要性すら感じなくなった。

「手を放してもらおう」

聞きたいことや言いたいことは山ほどあるが、今はそんなくだらないことに時間を割きたくない。俺は自分の腕に添えられていたフィアラ嬢の手を振り解き、触れられていた場所を汚れを落とすかのように手で払った。

それを見ていたフィアラ嬢は俺の行動が理解できないようだった。目を見開いて「な、なぜ？」と呟く。

おそらく彼女は自分に絶対の自信を持っているのだろう。自分が近づけば男は皆顔を赤らめるか、耳触りのいい言葉をかけてくれるのが常だと思っている節がある。それなのに、俺の行動はまるでフィアラ嬢を汚い物として扱っているように見えただろう。

「名を呼ぶのはやめてくれないか。君にそれを許した覚えはない」

「ラ、ラジアス様？」

「なぜですの⁉　皆呼んでいるではありませんか！　流民の娘だって！　婚約者の私が呼ぶのは当然でしょう⁉」

フィアラ嬢は顔を歪めて叫んだ。屋敷を捜索している隊員も何事かと耳を傾ける。もちろん捜査の手は止めないが。

俺は溜息を一つ吐いて、横目でスイーズ伯爵を見た。それだけで伯爵はビクッと肩を揺らした。

「……スイーズ伯爵」

「は、はい！」

「貴方には聞きたいことがたくさんあるが、このようなくだらないことではないから安心しろ」

「は……はい……」

俺の怒気を含んだ声に、スイーズ伯爵は身を縮めることしかできない。そんな父親の様子を気に留めるでもなく、今も小うるさく叫んでいるフィアラ嬢に向き直ると、彼女は何を思ったかその顔に笑みを浮かべた。この状況でなぜそんな期待に満ちた顔ができるのか甚だ疑問だ。

「スイーズ伯爵令嬢。何か誤解があるようだが、君の婚約者は私ではない」

「そんなはずありませんわ！　だって私がラジアス様を望んだんですもの」

なんだそれは。まるで俺が自分の婚約者になっているのは当然だと言わんばかりの言い草だ。早く身を固めろと家からも言われてはいたが、フィアラ嬢との婚約の話など聞いたことがない。

まあ、もし打診されたとしてもこんな人物はお断りだが。

「名を呼ばないでくれと言っている。私が君と婚約など絶対にあり得ない。君のような者と婚姻を結ぶくらいなら一生独り身のほうがましだ」

「どうして？　どうしてそんな……わかりましたわ。あの流民ですわね。ラジアス様、あの流民に何を吹き込まれたか知りませんが、あの娘の言うことなど信じてはいけませんわ。あんな平民風情になんの魅力があるというのです。冷静になってくださいな。そうすれば私こそがラジアス様の隣に相応しいのだということがわかっていただけるはずですわ」

自信満々に自分のほうが相応しいなどというその口を縫ってしまいたい。お前なんかにハルカの何がわかるのかと言ってしまいたい。ハルカの努力や気持ちも考えず、一方的な決めつけだけで彼女を貶めるようなこの女を俺は一生許せないだろう。

「彼女の魅力など私がわかっていればそれでいい。まあ君に言ったところで到底理解できないだろうが。少なくとも私は君に何の魅力も感じない」

「私が……私に、魅力がないですって……？」

「ああ、それともう一つ。冷静になったほうがいいのは君だろうな」

フィアラ嬢の発した平民風情という言葉に第三部隊の騎士たちが眉を顰めていた。それというのも、第三部隊はほとんどが下位貴族と平民から成っており、王都の治安維持が主な仕事で平民との触れ合いも多い。そんな彼らを前に、平民を侮辱するような発言をしたフィアラ嬢の印象はかなり悪いものとなっただろう。

「まあまあ、ラジアス。しょうがねえよ、このお嬢様はちょっと耳か頭がよろしくないようだからな」

俺の傍で成り行きを見守っていたオーランド隊長が割って入ってきた。

「……なんなの貴方。失礼ではなくて？　私のことを侮辱なさるの？」

「そう聞こえたなら申し訳ない。ただ、何度もラジアスが名で呼ぶなと言っているにもかかわらず一向に直らないのでね。平民でもすぐに直せることができないのは耳が悪いか、あるいは理解する頭がおありでないかのどちらかだと思いましてね」

オーランド隊長は皮肉たっぷりに言い放った。フィアラ嬢は自分に対してこのような物言いをする者がいることが信じられないようだった。

本人は隠せている気だったかもしれないが、ぎりっと歯を噛みしめオーランド隊長を睨みつけたのを俺は見逃さなかった。なるほど、これがこの令嬢の素かと納得する。どこが蝶であるのか。仮に花であるならそれは毒花に違いない。

女性が男に見せる顔には裏があるとは言うが、こんなに簡単に素を出してしまうのに今までよくバレなかったものだ。まあ、オーランド隊長のような物言いをする者もいなかっただけなのだろう。

そう思いながらフィアラ嬢の反応を窺っていると、彼女は大きな瞳に涙をたっぷり溜めて「ひどい……」と零した。

「ひどいですわ。なんてひどいことを仰るの……」

よよよ、と効果音が付きそうな演技じみた動きでフィアラ嬢は傍にいた伯爵夫人に縋り、夫人は娘を抱きとめると「こんな野蛮な殿方がいるなんて……可哀想なフィアラ」とまたもトンチンカンなことを言った。

メイド長だけが青ざめた顔で今にも倒れそうになっている。小さな声で「申し訳ございません、申し訳ございません」と何度も呟いていた。これが主人である彼女のことを少々不憫《ふびん》に思う。

そんな茶番が繰り広げられていたところに第二部隊の騎士たちが屋敷の捜索を終えて戻ってきた。

「副隊長。屋敷中、庭や厩まで捜しましたが対象人物はいませんでした」

「やはりな」

――あのような小物にこのような大それたことができるとは思えない。スイーズ伯爵の私怨《しえん》を利用している者がいるのではないか、そう言ったのは陛下だった。

もしそうだとするならここにハルカがいるとは考えにくい。たとえ利用されているだけだとしても、ハルカの失踪に関わったのならば決して許される行為ではないが。

「となると、ここからこの場は俺たちの仕事だな」

「よろしくお願いします」

オーランド隊長が隊員たちに出入り口の封鎖と見張りを命じ、俺たち第二部隊はすっかり大人しくなったスイーズ伯爵を連れて外に出ようとした。

「待って！　お待ちくださいラジアス様！」

そこにまたしても場違いなフィアラ嬢の声が響いたが、「はいはい、お嬢さんと夫人はこっちなー」と、第三部隊の騎士たちが引きずるようにスイーズ伯爵家の使用人が集まる部屋に連行しはじめた。

「無礼者！　お放しなさい！」

「あなた！　黙っていないでこの方たちになんとか言ってくださいな！」

スイーズ伯爵は一瞬顔を夫人たちに向けたが、またすぐに俯《うつむ》き大人しく第二部隊の騎士に従った。そんな伯爵を見つめる一人の人物がいたことに、この時の俺は気づいていなかった。


屋敷から王城へと連行されたスイーズ伯爵が謁見《えっけん》の間に連れて行かれると、すでに国王が王座に腰を掛けていた。左横には騎士が控え、右横には――。

「ひっ！　聖獣⁉　本物⁉」

聖獣が鎮座していた。ユーリは国王により「こういうのは雰囲気も大事なんだ」と言われてそこにいた。

対して、王座から数段下の場所にいるスイーズ伯爵の斜め後ろには右に魔導師長のダントン、左にラジアスが控えていたが、ユーリにひと睨みされたスイーズ伯爵は腰を抜かし尻もちをつき後ずさった。

普段ハルカやラジアスは気安く接しているが、聖獣は本来畏れられ、崇《あが》められる存在であり、普段はあまり人前に姿を見せることはない。

スイーズ伯爵も絵姿などで聖獣とはどのような姿なのかということを知識として知ってはいたが、本物の聖獣を目にするのは初めてであった。

輝くような仄《ほの》かに青みがかった白銀の毛並みに鋭く光る紺碧《こんぺき》の瞳の持ち主は、ただそこにいるだけでも圧倒的な存在感と威圧感を放っており、スイーズ伯爵はひと睨みされただけで自分は完全なる弱者だと認識させられた。

「待っていたぞ、スイーズ伯爵。このような時間に呼び立てて悪かったな」

国王の言葉にスイーズ伯爵は慌てて立ち上がり姿勢を正す。

「い、いいえ。私に何かの疑いが掛けられているということでしたが……どのようなことでしょうか」

「少し急ぎの探しものをしているのだ。それは我が国にとってとても大事なものなのだが……お前が在処《ありか》を知っていると耳にしてな」

「探し物でございますか？　……恐れながら、何のことだかわかりかねるのですが」

「そうか。スイーズ伯爵なら知っていると思ったのだが、私の思い違いか」

そう言ってスイーズ伯爵を見る国王の目はどこか冷めたものがあった。「はっ、いえ、お役に立てず申し訳ございません」と頭を下げるスイーズ伯爵であったが、国王の確信めいた言葉に全てを見透かされているようで、下げた頭の下で目は泳ぎっぱなしだった。

（大丈夫だ。私が関わった証拠はどこにもない。流民だってすでに隣国にいるはずなのだから、私は知らないと言うだけで良いのだ！）

「知らないものは仕方がない。……さて、スイーズ伯爵。話は変わるが今日はずいぶんと立派な造花を納めてくれたそうだな」

先ほどと違い、顔に笑みを浮かべた国王が発した《造花》という言葉に心臓が跳ねる。

「……夜会で皆様の目を楽しませることができれば良いのですが」

「あれだけの大きさだ。きっと皆の目にも留まるだろう。ああ、そうだ！　造花を入れてきた箱があるだろう？　夜会までの間、綺麗に保管するためにその箱を借りたいのだが」

「造花を入れてきた箱、ですか？」

スイーズ伯爵は指先が冷えていくのを感じた。箱など流民とともにこの国から持ち去られていてすでに手元には残っていない。

「そうだ。屋敷にあるのだろう？　あの大きさの丈夫な箱などすぐに用意するのは難しいからな。あの造花の大きさから考えるに人ひとり入るくらい大きな箱だろうしな」

そう言って国王はスイーズ伯爵をじっと見る。造花の入る大きな箱と言えばいいところを、わざわざ人ひとり入ると強調していることで、さすがのスイーズ伯爵も何を言われているかに気づいた。

（やはり、やはり陛下は気づいていらっしゃる……！　どうすれば、どうすれば良いのだ！　このような状況になるなど聞いておらんっ！）

今までも自分に都合の悪いことは人任せ、人のせいにしてきたスイーズ伯爵は今のこの状況が全てリンデン公爵のせいだと思っていた。

その作戦に自分が手を貸したことなどは頭の端に寄せられている。脅されたのだから仕方がない、悪いのは全てあの者たちだと責任転嫁するだけだ。

（待てよ……陛下は確信を持っているのになぜ私の口から話をさせようとしているのだ？　もしや確たる証拠がないのではないか？　……そうだ、証拠などどこにもないではないか！）

ハルカを攫った時に使用した箱も、馬車も従者も何もかも自分の手元には残っていない。いくら屋敷を調べられたとしても何も出てはこない。こう考えたスイーズ伯爵は先ほどより幾分か心に余裕ができていた。

「申し訳ございません。私もあの箱は商人から借り受けたものでして、すでに返却してしまいましたので手元にはないのです」

（箱の所有者がわかったところで問題はあるまい。あの宝石商とは今回だけでなく今までもごく普通に取引をしていたのだ。箱を用意させたとしても不思議ではない。仮に万が一奴らに捜査の手が伸びたとしても私が手を下したわけではない。私が庭園で花を見ている間に奴らが勝手に何かしたのだ。実際私は流民の姿など目にはしていないのだ）

スイーズ伯爵は頭の中でいろいろな言い訳を考える。実際は流民を攫うような不埒《ふらち》な輩を城内に引き入れたこと自体が問題なのだが、愚かなスイーズ伯爵は（自分は関係ない、自分は何もしていない）とまるで暗示のように繰り返し思うだけだった。

スイーズ伯爵を立たせたまま国王がダントンを側へと呼んだ。

「どうだ？」

「初めは驚きと恐怖、次いで動揺に焦り。特に陛下が造花を入れてきた箱の話をした際には、緊張・戦慄・絶望など感情が揺れに揺れていました。その後なぜか安堵《あんど》の感情が読み取れましたが……やはりハルカ嬢の失踪にスイーズ伯爵が絡んでいるのは間違いないと思われます」

「そうか。しかしどれも状況証拠にすぎん。できればあれに口を割らせたいが……最後に安堵の感情とはな」

国王はスイーズ伯爵を一瞥《いちべつ》する。この部屋に入ってきた時と違い緊張こそしているものの、その顔には薄ら笑いが浮かんでいる。

「あれはずいぶんと証拠隠しに自信があるらしい。さて、どうしたものか。伯爵邸の捜索を続けている第三部隊から何か連絡は？」

「いえ。今はまだ」

国王が「そうか」と溜息を吐くと、痺れを切らしたユーリがゆらりと立ち上がった。

「ユーリ？」

『貴様らはまどろっこしいのだ』

そう言ったのも束の間、ユーリはタンッと床を蹴るとわずか一足でスイーズ伯爵の目の前に降り立った。

少し離れた位置にいても肌で感じた恐怖の対象がまさに今目の前にいる。その衝撃は先ほどの比ではない。全身の毛穴が開くような、何かを間違えば全てが終わってしまうような、そんな感覚にスイーズ伯爵は囚われた。

『おい』

「ひっ！　ひぃぃ！」

動いたと思ったら突然に目の前に現れた聖獣の姿に、最初と同じように腰を抜かしたスイーズ伯爵に息を整える間も与えないままユーリは唸《うな》るように言った。

『おい貴様。いい加減にしろ。知っていることを早く答えろ』

「な、ななな何をでございましょう？」

『何を、だと？　まだとぼける気か』

ぐるぐると唸り声を上げながらユーリがスイーズ伯爵を睨みつける。

「ひぃっ！　……しら、私は何も知りませぬっ！」

『知らぬだと？　先ほどあれだけ動揺していた奴がぬかすな。貴様が知らんと言うなら他に誰が知っているというのだ。答えろ。それとも今ここで死にたいか。偽りしか吐けぬ口など必要ない。この場で貴様ごと喰いちぎっても良いのだぞ』

静かに、それでいて低く腹に響くユーリの声に誰もが息を飲んだ。国王とダントンは「やめろ！ユーリ！」などと慌てながら叫んでいるが、ユーリは牙を剥いたまま唸り続ける。

聖獣から敵意を向けられたスイーズ伯爵の顔は青ざめ、身体はガタガタと震え、尻を床に着けた

まま後ろにずるずると下がろうとした。しかしそれを後ろに立っていたラジアスが阻《はば》んだ。

「ひゃっ……ぁあ、ひっ！　おい、お前！　私を助けろ！　何をしている！　……頼む！　助けてくれ‼」

スイーズ伯爵は縋るようにラジアスの脚を掴むが、ラジアスは一歩も動くことなく、そして突き刺すような視線を自分の脚を掴む男に向けた。

「偽りを述べなければ何も問題はありません。やましいことがないのなら、そのように怖がる必要などないのでは？」

ラジアスは「そうだろ？　ユーリ」とユーリに投げかけた。

『そうだ。どうした？　なぜ何も答えない。無言は貴様の罪を肯定するものと捉《とら》えるぞ！』

一際大きく唸った最後の声にスイーズ伯爵は頭を抱えて蹲《うずくま》った。

「知らん……！　知らん、知らんっ‼　私は何も知らない！　流民の拉致に私は関係ない！　私は何もやっていない‼　私は悪くない！　悪いのはあの流民だ！」

スイーズ伯爵がそう叫ぶと、ユーリはふんっと鼻息を吐いてまた一足で国王の隣に戻った。

『そら見ろ。やはりああいう馬鹿にはこれくらいやらねばわからんのだ』

「お前な、本当に喰い殺すかと肝が冷えたぞ……」

「聖獣様、私もこの場が血で染まるかと思いましたぞ……」

『あんな不味《まず》そうな者頼まれたとしても喰うものか。それにもしもの時は魔導師長が盾でも張るんだろうが』

直前までの自分に向けられていた敵意から解放された伯爵は、そっと顔を上げなぜ状況が変わったのかわからず不思議に思っていた。

　自分が何を叫んだかはよく覚えていないが、もしかして助かったのかと思ったのも束の間、後ろに立つラジアスがぼそっと「腕の一本くらいもぎ取ってしまえば良かったのに」と、舌打ちとともに呟いた声が聞こえてまた震え上がった。

　この男は甘いマスクと穏やかな性格で人気の騎士ではなかったのか、これのどこが穏やかな騎士なのか。フィアラが想いを寄せている男はこのような人物だっただろうか。

　スイーズ伯爵は自分を見下ろすラジアスの瞳の冷たさに驚く。何がこの男をこれほど噂と違う人物にさせるのか――流民が絡んでいるからなのか。大切な可愛いフィアラを邪険にしてまで選ぶ価値があの流民にあるとでもいうのかとスイーズ伯爵は憤《いきどお》る。

（どいつもこいつも……そんなに流民が大事か⁉　あれにどれほどの価値があるというのだ！　あの娘のせいで私は全てが狂わされたのだぞ⁉）

　目先のことしか考えられないスイーズ伯爵にハルカの価値など到底理解できるはずがなかった。

（あの娘がいなくなったところで誰も困らないではないか！　あの娘が現れずとも、聖獣が姿を見せずとも、この国は元から平和だったではないか！　初めから必要のない存在だったのだ！）

　ここまで来ても自分の仕出かした罪の重さを理解できていないスイーズ伯爵はどこまでも愚かだ。

そんな彼に国王が声をかける。

「さて、スイーズ伯爵よ。そろそろ気は落ち着いたか？」

「は、はい。取り乱して申し訳ございません」

「いや、そんなことはどうでも良いのだ。落ち着いたならそろそろ居場所を吐いてもらおうか」

「居場所、でございますか？　……どなたの居場所でございましょうか？」

「はははっ！　面白いことを言う。流民のハルカ嬢の居場所をさっさと吐けと言っているのだ」

「畏れながら……私は存じ上げないと申し上げたはずです」

「ああ、だが先ほどお前は言ったではないか。『流民の拉致に私は関係ない。何もやっていない。悪いのはあの流民だ』だったか？　ハルカ嬢の何が悪いのか言ってみろ」

国王の言葉にスイーズ伯爵はまさか、と思った。

「いえ、あの、それはその、聖獣様に驚き訳がわからなくなっただけでして……」

ダンッ‼　国王が椅子の肘《ひじ》置きを思い切り拳で叩いた。スイーズ伯爵の肩がビクリと揺れる。

「スイーズ伯爵よ。私は時間が惜しい。いつまでもお前の戯言に付き合っている暇はない。さっさとハルカ嬢の居場所を答えろ」

「で、ですから私は何も知らないと――」

「まだ言うか。ではなぜハルカ嬢が拉致されたと知っている？　私が納得する答えを言ってみろ」

「それは、陛下が、探していると仰ったのではないですか」

「言ったか？　ダントン」

「たしかに急ぎ探していると仰りました」

「でしたら――」

「ですが、探しものが流民であるなどとは一言も仰っておりません。まして拉致されたなど、探しものがなくなった経緯など一切話しておられません」

「だそうだが？　……どうした、スイーズ伯爵。顔色が悪いぞ」

探しているのは流民だとわかっていたが、他の者たちは一言もそれを口にしなかったというのか。ここまでの全ての会話が自分からこの事実を言わせるためだったと知ってスイーズ伯爵は眩暈《めまい》がした。

流民を攫った証拠の物さえ出てこなければ大丈夫だと高《たか》を括《くく》っており、居場所や拉致された方法を聞き出そうとしているのだと思っていた。まさか「流民は攫われた」という初歩的なことを吐かせたかったのだとは思っていなかった。

自分はさっきそのようなことを口走ったのか？ 自ら最後の一押しをしてしまったというのか？ そんな、そんな……。

「あ……ああ……違う、違うのですっ……」

「何が違うと言うのか。ハルカ嬢が攫われたことは一部の者しか知らない極秘情報だ。それこそ関わった者しか知り得ない。ハルカ嬢が失踪したと判明した際、王城にいなかったお前がなぜそれを知っているのか。言い訳があるのなら聞いてやろう。私を納得させる言い訳があるのならな」

国王の言葉にスイーズ伯爵は膝をつくことしかできなかった。

そしてしばらくすると謁見の間に新たに人が加わった。スイーズ伯爵家の執事であるディアスという人物だ。彼がなぜ謁見の間にいるのかというと、時は数時間前に遡《さかのぼ》る。

スイーズ伯爵が連行される様子をじっと見ていたのは他でもない、このディアスだった。伯爵の後ろ姿を見送りながら彼はこう思った。

（ああ、馬鹿だ馬鹿だと思ってはいたが……ついに取り返しのつかない何かをしたのか。嫌な予感

が当たってしまった）

ここのところ伯爵はどこか様子がおかしかった。今日も見覚えのない者を引き連れて王城へと出掛けて行き、顔色を悪くして屋敷に戻ってきた。

この時いつになく嫌な予感がしたのは間違いではなかったらしい。屋敷の者全員が集められた部屋でディアスが思考を巡らせていると、伯爵夫人とその娘がきいきいと文句を口にしていた。

「なぜ私たちが使用人と一緒にこんなところに押し込められなくてはいけないの？」

「夜更かしは美容に悪いというのに……あの野蛮な方たちはいつまでここにいるおつもりかしら」

（旦那様だけでなく、奥様もお嬢様も……本当にどうしようもない人たちだ。貴族の通う学校というのはいったい何を学ぶところなのか。王立騎士団の方々に協力するのは国民の義務だろうに。そうでなくとも先ほど《王命》という言葉が出た時点でこれはただごとではないはずだ）

「お母様、私もう疲れましたわ。先ほどラジアス様に言われたこと……まだ信じられませんの。私たちは婚約したのではなかったの？」

「そうよね。お母様もそう思っていたのよ。お父様が帰られたらお話を伺いましょうね」

本当に状況がわかっていない、というより理解しようともしない。そんな二人に部屋に入ってきた第三部隊長のオーランドが声をかけた。

「なあ、お嬢さん」

「……」

無視である。さすがにこれはいけないとディアスは割って入った。

「申し訳ございません、隊長様。……お嬢様？　お疲れだとは思いますが」

「……あのような下品な呼ばれ方には答えたくないわ」

下品、どこが。

「お嬢さんだなんて、私は平民ではないわ！　伯爵家の娘なのよ⁉」

オーランドは一番近くにいたディアスにさえ聞こえるか聞こえないかくらいの声で「……チッ、めんどくせえなぁ」と呟いたがすぐに気持ちを切り替えた。

「申し訳なかった。フィアラ嬢、少し話を伺っても？」

「……何かしら？」

機嫌は悪そうだが今度はきちんと返ってきた。

「フィアラ嬢は流民と面識があるのですか？」

「あるもなにも！　あの娘はいつも私に心無い言葉を投げつけてくるのです！　この間だって……」

フィアラは大きい目を潤ませて訴えかけるように話す。

「ラジアス様もきっと流民に騙されておいでなのだわ。そうよ、そうに決まっているわ！　そうでなければ私のことをあんなふうに言われるはずないものっ！　あの娘はどこまで卑怯なの……」

ついにはぽろぽろと涙を零した。一見すると庇護《ひご》欲をそそる姿だが、オーランドはまたしても「……めんどくせぇ」と呟いた。

するとディアスはすかさず「お嬢様と奥様を別室にお連れしてもよろしいでしょうか？」と尋ね、少し考える仕草を見せたオーランドに「このままお二方とお話をされても疲れるだけで実りはありませんよ」と耳打ちした。

口の端を上げたオーランドがそれに頷いて応えると、ディアスは少し離れたところにいたメイド長のほうを見て「アリア」と声をかけた。アリアと呼ばれたメイド長はすぐに状況を察した。

「アリア、お嬢様と奥様をお部屋までお連れしてくれ」

「かしこまりました。さあ、お嬢様。お辛い思いをしてお疲れでしょう。お部屋に戻って奥様とご一緒に心を休ませましょう。このような場にいては休まるものも休まりません。お嬢様にはお気に入りのハーブティーを。奥様にはブランデー入りの紅茶をご用意いたしますね」

「まあ、メイド長は本当に気が利くわね。行きましょう、フィアラ」

「そうね、こんなところにいるから心が乱れるのだわ」

「では参りましょう」

最後にこちらにお辞儀をする際にメイド長とディアスの目が合い、お互いわずかに頷きあった。

そうして流れるように夫人とフィアラは部屋から連れ出されていった。

「さあ、隊長様。これでしばらくお二人は部屋から出てきません。アリアが上手く部屋に留めておいてくれるはずです。これでようやくお話しすることができます」

そう言ってディアスはオーランドに向き直った。

「隊長様。不躾《ぶしつけ》な質問で恐縮ですが、旦那様に掛けられた疑いというのは流民様に関してのことではございませんか？」

「なぜそう思う？」

「少々心当たりがございまして。私に付いてきていただいてもよろしいですか？　お見せしたいものがございます」

ディアスは自室にオーランドを案内すると、奥行きのある本棚の後列から丈夫そうなカバーの付いた一冊の本を取り出した。そしてその本に挟んであったある物をオーランドに差し出した。

「これは？」

それは何かが書かれた紙だった。

「目を通していただければわかるかと」

言われるままにオーランドがそれに目を通すと、その内容に眉を寄せた。

「なんともまあ、ずいぶんといいものを残しておいてくれたようだ。他には何かあるか？」

「いえ、物としては何も。ただそちらを受け取って少ししてから、旦那様は迎えに来た宝石商の馬車に乗ってどこかへお出かけになりました。供を付けることを許さず、お一人で行かれましたので……まあ、そういうことかと」

「そうか。これは預からせてもらってもいいか？」

「ええ。初めからそのつもりですので」

オーランドは隊服の内側にそれをしまう。そして最も気になっていたことをディアスに聞いた。

「確認だが、これを俺に預けるということは自分の主人を裏切ることになるがいいのか？」

「……そもそもこの国の貴族という立場にありながら国を裏切ったのは旦那様ですので。何が正しいかということくらい私にもわかります」

忠誠心など元からなかったが、加えて国の害となるならば差し出すことに何の躊躇《ちゅうちょ》もない。

「ならいい。もう少し詳しく聞きたいこともあるが時間が勿体ないな。あんた、馬には乗れるか？」

「多少は」

「そうか。そりゃ良かった。ちょっと城まで一緒に来てくれ」

オーランドは皆が集まる部屋に戻ると第三部隊の副隊長に「一旦城へ戻る。ここはお前に任せた」と告げた。ディアスも自分が今からオーランドとともに城へ向かうことを他の使用人に伝える。

「馬を一頭連れて行く。奥様たちはアリアに任せておけば大丈夫だとは思うが、皆も協力してやってくれ。あとは……騎士団の皆様の指示に従うように」

使用人の「はい」「わかりました！」「お任せを」と答える声が聞こえる。その様子を見ていたオーランドは「はは。まったく、これじゃ誰が領主かわからんな」と呟いた。

オーランドのこの発言もあながち間違いではなかった。ディアスは執事という立場であるが、その実《じつ》、スイーズ伯爵の仕事のほとんどを彼が担っていた。ディアスがいなければ伯爵領はとっくに立ち行かなくなっていたことだろう。

領地のことなどほぼほったらかしで何もせず、そのくせ金に汚く、収入が落ちれば領民から取り立てればいいと簡単に宣《のたま》う伯爵。

娘のことは大切にしているが、それ以外には美容と贅沢にしか興味がなく、気に食わないことがあれば使用人に当たる伯爵夫人。

見た目は大変美しく、一見すると穏やかで慎ましくも見えるが、伯爵夫妻に溺愛され甘やかされて育ったせいで全てが自分の思い通りになると信じて疑わず、否定されるようなことを言われれば相手を悪者であるかのように誘導する娘のフィアラ。

とんでもない一家である。けれど、ディアスを始めとした使用人たちが自ら職を辞することはな

かった。その理由は、彼らが皆スイーズ伯爵領出身であることが大きい。彼らの親や子らもこの領内で暮らす者がほとんどだ。

つまり、主が仕事を投げ出したまま放置すれば領地は荒れ、理不尽に税は増え、領民の生活は苦しくなるに違いない。だからこそ彼らはディアスを中心に自分たちで頑張るしかなかった。

伯爵家の使用人たちは主一家をまったく尊敬していない。本来なら問題であるが、それらをおくびにも出さない。主一家を持ち上げつつ方々《ほうぼう》を上手いこと調整しているのだ。

ただし、初めからこうだったわけではない。少なくとも前スイーズ伯爵が存命の時はこんなことはなかった。

前伯爵は視察ももちろん自ら行ったし、領民のこともきちんと考えていた。けれど子供の教育だけは失敗した。妻を早くに亡くした前伯爵は息子――現スイーズ伯爵であるヘンリーを立派な領主になれるよう厳しく育てたつもりだった。

しかしその思いは届かなかった。大人しく従っていたヘンリーは、内心では父親のことを煩《わずら》わしく思っており、お金があるのになぜ働かねばならないのか、自分が楽に生きるために平民がいるのだから、あれらをもっと働かせればいいのにと思うような捻《ね》じ曲がった考え方の人間だった。

前伯爵が他界しヘンリーが当主となると、彼は今までの抑圧から解放されたかのように傲慢な態度をとるようになり、いろいろなことを投げ出すようになってしまった。

そんなヘンリーに初めのうちは前伯爵の時から仕える執事を筆頭に、諫め、諭《さと》し、改善を促したが彼は聞く耳を持たなかった。それどころか自分に意見した使用人を鬱陶《うっとう》しいと次々に解雇した。

何人かの使用人が屋敷を去るのを見送るうちに、残された者たちはヘンリーに期待するのを諦めた。そして従順に勤めているように見せながら、屋敷を去り領地で暮らすかつての仲間たちとこっそり協力し合って領地に害が出ないようになんとか執《と》り行ってきたのだ。

自分たちの生活を守るため、必死にいろいろなことを学び身に付けた。それにより現在の優秀過ぎる使用人が出来上がったのである。しかしいくら優秀といっても主の全ての動きを制御することは不可能だ。ディアスは自分の力が及ばなかったことに悔しさを覚えながら馬を走らせた。

そうしてオーランドとともにやって来た王城の謁見の間で、ディアスは内心動揺していた。自分が今回の件に関わる重要な物を騎士団に渡したことは理解していたが、まさかいろいろとすっ飛ばして国王に、さらには聖獣に会うことになるとは思ってもいなかったのだ。

彼は驚きの声が出そうになるのを懸命に口を結ぶことで耐えた。先ほど無様《ぶざま》に叫んだスイーズ伯爵とはえらい違いだ。

ディアスは自らを落ち着かせるように一つ息を吐くと、横目で主であるはずのスイーズ伯爵に目をやった。しかし、すぐに視線を王座に向け深々と礼をとった。

スイーズ伯爵は、ディアスは自分の無実を証明するためにやって来たのだと思っていた。

「ディアス！　ディアスよ！　私が何もやっていないことをさっさと証明しろ！」

スイーズ伯爵は保身を図ろうと必死だった。この執事はいつも良案を出してくれる。今回の窮地も、この執事に任せておけばなんとかしてくれる。そんな期待のこもった眼差しを向けられたディアスは、視線だけスイーズ伯爵に向けると小さな溜息を吐いた。

「おい……おいっ！　なんだその態度は！　誰に向かってそんな態度をとっている！　私はお前の主だぞ⁉」

スイーズ伯爵は国王の前だというのに執事に蔑《ないがし》ろにされたことに怒りで顔を赤くし、ディアスに食ってかかろうとした。しかし一歩踏み出そうとしたところをラジアスに服の襟を掴まれ、「ぐえっ」とカエルのような声を上げると、そのまま手荒に床に放り投げられた。

「な、にをする！」

「お前こそここをどこだと思っている。王の御前《ごぜん》であるぞ」

無様に転がり文句を言うスイーズ伯爵にラジアスはしゃがんで胸ぐらを掴むと一言「黙れ」と言って手を離した。再び床に転がったスイーズ伯爵を尻目に国王はディアスへと話しかけた。

「スイーズ伯爵家の執事、ディアス・ギスで間違いないな？」

「はい、間違いございません」

「では先ほど第三部隊長に渡した物について話を聞かせてもらおう」

「私で答えられる限り、全て偽りなくお話しいたします」

そうしてディアスは話し出した。

「まず先ほどお渡しした物ですが、以前よりスイーズ伯爵家が懇意にしている宝石商が、旦那様に渡した手紙でございます。内容が少々不穏であったため、念のため処分せず保管しておりました」

「ほう」

「今回旦那様が何か疑いをかけられるようなこと、ましてや国王陛下直々の命で騎士団が動くようなことが起きたと聞いた時、私はこの手紙のことを真っ先に思い出しました」

国王はじっとディアスを見つめると続けるように促した。

「数か月前に来るはずだった黒髪黒目の少女……これは流民様を表しているのではないかと推察い

たします。そしてそのような手紙を受け取った旦那様と旦那様を捕らえに来た騎士団、国が動くほどの事態、流民様の身に何かあったと考えるのが自然です。故にその手紙を騎士団の方に委《ゆだ》ねた次第です」

「なるほどな」

「国王陛下。無礼を承知でお教えいただきたく。我が主はいったい何をしでかしたのでしょうか」

国王は一瞬言うかどうか考えた後、口を開いた。

「スイーズ伯爵には流民を拉致した疑いがある。いや、もう確定だな」

さすがのディアスも驚いたのか、一瞬目を見開いた後スイーズ伯爵を見て、また国王に向き直り唇を噛み締めた。

「なんと……なんと愚かな……」

「だがディアス・ギス。お前が寄こしたこの手紙のおかげで行き先が掴めるかもしれんな」

「お待ちください陛下！　そやつは嘘を吐いております！」

再び喚き出したスイーズ伯爵を抑えようと動くラジアスを国王が目線で制止する。

「ほう？　どこが嘘だというのだ？　言ってみろ」

「その手紙がここに存在するはずがありません！　手紙は焼き捨てたはずです！」

「焼き捨てるとは、そんなにやましい手紙だったのか？」

「な、内容の話をしているのではなく、手紙自体がここにあることがおかしいと言っているのです！」

スイーズ伯爵はディアスを睨みつけてさらに叫ぶ。

「ディアス！　お前は何をしているのかわかっているのか⁉　誰に頼まれた！　ここまでお前を育ててやった恩を仇《あだ》で返すとは……この恥知らずめ！」

言われたディアスは心底呆れた顔をするが、何も言い返さない。だが国王に「自由に話して良い」と許されるとスイーズ伯爵のほうを向いてやっと口を開いた。

「旦那様に育てていただいた覚えはございません。私を執事として育てたのは、旦那様が解雇した前執事です。私たち使用人は互いに切磋琢磨《せっさたくま》し、旦那様の至らない部分を補いながらやってきておりましたので、受けた恩も特にございません」

雇ってから今までほとんど口答えなどしたことのなかった執事から言い返されたことに、スイーズ伯爵は驚きを隠せなかった。

「な、なんだと！　誰に向かってそんな口を利いている！　私が誰だかわかっているのか！」

顔を真っ赤に染め、唾を飛ばしながら無様に叫ぶ伯爵にディアスはさらに続ける。

「ええ、とてもよく存じ上げております。傲慢で愚かなスイーズ伯爵様。旦那様こそわかっておられるのですか？　貴方が行ったことは犯罪です。国の益となる人間を意図的に排除するなど……！」

「うるさいうるさい、うるさい！　私に雇われている平民ごときが私に上から物を言うな！　あの手紙だって燃やした！　あるはずのない物を持っているというお前の言葉は信用おけん！」

「それについては今からご説明いたします。国王陛下、よろしいでしょうか」

「聞かせてもらおう」

ディアスが語るには、スイーズ伯爵は基本読んだら読みっぱなし、出したら出しっぱなしの男であった。それを文句を言われる前に片付けるのもこのディアスの仕事だった。

手紙などはディアスも目を通し、要点をまとめた物を用意するところまで、場合によっては返事を書くことまでも彼の役割だった。

だからあの手紙もいつも通り読みっぱなしで机の上に放置してあったのを、いつも通り目を通したのだ。そしてその内容から手元に残しておくべきと判断し、文字を別の同じような便せんに書き写し、入れ替えた。

ただ書き写し、入れ替えただけならスイーズ伯爵も宝石商の男も気づいただろう。しかし普段からスイーズ伯爵の代わりにサインや手紙を書かされていたディアスは、人の字を真似ることが得意だった。メイド長曰く、真似された本人でさえ自分が書いたものと錯覚するレベルらしい。

そんなわけで、宝石商の男がスイーズ伯爵を迎えに来た時に燃やした手紙はディアスが真似て書いたほうで、本物の手紙は気づかれることなくディアスの手元に残ったというわけである。

「旦那様の手伝いをしていたことが変なところで大変役に立ちました」

「スイーズ伯爵よ。ずいぶんと優秀な男を雇っていたようだな」

スイーズ伯爵は両手を握りしめ、わなわなと震えていた。少し前までは全てが上手くいっていたはずなのに、今は何をしても何を言っても悪いほうに転がっていく。

「スイーズ伯爵。いい加減全て吐いて楽になったらどうだ？　お前はアルベルグの者と繫がっているのか？　ハルカ嬢をアルベルグに引き渡したのか？」

追い詰められ、打ち上げられた魚のようにスイーズ伯爵が口をはくはくとしていると、バタバタと誰かが謁見の間に駆け込んできた。検問所へと捜査に行った騎士たちだった。

「ご無礼お許しください！」

入ってきた騎士たちはスイーズ伯爵を見るとわずかに目を瞠《みは》り、急ぎ国王のもとへと駆け寄った。

そして何かを伝えると、国王の顔がより厳しいものに変わる。

「ハルカ嬢がいなくなり、お前が屋敷に帰り着いた少し後か。検問所を馬車に乗った二人組の商人が通過したらしい。その商人は【検《あらた》め不要】の手形を持っていたそうだ。スイーズ伯爵、お前のサイン入りのな。行き先は隣国アルベルグ。こんな偶然があるか？」

検問所ではよほど信頼のおける者以外、基本的には荷の検問が義務付けられている。自国の者ですら滅多にパスはできない。他国の者なら尚更だ。もちろん検問所に関してのサインはいくらディアスでも代わりに書くということはしたことはない。

アルベルグの誰かからのハルカを捜しているという内容の手紙、いなくなったハルカ。状況証拠に加えて他国の商人に対しての不自然な手形の発行。誰が見ても答えは一つだった。

「お前は国を裏切ったか！　答えろ、ヘンリー・スイーズ！」

たとえこれ以上情報を引き出せなくなったとしても、ここで認めないようなら叩き切る。そのつもりでラジアスは腰に下げた剣の柄《つか》に手を掛けた。しかしその剣は抜かれることはなかった。ついにスイーズ伯爵が認めたのだ。

「も、申し訳、申し訳ございません……！　流民の拉致の手引きをしました……しかし！　私が立てた計画ではないのです！　私は脅されただけなのですっ！」

ようやく罪を認めたスイーズ伯爵であったが、その心の奥には未だ自分は悪くないという感情が残っていた。その思いから、言い訳のように事に及んだ経緯を話しはじめたのだ。

手紙を受け取り、話だけ聞きに行ったこと。手紙の中の高貴な方というのは中年の男で、名をネイサン・リンデンといい、アルベルグの公爵と名乗ったこと。そもそも流民はリンデン公爵が魔導師を使い異世界から喚んだらしいということ。リンデン公爵は流民を殺すつもりはなく、ただ囲うと言っていたこと。今回の計画は全てリンデン公爵の指示で行ったこと。

最初はもちろん断るつもりだったが、流民が手に入らなければ娘のフィアラを拐《かどわ》かすと脅され仕方なく従ったこと。スイーズ伯爵は額を床にこすりつけるように平伏し、仕方がなかった、自分の意思ではなかったと何度も口にした。

そんなスイーズ伯爵を見下ろしながら、国王は傍にいたダントンに問う。

「……別の世界から人を召喚するなどできるものなのか？」

ダントンはその問いに顔を顰めて首を横に振った。

「古《いにしえ》の魔導師が試みたということは耳にしたことがありますが……実際に成功したという話は聞いたことがないですし、それは禁術となっているはずです。少なくとも私にはできませんし、しようとも思いません。真っ当な魔術ではないでしょう」

「そうか」

国王は短く答えるとスイーズ伯爵に顔を上げるように言った。

「陛下、どうかお許しを……！　私はやりたくなかったのです！　ですが、最愛の娘を盾にされ仕方なく……！」

「それはお前の本心か？」

「もちろんでございます！」

「本当にそうか？　お前はハルカ嬢がいなくなれば好都合だと思ったのではないか？」

「そんな、そんなことはございませんっ！」

「ではお前は娘を盾に取られれば国王である私でも殺すのか？」

「違う、違います！　少なくとも私は国を裏切るつもりなど毛頭ありませんでした！　脅されて、仕方なく！」

「仕方なく、なあ……ならばお前はそのリンデン公爵とやらから何も報酬は得ていないのだな？」

「いえっ、それは……もちろん！」

国王は視線をディアスに向ける。

「こう言っているが……どうだ、ディアス・ギス。知っていることがあれば話せ」

「はっ。宝石商の男と出掛けられた後、旦那様の私財は増えております」

「な、何を！　嘘を吐くな！　なぜそんなことがお前にわかる⁉」

「旦那様こそいい加減になさいませ。誰がスイーズ伯爵家の財を管理しているとお思いですか。それに奥様たちの買い物を止めることがなくなったのも同じ頃からではないですか」

「う、うるさい！　黙れ黙れっ！」

「黙るのはお前だ、スイーズ伯爵」

国王が一際鋭い声でスイーズ伯爵を黙らせる。

「違うと言うならば、なぜこの手紙の主に会いに行った。なぜ受け取った時点で国に報告を上げなかった。その後もいくらでも引き返す時間はあったはずだ。それをしなかったのはスイーズ伯爵、お前がハルカ嬢の存在を邪魔に思っていたからだろうが！」

「私は……私は……お許しを、お許しを！」

「もう良い。これ以上お前に聞くことはない。おい、これを牢に放り込んでおけ！」

スイーズ伯爵は引きずられるようにして謁見の間から連れて行かれた。その間もずっと「お待ちください！　私は脅されただけなのです！　お許しを！」と叫んでいたが、その声に耳を貸す者はここには誰もいなかった。

「ディアス・ギス。他に伯爵家の者が関わっている可能性はあるか？」

「いえ。……お嬢様がきっかけになったということはあるかもしれませんが、直接的に関わったわけではないと存じます」

「そうか。この手紙はとても役に立った。礼を言う。お前はもう下がって良い」

ディアスは来た時と同様、深々と礼をとって謁見の間を後にした。そしてディアスが出て行くと国王は椅子に深く座り直し深い溜息を吐いた。

「しかしあれの言ったことが本当ならこれは大ごとだぞ。リンデン公爵と言えばアルベルグの現王の王弟だ」

「それは……国絡みで流民であるハルカ嬢を誘拐したということですか？」

「わからん。ただ、アルベルグの国王とは何度か話をしたことがあるが、質実剛健で無用な争いは好まず、互いに何かあれば協力し合おうと言うような男だ。王弟であるリンデン公爵はその国王の右腕と呼ばれる人間だ」

はたしてその様な人物が争いの種となるようなことをするだろうか。国王は疑問に思いつつも話を続ける。

「しかし、仮に誰かが彼の名を騙《かた》ったのだとしても今のところ手がかりはリンデン公爵だけだ。アルベルグに赴《おもむ》き、リンデン公爵と話をさせてもらう他ないだろうな」

連れ去られたハルカのことを考えるなら、それはなるべく早いほうがいい。通常ならまず使者を送り約束を取り付けるところだが、今はその時間すら惜しい。

「ガンテルグ」

「はい」

「別室で待機している第二部隊長のフォードを呼んでこい。その間、ダントンは念のためもう一度ハルカ嬢の魔力探索を行え」

「はい」

「その後、皆を集めて今後の話をする」

「はっ！　ではすぐに隊長を連れて参ります」

ラジアスは一礼して急ぎ足で謁見の間から出て行った。そしてダントンは再度ハルカの魔力探索を行ったが、結果は同じで見つけることはできなかった。

「やはり……」

「そう落ち込むな。あくまでも念のためだ」

そして、少しの時間をおいてラジアスがアランと連れ立って戻ってきた。

「第二部隊副隊長ラジアス・ガンテルグ戻りました」

「第二部隊長アラン・フォード参りました」

「フォード、準備はどうだ？」

「はっ！　いつでも動けます」

アランは国王に命じられていつでも隊を動かせるように準備を進めていた。

「そうか。ではまずお前がまだ聞いていない情報から話す。やはりスイーズ伯爵はハルカ嬢の拉致に関わっていた。そしてハルカ嬢の拉致を指示したのはアルベルグのリンデン公爵であると吐いた。ハルカ嬢もすでにアルベルグにいる可能性が高い」

「それは……またなかなか厄介ですね」

「ああ。しかし私は国絡みでの犯行の可能性は低いと考えてはいるが、他国で勝手に動き回るわけにはいかん。故にアルベルグに協力を仰ごうと思う。協力を仰ぐ内容を認《したた》めた書状を第二部隊には直接アルベルグの国王のもとに届けてもらい、可能ならばそのまま捜査に入ってもらいたい」

「アルベルグ側は応じるでしょうか？」

「おそらく応じるはずだ。国王の右腕の名が怪しい人物として挙がっているのだ。たとえ虚偽かもしれなくとも、応じなければ逆に疑いを強くするからな。件《くだん》の商人がアルベルグに向かったという事実もある。少なくとも話を聞く場くらいは用意してくれるだろう」

「かしこまりました。では早急にアルベルグに向かいます」

「頼んだぞ」

「っは！」

「陛下」

ここで今まで黙って会話を聞いていたラジアスが声を発した。

「どうした、ガンテルグ」

「書状を届ける役目、第二部隊ではなく私一人に任せてはいただけませんか？」

「どういうことだ？」

「ハルカ嬢が攫われてからすでに半日以上が経とうとしています。少しでも早く居場所を見つけたい」

「わかっている。だからこそ通常使者を出すところをお前たちに直接行くよう言っているのだ」

「ですが、馬ではアルベルグの王城に着くまで時間がかかります。そこから話を始めてはさらに遅くなる。しかし私ならもっと早く行くことができる。聖獣であるユーリが協力してくれるならば」

ラジアスは国王の横にいるユーリに視線を向ける。それにつられて謁見の間にいた全員がユーリに目をやるとユーリは深く息を吐いた。

「行ってくれるか？」

国王の問いにユーリは答える。

『……まあ協力してやらんこともない。ハルカから魔力を貰えなくなるのは私としても惜しいからな』

「ユーリ……恩に着る」

すかさずラジアスが礼を口にするとユーリは少しばつが悪そうに顔を背けた。

『ふん。ハルカの身を案じているのはラズ、お前だけではない』

つい今しがた渋々協力するような言い方をしたユーリだが、本心ではそれなりにハルカの身を案じていた。長い時を生きる聖獣だが、その聖獣を畏れず気さくに接してくれる者にはなかなか会うことがない。

今でもハルカ、ラジアス、国王くらいしかいないのだ。しかもハルカは美味しい魔力まで分けてくれるし、時々森に会いに来ては話をして帰っていく。くだらない話だと馬鹿にしながらも、日々の変化のない生活の中では貴重な一時だった。

だからこそユーリも犯人を野放しにする気はなかったのだ。

四章　黒幕との対峙

隊員たちはアルベルグへ行くための準備を終えていた。その身に纏うのは王立騎士団第二部隊の正装である濃紺の隊服だ。

その隊服の上から右腕に白い腕章《わんしょう》を巻き、同じように自分の馬の尾に白い紐を結び付ける。この白の腕章は《攻撃の意思なし》を相手方に示すためのものだ。

最終的な協議の結果、俺がユーリとともに先発してアルベルグへ赴くことになった。第一部隊は陛下の護衛のため国に残り、第二部隊の約半数がアラン隊長とともにアルベルグへ発つ。

それに伴い、ここまで伏せられていた詳しい情報がアラン隊長から隊員たちにも説明された。

「――というわけだ。さっき俺が声をかけた者は各々《おのおの》白い腕章と馬の尾にも忘れず紐を結べ。いいか。苛立つ気持ちはわかるがこれはあくまでも捜査だ。一人一人の行動がどういう結果に繋がるかよく考えて行動しろ」

「「はっ！」」

皆驚きとやるせなさはあったものの、国、そして民を守る騎士として騒ぐ者はいなかった。どことなく重苦しい雰囲気ではあるが、胸にあるのは「必ずハルカを見つけ出す」という思いだけだ。

むしろ第二部隊の中で一番ピリピリしているのは俺かもしれない。わかってはいても焦る気持ちはなくならない。なんとか気持ちを落ち着かせようと目を閉じていると、後ろからバシッと頭を叩かれた。

「っ！　……何をするんですか、隊長」

　叩かれた頭をさすりながらアラン隊長を睨んだ。

「お前、そんな顔をして戦争にでも行く気か？」

「……そんなつもりはありません」

「まあ、どっちみち俺の張り手一つ気づかないようじゃ話にならないぞ。焦る気持ちはわかるが少し気を張り過ぎだ」

　俺はアラン隊長の言葉に何も言い返せない。たしかに普段なら今の攻撃くらいは見ていなくとも避けられる。

「そう思いつめた顔をするな。お前のそのお綺麗な顔と穏やかな雰囲気で相手を懐柔《かいじゅう》するくらいのつもりで行ってこい」

「こんな時に薄ら寒いことを言うのはやめてもらえますか」

　アラン隊長の小馬鹿にしたような言葉に思わず冷淡な視線を向ける。それに対してアラン隊長はにかっと笑い俺の背中をバシバシッと叩いた。

「おーおー！　やっといつもの調子に戻って来たな。それくらいの気持ちで行けってことだ。なに、ハルカならきっと大丈夫だ。あいつはいつだってその時できる最善を尽くそうとする。それはラジアス、傍で見てきたお前が一番知っているだろう？」

「……はい。隊長の言う通りです。ハルカは絶対に諦めるようなやつじゃない。俺も今自分にできる最善を尽くします」

（そうだ。ハルカは辛くとも必ず前を向くようなやつだ。だからこそ俺は……）

アラン隊長の言葉でいつもの自分を取り戻せたような気がした。肩の力を抜くんだ。今一番に考えるのはハルカの身の安全と確保。誰かを恨むのはその後からでいい。

そうして深呼吸をしていると、俺たちのやりとりを少し離れたところから見ていたルバートやセリアンを先頭に、隊員たちがわらわらと近寄ってきた。

「やっといつもの副隊長に戻りましたね！」

「副隊長の周りの空気が怖すぎて俺たちじゃ声かけられませんでした。やっぱり隊長はすごいですね」

「お前たち、俺の偉大さがわかっただろう」

「……そんなにか？」

俺がそう聞けば周りは皆うんうんと頷いた。

「そんなにです」

「空気だけで人を殺せそうなくらいに。野生動物なら確実に逃げます」

「自覚がないところが余計に怖かったです」

口々に言われる言葉に気まずさを覚えながらも俺は皆と向き合う。

「悪かったな。だがもう大丈夫だ。隊長とお前たちがアルベルグに着く頃には、何かしらの突破口を見つけておけるように尽力する」

「頼みますよ！」

「なんなら隊長たちが着く前に解決してしまってもいいんですから」

「聖獣様が一緒に行くなら百人力ですし」

「そうですよ。手柄を独り占めしても誰も文句は言いません」

皆が俺を囲む。そこには先ほどまでの重苦しい雰囲気はなかった。だがそれは決して今回の件をのんきに捉えているわけではない。そんな隊員たちの姿を見てアラン隊長は俺に耳打ちした。

「そうだ、これでいい。『普段通り』それでこそ本来の力が発揮できる。お前も、俺もな」

普段の彼は隊長としての仕事（主に書類仕事）を俺に丸投げすることが多い。鍛錬ばかりに精を出し、いつも俺に小言を言われ、時には打ち合いで副隊長の俺に後れを取ることだってある。

しかしひとたび第二部隊として隊を動かすことになった時、隊を一番まとめられるのはやはりこのアラン隊長なのだ。

一人一人を理解する力、何事にも動じず全てを受け入れることのできる器の大きさ。突発的なことに器用に対処できる適応力。どんな時でも普段通りを貫ける精神の強さ。それらに優れた男であるからこそアラン隊長は俺の目標なのだ。

ヴァウォーーン　グルルル　ヴァウォーーーーン――。　和やかな雰囲気の中、突如獣の遠吠えが聞こえた。

「あれは……聖獣様か？」

「そうだ。聖獣様の声だ」

「ラジアス」

「はい、ユーリが呼んでいるようです。書状の用意ができたのでしょう」

ユーリの声がするほうを向いていた顔を一旦戻し、アラン隊長や隊員たちに向き直った。

「では、先に行きます」

「おう！　油断は禁物だが、焦りも禁物だ。いつも通り冷静なお前でいろ。もし俺たちよりも先にハルカに会ったらよろしくな！」

アラン隊長のその言葉に「そうなるように頑張りますよ」といつもの笑顔で一言言って、王城へと向かった。王城の前には陛下と魔導師長、騎士団第一部隊、そしてユーリが待っていた。

「待たせたな、ガンテルグ。これが書状だ。頼んだぞ」

そう言って手渡されたのは書状入りの木筒だ。木筒には国名と国章が刻印されており、一目でレンバック王国からの正式な書状だということがわかるようになっている。

「はい、お任せを」

「……」

返事をした俺を陛下がじっと見た。何かおかしなところがあっただろうか。

「……あの、何か？」

「いや。先ほどまで人を射殺《いころ》さんばかりの眼差しをしていたから少し心配していたんだが……大丈夫そうだな」

つい先ほど隊の皆に同じことを言われたばかりだったので思わず苦笑した。

「無用な心配をおかけして申し訳ありません。今しがた隊の皆にも同じようなことを言われたばかりです」

「冷静さを取り戻しているならそれで良い。あれでいてユーリも殺気立っているからな。暴走しないように気をつけてくれよ」

『……聞こえているぞ』

国王は少し遠くにいたユーリのことを言ったが、その言葉は本人に届いていたようだ。俺はしっかりと頷くと陛下に一礼してユーリのもとへ向かう。

「よろしく頼む」

『ふん。さっさと乗れ』

俺をその背に乗せると、すぐさまユーリは森に向かって走り出した。


いつもと違うやたらとふかふかなベッドの上で目を覚ます。一瞬ここがどこだかわからなくなったが、寝ていた上等なベッドの感覚に自分の状況を思い出した。

窓がないこの部屋に朝日が入ることはないが、時計を見ると六時半を指していた。時計を見た時は一瞬朝か夜かどちらだろうと思ったが、お腹の空き具合からみておそらく朝だろう。

光の差し込まない部屋なのに、すぐに時計を確認できるのは天井からぶら下がっているシャンデリアのような照明器具があるからだろう。昨日は何も思わなかったが、あれは一晩中点きっぱなしだったのだろうか。というか、どうやって消せば良かったのだろう。

（電気代無駄じゃない？　……いやそもそもあれ電気じゃないのか。どこでも寝れる体質で良かったー）

そんなどうでもいいことを考えながら、少しずつ頭を覚醒させていく。昨日は張り切って光珠作りをしたせいで倒れこむように寝てしまったようで、私は掛布団の上に寝ていた。

しかし足元を見ると少しだけ布団がめくり上げられ脚に掛けられていた。この部屋には私と天竜しかいなかったはずなので、おそらく天竜が小さい手か口を使って掛けてくれたのだろう。

（天竜〜、なんていい子なんだ！）

頑張ってやってくれたのだろうその姿を想像して顔がにやける。可愛さしかない。そんな天竜はしっかり毛玉の姿に戻って私の枕元で寝ていた。大きくなれるようになった天竜だが、その姿をずっと保つためには魔力がきちんと身体に定着するのを待つ必要があるらしい。

寝ている天竜を起こすのも可哀想なので、朝の日課のストレッチをすることにした。睡眠時間が短い割に意外と体力は回復できたようだ。すぐにでも光珠作りを行いたかったが、天竜が起きていないとこの部屋に誰かが近づいてきても気づくことは難しい。

天竜の存在も光珠作りもバレるわけにはいかないので今はやめておく。普段ならストレッチに加えランニングもするところだが外に出られない今は仕方がない。

（いつでも逃げられるように、体動くようにしておかないとね）

誘拐はされてしまったが、天竜が一緒だし逃げる方法もあると言ってくれたからか、そこまで気落ちせずに済んでいる。

リンデン卿には助けなど来ないと言われたが、私は助けが来ると信じている。けれどそんなにすぐには難しいのではないかとも思っていた。

手がかりもどれだけ残してきたかわからない。少なくとも何かしらの証拠がなければいきなり国を越えての捜索は難しいだろうと想像できる。それならば自分たちで道を切り開くしかない。

もし失敗したとしても、本来の姿に近づいた天竜が現れれば必ず人々の話題に上がるはずだ。たとえ天竜の存在を隠そうとしても、あれだけ大きな存在が空を舞えば必ず人々の目に留まり、完全に隠蔽《いんぺい》することは難しいだろう。

最悪天竜だけでも逃げてくれれば必ずラジアス様やユーリに私のことを伝えてくれるはずだ。

（よーし！　やってやるぞー！）

人間何かしら目標があると頑張れるものである。ストレッチを終えた私がその勢いのまま床で腕立て伏せをしていると、いきなりガチャッと入り口の扉が開いた。

食事の載ったトレーを手に部屋に入ってきたリンデン卿と腕立て伏せをしていた私の目が合う。

「……君は、そんなところで何をしているのかね？」

「……腕立て伏せですけど」

「腕立て伏せ……」

いや、だってね。ベッドの上はふかふかすぎるし、私は壁立て伏せより普通の腕立て伏せ派なんですよ。まあ、リンデン卿が驚いているのはそういうことではないのだろうけれど。

おそらくリンデン卿の知っている女性というのは筋トレなどしないのではないだろうか。そして床に這いつくばるなんてことは絶対にしないだろう。

珍しいものが好きと言って憚《はばか》らないリンデン卿だが、こういう珍しさは予想外であったらしい。顔に出ないようにしているようだが口の端が引き攣っていた。

「……彼女は異世界の人間だ。私の常識で考えること自体間違っているんだ。うん、そうだ」

何やらぶつぶつ言っているが私の知ったことではない。珍しさの方向性が違うという理由で解き放ってくれても構わないのだが。

自分の中で気持ちに折り合いがついたのか、リンデン卿は何事もなかったかのように食事をテーブルに置き話しかけてきた。

「おはよう。よく眠れたかい？　……あまり床でああいったことをするのは感心しないな」

「おはようございます。リンデン卿が入室前にノックをしてくださるのならあのような姿をお見せしたりはしませんよ」

私はにっこり笑って答える。これに対して何も返答がないところを見ると、今後もノックなしに扉を開けるということなのだろう。

あまりしつこく言っても、いきなり開けられてやましいことでもあるのかと勘繰《かんぐ》られるのも面倒なので追及はしない。まあノックなんてなくても天竜がいれば開けられる前にわかるので問題ない。

「食事は……一人で摂らなければいけないのだったかな？」

「ええ」

昨日私が吐いた嘘をしっかりと覚えているらしく、わざとらしく確認してきたが、私も当然のように返すだけだ。

「仕方ないねぇ。では食事の前に少し私の話に付き合っておくれ」

私は何も了承の意を示していないのだが、リンデン卿は勝手に椅子に座り話しはじめる。

「君は花形職って聞いたことあるかい？」

花形職か。少し前に騎士団のみんなから巷《ちまた》で私がそう呼ばれていると聞いたような。まあでも普通は違うだろうと当たり障りのない返事をする。

「……大体が近衛兵のことですよね？　レンバック王国で言うと騎士団の第一部隊ですか」

「そう。たしかに今まではそうだったらしい。この国でも花形といえば近衛の第一騎士団のことを言う。でも今レンバック王国では違うらしいのだけれど知らないかい？」

「存じ上げませんね」

なんてねー。知ってる、知ってる。それはきっと私のことだ。言わないけど。

「現在の花形職と言えば君のことらしい。魔力供給係」

そう言ってリンデン卿は私を指差した。人を指差すのはやめてほしい。はたき落としたくなる。

「はい？　私ですか？　自分にそんな役職名が付いていることすら初耳なのですが」

「おや、ではこれは噂話かな？」

「そもそも花形職とは人気のある、もしくは憧れの職業ってことですよね？」

「そうだね。流民で魔力供給という特別な力があって、国王や聖獣の覚えもめでたい男装の麗人と城下町では噂になっているらしいのだけれど」

やっぱり私のことかいと心の中では思ったが、何それ、初耳、信じられなーい、とでもいうように首をかしげてみた。私は何も知りませんよー。

「君は本当に面白い。珍しい容姿だけでなく魔力も特殊だなんてね。それを餌に聖獣を従えることができるというのはすごいことじゃないか」

「はい？」

なんだろう。これはカマを掛けられているのだろうか。それとも本気でそう思っているのか。

「……えーっと、聖獣を従えることなんてできませんけど」

「おや？　そうなのかい？」

リンデン卿はわざとらしく肩をすくめて聞き返してくる。うーん、もう少し情報が欲しい。

「聖獣はこの国でも知られているんですね」

「眉唾物《まゆつばもの》だけれどね。昔から隣国アルベルグとの話には必ず登場するが、この国の者は誰一人として見たことはない。見たことのないものを信じろと言うのは難しい話だし、今では空想上の生き物だとさえ言われているよ。でも、君の話し振りだと存在するみたいだねえ」

さて、どうしたものか。ここはすぐに「もちろんいますよー」と答えるべきか否か。

「もちろんいるに決まっているじゃないですか」

考えた結果、私は素直にいる、と答えた。レンバック王国の人々は見たことがなくてもみんな聖獣の存在を信じているし、姿絵だって出回っていると聞く。先代聖獣の活躍する健国記は絵本にもなっているくらいだ。

貴族の中にはユーリを見たことがある人も多いし、最近ではちょくちょく姿を見せているけれど、みんな驚きはしても聖獣の存在を隠す様子はない。つまりいると言ってしまっても問題ないということだ。

「ただ聖獣を従えたりはできませんが」

「ほう？」

「聖獣は気高く、畏怖《いふ》される唯一の存在です。正直私が魔力を供給しなくてもなんの問題もなく生きていられる。それなのにわざわざわずかな魔力を求めてどこの馬の骨ともわからない小娘に従う理由なんてありませんよ」

（ユーリが誰かに従うなんて考えられないないなぁ）

助けてくれることはあっても、それは誰かが命令したからではないし、気が向かなければ私が森に会いに行っても出てこない時もある。ユーリは自由なのだ。

「それにもし聖獣を従えているのなら私はこんな所にいないはずなんですがね」

「ははっ、たしかにね。まったくもってその通りだ。いやぁ、良かった良かった」

私の答えに満足そうに頷くと、リンデン卿は椅子を引いて立ち上がった。そして昨日と同じように私の頭に右手を伸ばし——見事その手を私に躱《かわ》された。

（あっぶなかった！　セーーフッ‼）

思い切り後ろに飛び退《の》いた私と空を切った自身の右手を見て、リンデン卿は心底残念そうに溜息を吐いた。

「うーん、まだまだ野生動物のようだねえ。早く懐いてくれると良いのだけど」

「ホホホ。ご冗談を」

「まあいい。また来るよ。ああ、ご飯はしっかり食べるんだよ」

そう言ってリンデン卿は去り際にウィンクをして部屋から出て行った。

（うげぇ……。だから気持ち悪いんだって！）

「どうせなら、どうせならラジアス様にやってほしい～～っ！」

きっとかっこいいだろう。ああもう、想像しただけで素敵すぎる。先ほどの気持ち悪いリンデン卿からラジアス様へ、私の中のウィンク画像が変更された。変更できて良かった。

「でも、結局何が聞きたかったんだろ」

『ユーリがここへハルカを連れ戻しに来ないか危惧していたのではないか？』

「あ、天竜起きてたの？」

枕元にいた天竜がふわっと輝き、手乗りサイズになって私のもとへ跳んできた。

『うむ。あれにとってユーリの能力は未知数なうえ、魔力持ちと主従契約を結んでいると互いの魔力で居場所がわかってしまう可能性があるからな』

「へー、そうなんだ」

『うむ。ところで体調はどうだ？』

「問題ないよ。というわけで朝ごはん食べたら今日もさっそく光珠を作っていきたいと思います！」

『くれぐれも無理はするでないぞ？　逃げる際の体力も残しておかねばならぬからな』

「……それ、考えてなかった」

『……やはりまだ本調子ではないな』

「そうなのかも。……でも、そうだよね。チャンスは一度だと思って確実にやらなきゃね」

連れて来られてもう二日目だと思っていたが、見方を変えればまだ二日目なのだ。幸い閉じ込められているとはいえ食事も出るし、お風呂も入れて上質なベッドで寝ることもできる。

今のところリンデン卿が私に何かをしてくる可能性は低そうなので、もう少し猶予はあるはずだ。時々伸ばされる気持ち悪い手を躱せれば心もまだ耐えられる。

ふと、日本にいた時に聞いた懐かしい言葉を思い出した。《家に帰るまでが遠足ですよ》そうだ。レンバック王国に帰るまでが脱出なのだ。光珠作りで疲れて倒れている場合ではない。余力を残しつつ光珠作りに励むとしよう。

決意も新たに私は朝食をしっかり摂り、光珠作りを始めた。そして作ったそばから天竜に与えていく。その後いくつかの光珠を天竜に与えたところで普段と違うところに気が付いた。

「ねえ天竜。なんで今日はその大きさから変わってないの？　もしかして全然魔力足りてない？」

昨日までの天竜は光珠を飲み込む度に少しずつ大きくなっていき、最終的には馬くらいの大きさになっていた。しかし今日はいくら飲み込んでも大きさは手乗りサイズのままだった。

『ああ、そうではないぞ。昨日ハルカにもらった魔力がだいぶ我の身体に馴染んだのでな。身体の大きさをもっと意識的にコントロールできるようになったのだ。大きくなろうと思えばなれるぞ』

「そっか、なら良かった」

『ただ幼体の頃は少しの魔力で成長できるが、成体に近づくにつれ成長に使う魔力は多くなるから……焦ってはならんぞ？』

「大丈夫だって！　もう無茶はしません。一緒に帰ろうね」

そう言って私が笑えば天竜も笑顔を返してくれた。

お昼に近くなった頃、私は昼食のサンドウィッチを頬張っていた。今までは食事時になると、リンデン卿自ら食事をこの部屋に運んで来ていたが、今回は違った。

茶色いローブを着た怪しさ満点の男が、昼過ぎにサンドウィッチを持って現れたのだ。初めて見るその男に警戒していると、男は無言でサンドウィッチの載った皿をテーブルに置くと、代わりに朝食の載っていたトレーを持ち、そのまま部屋を出て行こうとした。

ここに来て初めて会ったリンデン卿以外の人物。私は思わず話しかけた。

「あの、リンデン卿は？」

「……」

「えっと、貴方は誰ですか？」

「……知る必要はない」

それだけ言うと男は今度こそ部屋から出て行った。

「……これ、お昼ご飯ってこと？」

ということは、リンデン卿は今現在いないということだろうか。もしいるなら絶対リンデン卿がこの部屋に直接来るはずだ。

もしや今が逃げるチャンスかとも思ったが、あのいかにも貴族風なリンデン卿が一人で暮らしているとは考えづらい。私がいるこの部屋がどこにあるのかはわからないが、最初に会った時にリンデン卿はこの屋敷の主だと自分のことを言っていた。

（ってことはここは屋敷の一部ってこと……さっきの人の他にも働いている人たくさんいるのかな。いるんだろうなー）

『どうした、ハルカ？　その食事はそんなに不味いのか？』

私がうんうん唸りながら口を動かしていると天竜が不思議そうに話しかけてきた。

「いや、美味しいよー。こんなところでも出てくる食べ物はすごく美味しい」

やはり食べ物に罪なし。中に挟まっているローストビーフのようなお肉はとてつもなく柔らかいし、レタスはシャキシャキだし、たかがサンドウィッチ、されどサンドウィッチ。軽食が高級な食べ物になっている。ここにいたら確実に舌が肥えそうだ。

（でも、ケッチャさんの作ってくれた卵とベーコンのやつ食べたいな……）

『ハルカ？』

「天竜さ、もうこの部屋壊せそう？」

『壊すことはできると思うが……飛んで帰るのは難しいかもしれぬ。我一人なら行けるだろうが、ハルカを乗せても大丈夫な大きさを保つためにはもう少し魔力を溜めたい。レンバックまでの距離もわからぬしな』

「そっか。正直に言ってくれてありがとう」

ついレンバックでの生活が懐かしくなり気が急《せ》いてしまったが、やはり無茶はいけないと思い直す。これを食べ終わったら少し仮眠をとってまた夜まで光珠作りをしよう。休める時にしっかり休み、体力をキープし、光珠を量産する。

天竜の最初の予想だと二日もあれば脱出できるようになりそうだと言っていたし、早ければ明日にでもここから逃げることができるかもしれない。私はただ大人しく怯えて助けを待つようなか弱い女ではないのだ。

正直なところ助けに来てもらえるなら嬉しいが、外の状況がわからない今はそれを待つより自分でできる範囲内で努力するべきだと思う。この世界に来てしまった時だってそうだった。諦めたって状況は良くはならないのだ。できることからコツコツと！

（見てろ、リンデン卿！　こんなところさっさと出てってやるんだから！）

俺とユーリは森の中を駆け抜けていた。本来ならスイーズ伯爵領にある街道を使用するのが隣国アルベルグへ向かう唯一にして最短のルートなのだが、そんなことはこの森の主と言っても過言ではない聖獣ユーリティウスヴェルティには関係がない。

勝手知ったる自分の庭だ。生い茂る木々の間を縫うようにして道なき道をハイスピードで進んでいく。俺はそんなユーリの背中に跨り、振り落とされぬよう身を低く屈《かが》めていた。

「おいユーリ！　お前、アルベルグの王城がどこにあるのかわかっているのか？」

風を切る音にかき消されないよう、大声でユーリに確認する。

『知っているに決まっているだろうが。あちらの方角だ』

ユーリが鼻先で示した方角で間違いはない。間違いはないのだが。

「方角は合っているが細かい場所は⁉」

『知るか。お前がわかっていればそれで良いだろうが』

「お前……」

つまりは知らないらしい。森を抜ければそこはもうアルベルグだ。いくら王城よりも高い建物などそうそうないとはいっても、森から王城まではほどほどの距離がある。まさかとは思ったが一応確認しておいて良かった。

「なら森を抜けたらそこからは俺が言う方向に進んでくれ！」

『わかっている』

ユーリは短く答えるとさらにスピードを上げた。そしてその速度に付いて後を追ってくる存在に気づく。

「おい、ユーリ！　何か追ってきているぞ！」

『宵闇鳥《よいやみちょう》だ。声をかけておいた。宵闇鳥なら森を出ても上空から私たちに付いてくることができる。役に立つこともあるだろう』

「ユーリ、お前いつの間に……」

『ふん、私はラズほど冷静さを欠いてはいないのでな』

ユーリがそう言えば、俺の視界に入ってきた宵闇鳥がピロピロとそれに応えるように鳴いた。なんとも頼もしい仲間たちだ。大丈夫、きっとハルカは見つかる。そう思えた。

アルベルグに入れば普通の道を行くと驚かれ、騒ぎになることは必至なうえ、そもそもスピードが出せない。そのため俺たちは建物の屋根伝いにスピードを落とさないまま進んで行った。

アルベルグの王城に近づくにつれ、街は賑わい人も多くなったが、おそらく人々が屋根の上にいる俺たちを見たところで目撃した次の瞬間にはそこから消えているのだから見間違いかと思っただろう。

そうして馬では半日かかるような距離をわずか二時間弱でアルベルグの王城に辿り着いた。宵闇鳥だけを空に残し、俺とユーリはその勢いのままアルベルグ王城の城門前に降り立った。

文字通り空から降ってきたような俺たちにアルベルグの門番はさぞかし驚いたことだろう。しかし彼らとて素人《しろうと》ではない。すぐに警笛《けいてき》を鳴らし、その音で集まった兵が俺たちを囲んだ。

見知らぬ男と見たことのない大きな狼。警戒して然《しか》るべきだろう。先に口を開いたのは相手方の兵だった。

「止まれ！　貴殿らはいったい何者か？　用件は何だ？」

俺はユーリから降りるとその問いに答える。

「騒がせて申し訳ない。私はレンバック王国王立騎士団第二部隊所属のラジアス・ガンテルグ。隣は聖獣である。レンバック国王より命を受け参った。急を要する案件ゆえ事前に知らせを出さぬ無礼を承知で、至急アルベルグ王国国王陛下に御目通り願いたい」

俺の言葉に周りが一気にざわついた。「聖獣⁉」「あれが聖獣なのか⁉」「本当に存在していたのか……」「たしかに、あのような巨大な狼など見たことがない」「なぜ聖獣が」初めて聖獣を目にした彼らは、まずその存在に驚き、次にその大きさに驚いた。

そして圧倒的な強者の風格に慄《おのの》き、恐怖した。

「き、貴殿の身分を証明する物、もしくは貴国の王からの正式な用件だと示す物はお持ちか？」

「これを」

俺は国王から預かった書状入りの木筒を取り出し、門番に手渡した。

「これは……たしかにレンバック王国の」

「その中には我が王からアルベルグ国王陛下への書状が入っている。中を検《あらた》めてもらって構わない」

「わかった。至急確認をとる。しばしここで待たれよ」

兵の一人が木筒を手に城の中へと慌てた様子で走って行った。三十分くらい経っただろうか。やっと先ほど確認に向かった兵が一人の男を連れて戻ってきた。

やっと、といっても先触れもない急な訪問にもかかわらず、一国の王へと謁見を願った者への対応としては異例の早さと言ってもいいだろう。それは十分理解できているが、少しでも早くハルカの救出をと願う心情がそう思わせていた。

「お待たせいたしました！　私はこの国の宰相を務めておりますマルクス・ジルベットと申します。陛下がお会いになるそうです。ご案内します」

兵からの急な報告に慌ててやって来たのだろう。宰相だと名乗った男の息は乱れていた。

「私はラジアス・ガンテルグ、隣は我が国の聖獣です。国王陛下のご厚情に深く御礼申し上げます」

「こちらが、あの……！」

宰相はユーリの姿をまじまじと見ると急にはっとしたように姿勢を正した。

「失礼いたしました。まさか本物の聖獣様を目にする日が来るとは……いえ、そんな場合ではないですね。ではこちらへ……あっ」

宰相は再び視線をユーリに向け、それから俺を見る。

「ガンテルグ様をお連れするのは問題ないのですが、聖獣様はいかがいたしましょう？　城内に入れないこともないのですが」

「どうする、ユーリ？」

『狭いところは好きではないから私は外で良い。門の内側にだけ入れさせろ』

「しゃ、喋った……は、すみません。それはもちろん、はい」

『なんだ？』

しかし他にも何か気になることがあるのか宰相はまだユーリを気にしていた。

「いえ、その」

宰相のどこか聞きづらそうな様子にユーリはああ、と何かに気づいたように言った。

『心配しなくとも害されなければ人を襲ったりはしない。そこらの獣と一緒にするな』

「も、申し訳ございません」

『ふん、まあいい。さっさと行け』

「ユーリ……。宰相殿、申し訳ありません」

「いえ、こちらこそ失礼いたしました。では参りましょう」

宰相に付いて行こうとすると、ユーリが俺にしか聞こえない小さな声で『おかしな動きをしないかどうか外で見張っておいてやる』と言った。俺はそれに小さく頷いて返し、宰相とともに王城内へと入って行った。

——コンコン。

「お連れいたしました」

「入れ」

案内されたのは謁見の間のような広間ではなく、応接室のような部屋だった。開けられた扉の先にはすでに一人の男が長椅子に座っていた。その男が持つハルカを思い出させるような髪色に、俺は一瞬意識を持って行かれた。

(よく見れば濃い茶色か……瞳は緑だし、ハルカとは違う。この方がこの国の王)

精悍な顔立ちの表情を柔らかくした中年の男は、一見すると一国の王と言うよりも騎士のような佇《たたず》まいであった。

「先ほどは門番が失礼をした。私が国王のニコラス・アルベルグだ」

「レンバック王国王立騎士団所属のラジアス・ガンテルグと申します。この度は急な申し出にもかかわらず御目通り叶いましたこと、心より感謝申し上げます」

「ああ、そう硬くならずともよい。そこに掛けてくれたまえ」

国王に促され、テーブルを挟み向かい合った長椅子に腰を下ろした。そしてそれとほぼ同時に目の前に紅茶が出されると、国王は宰相であるジルベット以外の者を下がらせた。

「さて、来て早々で悪いがこの書状の内容は本当か？　流民が拐《かどわ》かされたなどただごとではない」

「はい。恥ずかしながら我が国の伯爵位にある者が流民の拉致に関わったと認めております」

「で？　その拉致に私の弟であるネイサンが関わっている可能性があると？　そなたらは罪人の言い分を信じると申すか」

組んだ膝の上に手を置いた国王陛下は先ほどまでの柔らかい表情から一転、俺を品定めするような表情を浮かべていた。部屋中が肌を刺すようなピリピリとした空気に変わる。一国を統《す》べる王の威厳がそこにはあった。

(すごい圧だ。だがこんなことで怯《ひる》むわけにはいかないんだ)

「もちろん全て鵜《う》呑みにしているわけではありません。しかし我々が今得られている情報はそれだけなのです。勝手な願いとは理解しておりますが、国王陛下にご理解とご協力を願いたいのです」

俺は椅子から立ち上がりばっと頭を下げた。手がかりは少ない。ハルカを救い出すためならいくらでも頭を下げよう。

「リンデン公爵に直《じか》にお話を伺う機会を与えていただきたいのです。何卒よろしくお願い申し上げます！」

しばしの沈黙の後、口を開いたのは国王だった。

「顔を上げたまえ」

その声によって顔を上げた俺は視線を国王から外すことはなかった。

「まあ、立っていないで掛けたまえよ」

許諾《きょだく》を得られないまま促され、仕方なく再び長椅子に腰を下ろす。

「流民とはどのような娘なのだ？　ああ、容姿はこちらにも噂で流れてきているから知っておる。そうではなくどのような存在なのか、ということだ」

おもむろに尋ねられた質問の意図がわからず返答に困る。

「かつての、我が国とレンバック王国が争っていた世ならわかる。しかし今となっては我らは平和条約を結んだ国同士、良好な関係を築けていると思っている。もうあの時のように多くの者が命を落とす争いを起こすべきではない。今回ガンテルグ殿とともにやってきた聖獣を目にしたことで改めて皆がそう思ったであろう。五百年前の戦争について記された文書にも、『レンバックの聖獣を決して怒らせてはならない』と書かれていたことは我が国ではあまりにも有名な話だ」

どうやらアルベルグにおいて聖獣は今もなお絶対的強者であり、畏れる対象であるようだ。だが、それはいつまで続くのか。もちろんこの方が国王であるうちはこのまま良好な関係が続くだろう。しかし今後も彼と同じような考えの者が王位に就くかどうかはわからない。

万が一に備えてユーリたちには力を蓄えておいてもらいたいと思うのは当然のことだ。だからこそ魔力供給ができるハルカはレンバックにとって大事な存在といえるのだが。

「だというのに流民の娘一人をなぜそのように必死になって捜す？　元々流民は別の世界の人間だ

ろう？　たしかに魔力の供給というのは珍しい特性ではあろうがそれだけだ。他国に疑いを、まして現王の弟に疑いをかけるなど国家間の問題に発展してもおかしくはない。私自身も弟を疑われていい気はしない」

国王のこの発言からすると、アルベルグはまだハルカの情報を正確に掴み切れていないのかもしれない。

ハルカの魔力供給には聖獣を成長させられるだけの力があるということ、そしてその魔力は光珠という形で作り置きできるということをおそらく知らないのだろう。だからこそ流民一人のためになぜ国がそこまで必死になるのか疑問に思うのだ。

「協力を願うにしても普段通りの形式に則ったやり方をとれば良いのではないか。いくら急を要するとはいえ、なにもガンテルグ殿一人で来ることはなかろう。そなたがいくら腕に覚えがあろうとも、聖獣と離され、この部屋に入る前には剣を預け今は丸腰だ。それほどの危険を冒す価値がその流民にはあるのか？」

価値――。価値ならある。アルベルグ側にはわからなくともハルカにはそれだけの価値がある。しかし、ハルカの能力を説明し、その重要性を知ったら捜査に協力してもらえなくなるかもしれない。

ならば能力ではなく、ハルカの存在自体が聖獣にとって大切なのだと言えば、聖獣を恐れている彼らには最も効果的かもしれないと思いついた。

「我々は流民である彼女を保護し、国民として受け入れると約束したのです。我々は短い期間ですが彼女と行動をともにし、彼女の人となりを認め、大切な仲間だと思っているのです。そしてそう感じているのは我々人間だけではありません」

「それはどういう意味だ？」

「聖獣も同じだということです。聖獣も流民を能力だけでなく、一人の人間として得難《えがた》い者だと感じているのです」

「まさか……主従契約を結んでいるのか？」

「そうではありません。聖獣は流民を友として大切に思っているのです」

「友だと？　まさか、そんなことが……」

「だからこそ聖獣は私がアルベルグに少しでも早く来られるように手助けしてくれた。それが何よりの証拠でしょう」

国王は俺の言ったことがにわかには信じがたいようで黙り込んでしまった。攫われたのが一国の王であるならまだしも、たかだか流民の娘に聖獣がそこまで拘《こだわ》るものなのか。いろいろと思案しているのだろう。

しばらくの沈黙の後、国王は重い口を開いた。

「ガンテルグ殿の言ったことが確かなら、弟に限らず流民の拉致に我が国の民が関わっていたとすれば……聖獣も黙ってはいない、ということか」

「……」

俺は肯定も否定もしなかった。

「レンバックはアルベルグを脅されるのか」

ここまで黙っていた人物が口を挟んだ。宰相のジルベットだ。

「ジルベット、黙っていろ」

「……申し訳ございません」

宰相は国王の一言ですぐに引き下がった。ただ宰相の言いたいことはよくわかる。俺たち人間に聖獣であるユーリを意のままに操ることなんてできはしない。けれど他国からすれば、レンバック王国と聖獣は深い繋がりがあり、一蓮托生《いちれんたくしょう》だと思われているのだから。

「今の私の発言はそう思われても仕方のないことだとは思います。ただ、私ももちろんレンバックもそれは本意ではありません。私たちはただ、少しでも早く流民を、ハルカ嬢を見つけ出したいだけなのです。ですから何卒、ご協力をお願い申し上げます」

俺はもう一度深く頭を下げた。

「もう良い。わかった。協力しよう」

国王は一つ大きく息を吐きそう答えた。

「ありがとうございます！」

「良いのだ。初めから協力するつもりではあったのだ」

「え？」

国王は深く座り直し長椅子に背を預けた。

「ただ私の唯一の弟を疑ってかかるなど腹が立ったのも事実だ。おかげで少しムキになった」

そう語る国王の顔は初めの柔らかな表情に戻っていた。

「しかしガンテルグ殿がたった一人で来たことを疑問に思ったのも本当だ。本来ならこのような交渉は王かその側近同士で話し合うもの。少なくとも一介の騎士が行うことではないはずだ」

国王の言っていることは至極当たり前のことだった。

「それは……」

「それは？」

自分が一番に助けに来たかった、などという理由を言えるはずもない。

「協力を仰ごうという相手に対し隠しごとか？」

「そうではありません」

「ではなんだ」

しかしそれを国王は許さなかった。せっかく協力を取り付けたのに、ここで機嫌を損《そこ》ねるわけにもいかない。いろいろ言い訳も考えたが、俺は諦めて正直に答えることにした。

「国家間の問題や脅しなど、国王陛下が懸念されていたことが馬鹿らしくなるような理由ですがそれでもお聞きになりますか？」

俺の思わぬ返答に国王が一瞬目を瞠った。

「構わない」

その返しに俺は一つ大きく息を吐き話しはじめた。

「完全に私の個人的な理由です。私は早く流民を、ハルカ嬢を救い出したい。馬よりも、たとえ単身でも聖獣とともに動くほうが早かった。だからそれを選択した。ただそれだけです」

国王も宰相も二人揃って顔に疑問符が浮かんでいる。だからなぜそれをお前がするのかと言いたいのだろう。俺は国王の目を真っすぐに見て言った。

「流民であるハルカ嬢は……私の好いた女性です。彼女の無事が知りたい。早く彼女を救い出したい。国に仕える騎士としては失格の、一人の男としての我儘です」

そんな理由で一人乗り込んできて国に脅しをかけることまでしたのか――きっとそう思われているのだろう。その証拠に二人とも呆気にとられた様子で、国王には「目の前の男は清々しいほどの馬鹿であるらしい」と言われた。

たしかに俺は馬鹿なのだろう。場合によっては敵となるかもしれない国の中枢にこうして一人でやってきているのだから。

先ほどの言葉は思わず口から出てしまったものだったようで、咳払いをした後に、国王は苦笑しながらこう続けた。

「しかしそうか、ガンテルグ殿と流民は恋仲であったか。しかも己の命を懸けても良いほど惚れこんでいるとなると、それは気が気でないだろうな」

「……いえ。恥ずかしながら、まだ気持ちも伝えられていない臆病者です」

返答に困り、そう絞り出すように言った俺に国王と宰相はまたしても信じられないという表情を浮かべた。

「そ、そうか。ではなんとしても見つけ出し、気持ちを伝えねばならんな」

国王の押し殺した笑いに俺は居たたまれない気分になったのだった。


私はアルベルグの王城の長い廊下を早足で歩いていた。

「それで？　急ぎの用ということだが何があったのだ？　知らせに来た者は何も知らないようだったが」

同じように急ぎ足で横を歩く文官に問えば、彼もまた曖昧な答えしか返さない。

「それが私も詳しくはわからないのですが、おそらく少し前に来訪したレンバック王国からの使者絡みではないかと」

「レンバック王国から？」

「はい」

私はハルカ嬢を迎えるのに合わせて久々の休暇を申請しており、本来なら明日まで登城の予定はなかった。ようやく手に入れた彼女は私の想像よりも素晴らしいものだった。

ただ愛でるだけの人形として囲おうと思っていた当初の予定は少々狂ったが、理知的な瞳と簡単には靡《なび》かない気高さを持った異世界の娘に満足し、ハルカ嬢への興味はわずかな時間で深まった。

彼女ならば私の退屈な日常に色を加えてくれそうだ。

一筋縄ではいかなそうな珍しい娘。さて、今日はどのようにして距離を詰めてみようか。彼女自身のことや聖獣の存在について聞けば、少しは会話が弾むだろうか。

朝からそのようなことを考え、まだ心を開かない彼女のために一人落ち着く時間も与える。その時間でさえも、これからのことを考えれば私にとっては楽しい時間だった。――そんな時だ、城から知らせが届いたのは。

いくら休暇中だとしても、いくら自分の兄だとしても、国王陛下直々の呼び出しを無視するわけにもいかず私は今ここにいる。そんな私に文官はレンバック王国からの使者が来たと言った。

「なぜレンバック王国から？　そのような予定はなかったはずだろう？」

そう口では言ったが、おそらく流民に関してで間違いないだろうと私は思っていた。

（想定していなかったわけではないが、いくらなんでも早すぎるな。証拠は残してこなかったと言っていたはずだが……）

しかも急ぎ呼ばれたということは、少なからず自分が疑われているということだ。実行役である宝石商の男たちはすでにこの国を去った。レンバックとは反対方向の国へと向かい、ほとぼりが冷めるまでは戻ってこないと言っていた。

そうなると私が関わったと言い張るのはスイーズ伯爵だけとなる。権力と金に弱そうなあの男を使うために敢《あ》えて名を名乗ったことが仇となったか。

（本当に使えない愚かな男だ……自ら喋りさえしなければどうとでもなるものを。娘程度では脅しが足りなかったか）

表面上は急なレンバック王国からの訪問者をただただ不思議に思うように見せてはいるが、心の中でスイーズ伯爵に悪態を吐く。

しかし、それも文官の次の言葉で止まった。

「ええ。本当に急な来訪だったようで。しかもその使者は聖獣に乗って現れたという話です」

「今なんと言った？　……聖獣だと？」

「ええ、ええ。驚くのも無理はありません。あの歴史上でしか語られない聖獣です。本当にいたのですよ！　見た者の話では輝く白銀の巨大な狼だったと」

やや興奮気味に話す文官と並んでいた足が止まる。気づくと文官とは距離が開いていた。

「おや？　リンデン公爵？　どうされました？」

その呼びかけにはっとし、すぐに文官の横に並ぶ。なぜ、なぜ聖獣が。聖獣自ら彼女を追ってきたとでもいうのか。どうなっている。

「すまない。聖獣とはもはや空想上の生き物かもしれないと思っていたこともあったからね。驚いてしまって。私も一度お会いしたいものだ」

動揺を悟られないようにうっすらと笑みを貼り付けて、私は兄である陛下のもとへと急いだ。応接室に入ると、陛下、宰相、そして見知らぬ男が一人いた。

まず口を開いたのは陛下だった。

「休暇中に呼び出してすまなかったな」

「いえ。して、急ぎの用とは？」

「ああ。その前に彼を紹介しよう。レンバック王国から参られたラジアス・ガンテルグ殿だ」

紹介されたガンテルグという男が名乗り、礼をとった。騎士団所属という男は騎士服の上からでもわかるスタイルの良さと淡い髪色に甘い容姿を持っていた。先ほど紅茶を持ってきたメイドが心なしかそわそわしていたのも頷ける。

「私はネイサン・リンデンと申します。王弟という立場ではありますが、公爵位を賜《たまわ》っており、現在はそちらを名乗ることが多いですね。以後お見知りおきを」

私は人好きのする外向き用の笑みを貼り付け挨拶をする。大体はこの笑みに簡単に騙され、肩の力を抜く者が多いのだが、目の前のガンテルグという男はその逆だった。

名乗った瞬間向けられた視線は力を抜くどころか緊張が高まった様子だった。

（おおかた私が犯人、もしくは犯人に繋がると踏んでいるのだろうが……こんなにわかりやすくては駄目だねぇ。まだまだ若い）

あからさまに疑っているという目を向けるようでは相手にも警戒されるというもの。あしらうのは簡単そうだと内心ほくそ笑みながら陛下に促され席に着くと話し合いが始まった。

話の内容は想像できる。さて、自然に驚く準備でもしておこうか。

「急ぎの用だがな、お前はレンバック王国の流民を知っているか？」

「ええ、もちろん知っておりますよ。噂は森を越えてこの国まで届いておりますからね」

ここで慌てて知らないなどと言う必要はない。私はこの国で主に外交を担っている立場だ。そんな私が周辺諸国の情報に疎いわけがない。

「たしか国王や聖獣の覚えもめでたい、魔力供給という珍しい特性の魔力を持った黒髪黒目の男装の麗人、でしたか？」

そう言ってガンテルグを見れば「よくご存じで」と短い返事が寄こされる。

「まあこれくらいは。してその流民の方がいかがされました？」

今度は陛下を見て聞き返す。すると若干言い辛そうに口を開いた。

「これからする話はお前にとっては気分が悪くなる内容かもしれんが、落ち着いて聞いてくれ」

「はあ。よくわかりませんが、努力します」

「実はな、その流民が拐《かどわ》かされたらしいのだ」

「それは……」

「そしてその件に関して捕らえられた者が、関係者としてお前の名を挙げているというのだ」

「――私が、ですか？」

私は目を見開き動きを一瞬止め、あたかも今言われた言葉に驚いているかのように見せる。全てを知っている者が見ればとんだ茶番だと思うだろうが、それは仕方がない。

ネイサン・リンデン公爵は今初めてこのことを知ったのだから驚かなくては逆に不自然だ。

「ああ。そのことでガンテルグ殿はこちらに参られたのだ。夜には他の騎士団の面々もこちらに到着されるらしく、我が国としても流民の捜索に協力することにした」

「さようでございましたか。しかし、私が流民の方の誘拐に関わっているとは……いったいどういうことなのでしょうか？」

「身に覚えはないか？」

「ええ、まったく」

「そうか」

私の答えを聞いて陛下はどこかほっとしたようだった。陛下のその感情は国王としてなのか、それとも兄としてなのか。少しばかり罪悪感が生まれなくもないが、私はハルカ嬢を手放すつもりはない。

あの魔力を遮断する部屋にいる限り絶対に見つかることはないはずだ。私の屋敷の者も誰一人口を割ることはないだろう。屋敷の者の中でもハルカ嬢の存在を知っているのは極一部だが。

「疑われたままではお前も気分が悪いだろう。流民の早期発見のためにもお前も協力してもらいたい」

「もちろんです。ガンテルグ殿。私にできることがあれば仰ってください。可能な限り協力いたしましょう」

「ありがとうございます」

「ではもう少し詳しくお聞かせいただいても？　関係者に私の名前が挙がったというのはどういうことなのですか？」

私は自ら進んで先ほどの話に戻した。こういう時は下手に遠回りに探られるよりも、自ら足を進めていったほうが主導権を握れたりするものだ。

「――なるほど。つまり、そちらで捕らえた者が私こそ黒幕だと言っており、そしてその者の屋敷から仲介役の宝石商の手紙が見つかった。ここまでは間違いないでしょうか？」

「はい」

黒幕だと言われた件に関してはいくらでも言い逃れができる。万が一面通《めんとお》しされたところで罪人側の言い分など一方的に切り捨てることもできよう。問題は手紙のほうか。

（目の前で燃やしたと言っていたはずだが……嘘だったのか？　いや、それはないか）

理由はわからないがその手紙があの時の物だとすれば、私がここで宝石商のことを知らないと言うのはまずい。あの宝石商があの日屋敷に来ていたことは調べればすぐにわかることだ。

大きな嘘はいずれ辻褄《つじつま》が合わなくなる。

「その宝石商というのはどちらの宝石商でしょうか？　私もいくつかの商会と交流がありまして」

「ああ、そうですね。蛇の模様の紋章を使用する商会です」

「蛇……存じ上げないと言いたいところですが、おそらく私が懇意にしている宝石商でしょう。しかし本当に彼らが関わっているのですか？　つい昨日も私のもとを訪れておりましたが、そのような素振りは何も」

「昨日？　昨日のいつ頃ですか？」

「夜遅くでしたね」

「昨日の夜……」

「ええ。ただ、あんなに遅くに来たのは初めてだったので私も不思議に思いました。何かあったのかと尋ねたのですが、商談で話がはずんでしまって遅くなってしまったとだけ」

ガンテルグの顔つきがより険しいものになる。流民が攫われこちらに連れて来られたと思われる時間帯と同じだからだろう。当たり前だ。その宝石商によって彼女は私のもとに来たのだからね。

「……リンデン公爵。ご無礼を承知でお聞かせ願いたい」

「どうぞ。今何を言っても罪に問うことはないとお約束しましょう。陛下もよろしいですよね？」

「ああ、お前が良いのなら構わん」

陛下も認めるとガンテルグは私を睨むように見て言った。

「では、単刀直入にお伺いいたします。リンデン公爵は流民の拉致に関わっていらっしゃるのですか？」

「いいえ。私は何も存じ上げません」

自分が関わっていると告白する犯人がどこにいるというのか。ガンテルグが膝の上に置いた手を握りしめるのが見えた。これ以上追及したくとも彼一人でできることなど限られている。

きっぱりと否定されてしまえば確実な証拠がないかぎり他国の貴族、しかも王弟に対して無理やりどうこうするということはできるはずもない。

他にできることといえば、後から来る者たちと合流した後に国内を捜索するか、消えた宝石商を捜すことくらいだろう。

（可哀想に――）

私は内心ほくそ笑む。そうして捜したところで結局彼女を見つけることはできず、すごすごとレンバックに帰って行くのだろう。せめてこの国への疑いを、私への疑いを晴らしてから帰ってもらうのが優しさというものだ。

「しかし疑われている私がそう申し上げたところで、あなた方も納得はできますまい。私としても今回のことが原因で両国の間に禍根《かこん》を残してしまうことは避けたい。ですので、この国におられる間、私のことをお調べになっていただいても構いません。必要なら私の屋敷をお調べいただくのも良いでしょう」

ガンテルグがわずかに目を瞠った。まさか疑っている人物のほうからこのような提案をされるとは思ってもいなかったのだろう。どのようにして私の屋敷まで調べることができるか考えていたに違いない。

「……そこまで言っていただけるとは。後から来る者とも相談いたしますが、おそらくご厚意に甘えさせていただくことになるかと思います」

そう言って頭を下げるガンテルグを見て私は愉快でならない。疑っている男に頭を下げるなど悔しくてたまらないだろう。そうせざるを得ない自分が情けなくて仕方ないだろう。

自分の思い通りにならないものを手懐けることも楽しいが、手の平の上で転がすのもなんて楽しいのだろうね。

気を良くした私は今度はこちらからガンテルグに質問をすることにした。

「では私からも一つ質問をさせていただいても良いでしょうか？」

「なんでしょう？」

「後から他の方々も来られるとのことでしたが、なぜガンテルグ殿お一人で先にいらっしゃったのですか？」

誰もが疑問に思うであろうことを聞いたつもりだったのだが、私の質問に一瞬部屋が静まり返った。どうしたというのだろう。

「何かおかしなことを聞きましたか？」

「いえ」

「ネイサン。その質問は先ほど私がしたばかりなのだよ。そしてその答えもな」

陛下がくくっと笑いを噛み殺しながら私の問いに答えた。

「おやそうでしたか。ではどのような思惑があったか陛下からお伺いしても？」

「ああ。なんでもその流民はガンテルグ殿の想い人らしい。早く彼女に会いたいばかりに聖獣様とともに先陣を切って飛び出してきたということだ」

「本当にそのような理由でここにお一人で？」

「……恥ずかしながら」

「そうでしたか。それはなおさら早く見つけなくてはなりませんね」

少しバツが悪そうに返事をするガンテルグを私は内心冷めた目で見ていた。

（彼女のことを想う男か……絶対に会わせたくないねえ。せいぜい見つけられずに苦しむがいい

さ)

残す問題は、やはり聖獣だ。しっかり確認しておかねばならない。

「聖獣様に関しては私もここに来る途中に文官から聞いたのですが、本当に存在していたのですね」

「ああ、そのようだ。まさか生きている間にそれが確認できようとは」

「聖獣様がいらっしゃっているということは流民の方は契約者なのですか?」

彼女が嘘をついているとは思いたくないが、もし聖獣なんぞと主従契約が済んでいるとなれば少々厄介だ。

「いいえ。聖獣は気高き存在。主従契約などは結んでおりません」

「そうなのですか」

良かった。彼女が私に対して嘘を吐いていなかったことにほのかに嬉しさを感じる。心の中で安堵した私に陛下の思いもよらない言葉が聞こえてきた。

「だが聖獣様は流民を友のように考えておられるというのだ」

「……友?」

「ああ、そして大事な友を拐《かどわ》かされて黙っているような聖獣様ではない、とな。わかるか、ネイサン。この言葉の恐ろしさが。お前が何も言わずとも無実を証明しようと誠実に対応してくれることで、無益な争いをせずに済む」

「疑われている身として、いえ、それ以前に人として協力するのは当然のことですよ」

私は顔にいつもの笑みを貼り付けて陛下の言葉に答えてみせた。しかし、一方で自分の背中を嫌な汗が伝うのを感じていた。

（聖獣が友だと？　ふざけている）

そのようなこと彼女は言っていなかった。あの状況で私に嘘を吐く余裕がハルカ嬢にはあったのか。そもそも本当に聖獣がそのような感情を持つのか。

（くそ。スイーズ伯爵からはそのような話は聞いていないぞ……！）

聖獣にとってハルカ嬢が魔力を寄こすだけの存在ならそれでいい。いなくなればすぐに忘れてしまうような取るに足らない存在ならば問題ない。だが本当にハルカ嬢を友だと思っているなら話は変わってくる。

情が絡んだ時ほど人は執念深くなる。ガンテルグがそうであるように聖獣までもが同じだとは考えたくもない。もしそうであったなら、聖獣は私を敵とみなすに違いない。私にこの部屋に入ってきた時ほどの余裕はもうなかった。

屋敷の訪問日などはまた改めて決めることとなり、私は一旦帰宅の途《と》についている。おそらく私にはわからない位置に陛下の密偵が付いて来ていることだろう。

私が関わっていないということを信じたい兄としての気持ちとは別に、関わっているならば見逃すことはできないという国王としての責務も忘れることはない。我が兄ながら名君と言われるだけのことはある。

だが、絶対に流民は渡さない。王位も、初恋の女性も、両親からの期待も周りからの賛辞も、優秀な側近も、全て兄のものだった。私が望むものはさほど多くないのだ。そのうちの一つくらいは死守させてもらう。

（たとえ聖獣が絡んでこようとも、絶対に手放してなるものか）

馬車の中、握りしめた手がぎりっと痛んだ。


リンデン公爵との話し合いの後、国王は滞在のための部屋を用意してくれた。そこは使用していなかった兵舎の一角で、俺と、この後到着するアラン隊長たち全員の滞在場所として整えてくれたようだった。

この場所は「本来なら王城内の客室を用意するのだが、聖獣様も近くにいられたほうが良いだろう」という国王の気遣いらしい。とはいっても、アルベルグの他の兵舎に囲まれているこの場所は、俺たちレンバックの者を見張るという意味合いもあるのだろうが。

兵舎に案内される前にユーリを迎えに行き、一緒に向かう。ユーリは兵舎の外、俺は兵舎内にある一室の窓際のベッドに腰を掛けた。

『何かわかったか？』

「……さっそくネイサン・リンデン公爵とやらと話をさせてもらった」

正直ここまで早く疑惑の人物に会わせてもらえるとは思っていなかった。国王が話のわかる人物で良かったと思う。

「ただ、よくわからないんだ」

『わからない？』

「ああ。自分が疑われているというのに焦りもしなければ怒りもしない。妙な余裕がある。そしてこちらに対して親身になってくださる」

『それはその者がハルカを攫った人物ではないということか？』

「……どうだろうか」

今回の件に関しての情報や先入観もなく会っていたら、王弟という高い身分でありながら一介の騎士に対しても丁寧に接してくれる穏やかな紳士、だと思っていたかもしれない。けれど、疑いの目を持って接すると、全てができすぎているように思えてしまう。

関わっていないということからくる余裕なのか、想定の範囲内だから落ち着いているのか。さすがに屋敷を調べても構わないと言われた時は驚いた。

昨日レンバックを出た宝石商が屋敷を訪れたことまで認めたリンデン公爵。例の宝石商がハルカを連れていたとすれば、通常寄り道などせずに目的地まで急ぐだろう。

「リンデン公爵は無実を主張しているが、俺はどうにも怪しく思えてならない。いつ自分に捜索の手が伸びてもいいように準備を整えていたようにも思える」

協力的といえばその通りだが、何かが引っかかるのだ。

「まあ俺がそう思うというだけだがな。この後隊長たちとも相談するが、おそらく明日以降でリンデン公爵の屋敷を調べさせてもらうことになると思う。ユーリも一緒に来てくれ」

『ふん、当たり前だろう。そのためにわざわざこんな所まで来てやったのだ。私は手ぶらで帰る気はないぞ』

「よろしく頼む。そういえば宵闇鳥はどうした？」

『ラズと別れた後に城にやってきた男を見張るように言ってある』

「男？　誰だ？」

『知らん。なんとなく気に食わない感じがしたから追わせただけだ。護衛を引き連れた上等な馬車に乗っていて、濃い紫色の服を着た男だったな。呼び戻すか？』

こういう時のユーリの勘はなかなか鋭い。動物的直感とでもいうのだろうか。そんなユーリが気に食わないと感じた相手。

人間の使用する物などには無頓着なユーリでもわかるくらいの上等な馬車など所有者は限られる。そして先ほど会ったリンデン公爵は濃い紫色の服を着ていた。間違いない。

「いや、いい。おそらくそれがリンデン公爵だ」

それと同時に、国王たちとの話の中で聖獣がハルカのことを友のように思っていると言っておいたと伝えた。

「この国でハルカに何かあったら聖獣も黙っていないと」

『……何を勝手なことを。誰が友か。せいぜい子分が良いとこだろう。ただ、私は庇護下にある者を傷つけられたら黙ってはいないのは間違いではないがな』

ふん、と鼻を鳴らすユーリを見て素直じゃないなと思う。本当は子分以上に大切に思っているのだろうに。

ユーリはあっさりハルカのことを自分の庇護下にある存在だと認めたが、それが俺たち人間にとってどれほど驚くべきことなのかわかっていないようだ。

元々そこまで人間に興味を抱かないユーリにはどうでもいいことなのだろう。ハルカにしても、子分よりは友人がいいなどと言いそうだと想像し思わず笑みが漏れた。

『何がおかしい』

「いや、ハルカなら子分ではなく友人がいいと言いそうだと思ってな」

『ふん。ラズといいハルカといい、人間の分際で馴れ馴れしい』

「そりゃあ、俺はユーリのことを友だと思っているからな」

窓枠越しにユーリの頭をわしゃわしゃと撫でると嫌そうに『やめろ』と言われたが、ユーリの尻尾はゆらゆらと揺れていた。このふさふさの尻尾がまたたまらないのだとハルカはよく口にしていた。

（待っていろ、ハルカ。俺たちが必ず見つけてみせる）

そう思いながらも、今はこれ以上動くことのできない自分を歯痒《はがゆ》く感じた。


『ハルカ、誰か来るぞ』

天竜が光珠を作る私のところに跳んでくる。急いで作成をやめて本を読むふりをする。さすがにずっと寝ていたというのも無理があるかと思い、何か言い訳に使えそうな物はないかと部屋を物色したところ、本棚にレンバックで読んだことのある本を見つけた。

これなら万が一内容を聞かれたとしても答えることができるのでカモフラージュにはもってこいだ。

「わかった。いつもみたいに隠れててね。絶対出てきちゃ駄目だよ」

天竜にそう言って視線を本に移す。そうして準備を終えたところに入ってきたのはリンデン卿だった。

「こんばんは。朝ぶりですね……どこかにお出掛けだったんですか？」

なるべく友好的に話しつつ探りを入れることも忘れない。

「ああ、ちょっとね」

そう答えるリンデン卿は笑っているのにその顔色はどこか優れないように思えた。

「何かありましたか？」

「……なぜそう思うんだい？」

「顔色が優れないようにお見受けしたので。違っていたならすみません」

「いや、君は出会って少ししか経っていないのに私のことをよく見ているんだね」

それはまあ。脱出の糸口を掴めないかと必死ですからね、とは言えない。

「君は今朝、聖獣にとって自分の存在など取るに足らない小娘だと言ったね？」

「え？　ええ、まあそのようなことを言ったかと思います」

「本当に？　間違いなくそうだと言えるかい？」

リンデン卿はじっと私の目を見て問う。

「本当は違うのではないか？　主従契約など結ばなくとも、聖獣は君を大切に思っているのではないか？」

「え？　あの、リンデン卿？　なぜ急にそんなことを？」

なぜ急にこんなことを言い出したのだろう。今朝までユーリの存在にすら確信を持っていなかった人がなぜ。そこで私の頭にある考えが浮かんではっとした。

もしかして――。

「もしかして、来てるんですか？　ユーリがこの国に……来てる？」

私は目の前にリンデン卿がいることも忘れてそう呟いた。ユーリが来ている。私を捜してくれている、おそらくラジアス様も。その考えに思わず涙ぐみ、手を握りしめた。

天竜も一緒にいてくれて、助けが来なくても自分でなんとか逃げようと思っていたけれど、やはり不安は消えなかった。自分を捜してくれているというだけで、見捨てられていないと思えるだけで、こんなにも心強い。

けれど、この私の言葉はリンデン卿の逆鱗《げきりん》に触れてしまった。

「……聖獣の名はユーリというのか。やはり、やはりそうなのか！　君は私を騙したのだな!?」

「っ！」

笑みを浮かべていたはずのリンデン卿は、苦虫を噛み潰したような顔をして私の肩をグッと掴んだ。

「君の想像通りさ。今この国に聖獣と若い騎士が一人来ている。ガンテルグと言ったかな」

（ラジアス様！　やっぱり、やっぱり来てくれたんだ！）

乱暴に掴まれた肩の痛みと、本当にラジアス様が来てくれたという嬉しさから余計に涙が出そうになる。私のその表情を見たリンデン卿は歪んだ笑みを浮かべた。

「そんなにあの騎士が来てくれたのが嬉しいかい？　……でも残念だねえ。せっかく来たのに君に会えずに帰るのだから」

「そんなことない！　ラジアス様とユーリはきっと助けに来てくれる！　あんたの思い通りになんかならない！」

私はここに来て初めて大声で叫んだ。しかしリンデン卿はまったく引く様子はない。それどころか私の頬に向かって手を伸ばしてきてこう言った。

「おお、怖い怖い。それならば万が一助けに来ても帰りたくないと思えるようにしてあげなければいけないね」

――ぞわっ。頬を撫で上げられ全身に寒気が走った。あまりの気持ち悪さに身体が動かせない。

「な、なにを」

「悪い子にはお仕置きが必要だろう？」

なんとか動かした手でリンデン卿から離れようとしたその瞬間、頬に痛みが走った。リンデン卿が私の頬を平手で打ったのだ。それに気が付いたのは、頬を打たれた勢いでベッドに転がった時だった。

一瞬何が起こったのかわからなかった。そりゃそうだ。生まれてこの方、顔を殴られたことなんてない。なんとか体勢を整えるが左頬はじんじんと痛み、じわじわと熱を帯びてくる。口の中にはかすかに血の味が広がった。私は打たれた左頬を押さえリンデン卿を睨みつけた。

「ああ、思ったよりも力が入ってしまったようだ。女性にする仕打ちではなかったね。すまない」

どの口がそれを言うのか。リンデン卿は私を殴ったのが嘘のように優し気な笑みを浮かべていた。その笑みが今は何よりも恐ろしく感じる。

「でも君が悪いんだよ？　私に嘘を吐いたりするから。聖獣とはずいぶん仲が良さそうじゃないか。しかもまだ帰れるだなんて期待するなんてね」

リンデン卿はゆっくりとベッドに近づいてくる。私は堪らず魔法で盾を張った。しかしその盾はリンデン卿が私に触れようとした瞬間あっけなく消え去った。

「言っただろう？　私に魔法は効かないって。……主人に楯突くとは、やはり君は悪い子だ」

リンデン卿は私の上に馬乗りになると自分の首からタイを解き、私の両手を頭上で縛り上げた。

抜け出そうともがいても予想以上に強い力に押さえつけられる。

「放せ！　退《ど》いてよ！」

「そんなに無理に暴れたら手に傷がついてしまうからやめなさい。女性なのだから傷が残るのは嫌だろう？」

「うる、っさい！　そう思うならこれ取ってよ！」

ジタバタと暴れて悪態を吐く私の頬をリンデン卿が両手で包み、自分のほうを向かせた。気持ち悪くて全身に鳥肌が立つ。

「情緒がないねえ。これから何をされるのかわかっているのかい？」

「何って……まさか、やめてよ！」

「ベッドの上で男女が二人きり……この状況でやることなんて決まっているだろう？」

リンデン卿はにたりと笑いながら着ていた服のポケットからごそごそと何かを取り出した。それは小瓶に入った小さな錠剤のようだった。

「ふふ、これは自失の香と言ってね。少し気持ちがふわふわして、何も考えられなくなるんだ。本来は焚いて使うものなんだがね、直接口にするともっと強い効果を出せるんだ」

恐怖をあえて煽《あお》るかのように、リンデン卿は錠剤の入った小瓶を目の前でカラカラと揺らす。こんなの絶対飲みたくない。名前からして危険な臭いしかしない。

「いや、やだ！　やめて！　退け、この変態‼」

「だって仕方がないだろう？　君はまだ帰れるなんて思っているんだから。でも純潔を奪えばもうそんな気にはならないはずさ。穢れた身体で君はあの騎士のもとへ戻れるのかな？　騎士は君をどんな目で見るのだろうね。同情、憐《あわ》れみ、軽蔑、拒絶。異世界から来た君は周りの者たちのこの視線に耐えられるだろうか？　無理だろう？　そんな君を受け入れることができるのは私だけだ。きっとここにずっと居たいと言うはずさ。君はここに、私のもとにずっと居れば良いんだよ」

朝この部屋に来た時は昨日と同じ余裕のある態度だった。この人がここまで事を急ごうとするのには必ず理由があるはずだ。そうしなければいけない理由があるはずなのだ。きっとラジアス様たちが来たことで状況が変わったのだろう。

(怖い。でも負けちゃ駄目だ。諦めちゃ駄目だ。絶対に、絶対に帰るんだ、レンバックへ！)

ぎっとリンデン卿を睨み上げる。

「この状況においても光を失わないその瞳、素晴らしいよ。本当はずっとそのまま残したかったのだけれど。残念だ。さあ、口を開けて」

リンデン卿は小瓶の栓を抜くと私の顎を掴み無理やり口をこじ開けようとする。絶対に開けるわけにはいかない。

「んー！　んんっ！」

私が歯を食いしばって力の限り身をよじると、わずかにリンデン卿の身体が浮き上がった。咄嗟に足を抜き出し、思い切り自分の上に乗る男の腹を蹴り飛ばした。

「――っぐ！」

真正面から私の足蹴りをくらったリンデン卿は呻《うめ》き声を上げた。そこへ二発目三発目を叩き込もうとしたが、その足はいとも簡単に捕まってしまった。

「……少々、悪戯が過ぎるな」

もう一度馬乗りになったリンデン卿は私の首をベッドに押さえつけ、残った手を口の中に錠剤とともにねじ込もうとしてきた。私は反射的に思い切り噛みついた。

「っう!!　この！　いい加減諦めろ!!」

指を噛まれた痛みに激高したリンデン卿が手を振り上げる。また殴られる――。私はもう限界だった。これから感じるであろう痛みと恐怖でぎゅっと閉じた目から涙が零れる。

(もうやだ、怖い……助けて、ラジアス様……ラジアス様っ!!)

「ラジアス様、助けてっ……！」

次の瞬間、枕元から飛び出した何かが、私を押さえつけていたリンデン卿の顔面をドンッと弾いた。そしてそのままリンデン卿は後ろに倒れこんだ。ぶつかっていったのは隠れていた天竜だった。

『悪いがハルカよ、我はもう我慢の限界だ』

天竜は毛玉から手乗りサイズに変化して私の手を拘束していたタイを喰いちぎると、弾かれて床に転がったリンデン卿を見下ろした。

『控えろ、この外道が。貴様のような奴が我の友に触るなど許さぬ』

話しながらも天竜は身体を徐々に大きく変化させていく。その姿は私が今まで見た天竜の中でも一番大きなものになっていた。

「……なんだ？　なんなのだ⁉　どこから入ってきた！　いや、それよりもその姿は……っ！」

呆然としていたリンデン卿が天竜を見て叫ぶ。

『たわけが。我はずっとハルカとともにいた。貴様の悍《おぞ》ましい言動も全て知っておるわ』

成長した天竜の声は低く、内臓に響くように空気を震わせる。

天竜は背後に隠した私に向き直ると、腕で抱きしめるように私を囲んで私にしか聞こえないように言った。

『大丈夫だ。ここを破壊するくらいなら問題ないだろう。たとえレンバックへ戻れなくともあの者たちがこの国に来ているならきっと気づくはずだ』

リンデン卿から解放されて安堵し、私は天竜の腕の中でぼろぼろと泣いた。

「うん、うんっ」

『もう泣くな。我の腕にしっかり掴まっていろ。今からさらに成体に近づける』

天竜は言葉通りさらに身体を大きくさせていく。ついには天井に頭が届くようになりミシミシと天井を押し上げはじめた。

「やめろ！　やめないか！　何をしている⁉　まさか逃げる気か⁉　ならん！　ならんぞ！　それは私のものだ‼」

『……うるさい奴だ。ハルカ、少し耳を塞いでおれ』

天竜に言われすぐに耳を塞ぐ。すると押さえた手の向こうから『グゥアッ‼』という音とともに部屋に閃光が走ったかと思うと、全身をビリビリと刺す衝撃、そしてドンッという大きな音が聞こえた。

「うぐぁっ！」

大きな音はリンデン卿が壁に叩きつけられた音だったようだ。リンデン卿に魔法は通用しないはず。ということは今のは天竜の咆哮《ほうこう》の衝撃波なのか。ズルズルと壁を背に滑り落ちるリンデン卿は胸を押さえてゴホゴホと咳き込んでいた。

「何事ですかっ！」

その時部屋の扉が勢いよく開けられた。入ってきたのは今朝見た茶色いローブを着た男、が二人。男たちはすぐにリンデン卿と天竜を見て目を丸くした。

「大丈夫ですか⁉」

「あれはいったい。まさか竜……？」

「あれが何者かなど今はどうでも良い！　彼女を連れて逃げる気だ。多少傷が付いても構わん！絶対に逃がすな！」

「御意《ぎょい》！」

男たちはこちらに向けて次々と攻撃魔法を放つ。身体が大きくなってもまだ成体でない天竜はその攻撃に痛みを感じ顔を顰める。

『っ！　煩わしい者共が。我の邪魔をするな！』

「――ッガ！」

一振り。天竜が尾を一振りしただけで、ローブの男たちは軽々と吹っ飛ばされた。その攻撃の反動でついに壁にも亀裂が入る。天井も崩れはじめた。

『む、ここは地下であったか。ハルカよ、多少欠片《かけら》が飛ぶだろうが少しの辛抱だ』

「やめろ！　やめてくれ！　行かないでくれ！」

『お前はハルカがやめろと言ってもやめなかった』

天竜はなおも少しずつ身体を大きくさせていく。パラパラと天井が崩れていく。このまま外に出られたらきっと誰かの目に入る。隠し通すことなんてできやしない。だからこそリンデン卿も必死なのだ。

リンデン卿やローブの男たちがどうにか動こうとしたところに、計ったように崩れた天井の欠片が落ちていった。天竜の攻撃だけでもかなりのダメージだったのだろう。彼らはまともに立つことすらできないようだ。ざまあみろ。

その間にも天竜は部屋を破壊していく。

『一気に押し上げる。ハルカ、目を閉じていろ』

その言葉とともに天竜は背にある大きな翼を羽ばたかせ、私を腕の中に抱えたまま浮かび上がった。今までの比ではないガラガラという大きな音と、砂煙が巻き上がったのが目を瞑っていてもわかった。

そして――ついに外への道が開けた。

『ああ、やっと外に出たな』

天竜の言葉に閉じていた瞼《まぶた》を開ければ、目に飛び込んできたのは星空と優しい月明かり、そして月夜に白く輝く天竜だった。

「で、られた。――外に出られた！」

サラサラと頬を撫でる夜の涼やかな風が、外に出られたということを実感させた。


リンデン公爵の屋敷は三人の兵により見張られていた。そのうち一人が屋敷から異様な音が聞こえてきたことを契機に王城に向けて馬を走らせ、屋敷から少し離れた場所で空に向けて光弾を放った。

これは王城で待つ者に向けた「リンデン公爵邸において異常アリ」の合図だった。知らせを受けた者は、急ぎそれを国王に報告した。報告を受けた国王は天を仰ぎ、一言「そうか」とだけ口にした。

何かの間違いだと思いたかった――が、このタイミングでの報告はきっとそういうことなのだろうと理解した。立ち上がったニコラスの顔は兄のそれではなく、一国の王としてのものだった。

「公爵邸へ急ぎ兵を向かわせろ。詳しい状況は先に張り込んでいる兵に聞け」

「はっ。レンバック王国の使者への報告はいかがいたしましょう？」

「……私が直接伝える。行け」

「はっ！」

国王が腰を上げた頃、ユーリは城内の異変をいち早く感じ取り、仮眠をとっていたラジアスに窓の外から声をかけた。

『ラズ。起きろラズ』

ラジアスはすぐに目を覚ます。

「どうしたユーリ。隊長たちが着くにはまだ早いのではないか？」

『そうではない。城内が騒がしい』

「……何かあったか」

ラジアスは傍《かたわ》らにあった剣を手に取った。そして誰の目もないのをいいことに窓から外へと出る。耳を澄ませると、離れた別の兵舎の方から「急げ」という声や馬の嘶《いなな》きなどが聞こえてきた。

「兵が動くのか？」

『どうする？』

本当ならすぐにでも動きたいところだが、ここはレンバックではない。好き勝手に動き回るのは憚られる。

「勝手に動くことはできないな。——直接教えてもらうしかない。無理かもしれないが国王陛下のもとへ行こう。駄目でも宰相のジルベット殿には取り次いでもらえるかもしれない」

ラジアスとユーリが王城へ向かうとタイミングよく国王と宰相が姿を見せた。

『手間が省けたな』

「ああ」

国王たちは急ぎ足でこちらにやって来る。

「ガンテルグ殿！　と、こちらが……聖獣」

国王はごくっと喉を鳴らす。先ほどの謁見の際ユーリは外で待っていたので、国王がユーリの姿を見るのはこれが初めてだった。

「聖獣様、お初にお目にかかります。アルベルグの王ニコラス・アルベルグと申します。以後お見知りおきを」

『必要があれば覚えておいてやる』

「ユーリ！」

あまりに不躾な返答にラジアスは慌てて止めに入った。

「いや、別に構わない。それよりも君に伝えなければならないことがある」

「それは流民に関してのことですか？」

「いや、というかまだわからん。わからないが、リンデン公爵邸で何か動きがあったと張らせていた者から知らせが入った」

ラジアスが息を飲んで国王を見ると、彼は険しい顔でこう続けた。

「すでに兵を向かわせるように命じたが、君も向かってくれて構わない。リンデン公爵邸の位置は――光の柱が上がっているのがわかるか？」

「はい」

「あの方向に馬車なら三時間ほどの距離だ。流民と関係しているかはまだ定かではないが、何せこのタイミングだ。向こうに着いたら待機している私の手の者から詳しく話が聞けるだろう。もし――」

国王が話している途中で、急にユーリがばっと身体を今言われた光の柱に向けた。ラジアスと国王の視線は急に動いたユーリに向けられている。

「ユーリ？　どうした」

ユーリは何かを探るようにじっと光の柱の方向を見つめた後、確信をもって言った。

『――いた』

「え？」

『天竜がいる。間違いない。これは天竜の魔力だ』

「なに⁉　本当か⁉」

『ああ。これまで何も感じなかったが、今急激に天竜の魔力が放たれた』

「ハルカは⁉　ハルカはいるのか⁉」

『ハルカの魔力まではわからん』

ユーリはそう言うが、天竜はハルカと一緒に姿を消している。普段から周りに見つからないようにハルカの腰袋に入っていた天竜が、気づかれないまま一緒に攫われている可能性は高い。

「どういうことだ？　何がわかったのだ？　天竜だと？」

ラジアスとユーリの会話に国王はついていけない。

「天竜とはあの天候さえも操ると言われる伝説の魔力持ちの竜のことか⁉　絵物語の中の存在ではないのか⁉」

『天竜はいる。伝説だかなんだか知らないが、貴様ら人間の前に姿を見せないだけだ』

「……はは、聖獣だけでなく天竜まで……。いや、待て。そんなことよりも天竜の魔力を感じたとはどういうことだ？」

「天竜は流民のことを友だと言って気に入っており、いつも一緒にいました。そして流民が攫われた後から姿を見せていない。流民と一緒に攫われた可能性が高いのです」

『天竜のいるところにハルカもいる可能性が高いということだ』

国王はユーリの言葉を聞いて苦虫を噛み潰したような表情になり、手をぐっと握った。

「国王陛下。我々はもう行かせていただきます。流民の身の安全を第一に動くことを先に申し上げておきます。行くぞ、ユーリ！」

「待て！」

ユーリがラジアスをその背に乗せ、駆け出そうとした時国王が彼らを呼び止めた。ラジアスたちは「まだ何かあるのか」という視線を国王に向ける。

「流民の安全はもちろん最優先だが、リンデン公爵は殺さないようにしてくれ」

『まだそのようなことを言うか。身内への甘さは命取りになるぞ』

「違う！　これはあやつの兄として言っているのではなく、この国の王として頼んでいる。このようなことを仕出かしたのだ。他にも余罪があるやもしれん。生かして捕らえ、きちんと調べた上でこの国の法に則《のっと》って処罰したい」

「……お約束はできませんが善処します。行こう」

ラジアスの言葉を合図にユーリは一気に速度を上げて駆け出した。

「陛下」

動けずにいる国王に宰相が震える声で話しかけた。

「……何も言うな」

握りしめた手には爪が食い込んでいた。

「聖獣だけでなく天竜までもが目を掛ける娘とは……。ネイサンはとんでもない者に手を出してしまったようだな」

リンデン公爵邸のほうを見ながら国王は呟くように言った。

「戻るぞ、ジルベット。犯人がネイサンであれ誰であれ、私たちのやるべきことは変わらない」

「はい」

国王たちは重たい心を抱えて執務室へと戻って行った。

ユーリの背の上で、ラジアスは先ほどの国王の言葉を考えていた。

たしかにハルカの他にも同じように攫われた者もいるかもしれない。他の犯罪に手を染めているかもしれない。生かして捕らえよという意味はわかる。

(だが、もしハルカに何かあったら――)

ラジアスのユーリを掴む手に力が入る。

(頼む、無事でいてくれ!)

ラジアスは切に願った。


「あれは、あれはいったいなんだ……?」

リンデン公爵邸から少し離れたところに待機していた国王直属の兵は、月夜に浮かんだ白い巨体を見つめ呟いた。

しばらく呆然としていた兵は公爵邸のほうから聞こえる大きな音にはっとして我に返る。このままここにいても何もわからない。リンデン公爵を助けるにしても、捕らえるにしても情報が少なすぎて判断が難しい。

慌てて公爵邸に向けて走り出す。公爵邸に到着すると、兵は目を疑った。

「これは、竜？　竜なのか？」

幼い頃、絵物語で見た竜に似た巨大な生物がそこにはいた。その下には一部が崩れ落ちた公爵邸。そしてその全てを囲うようにわずかに色を帯びた膜が張られていた。

「これは結界か⁉」

結界の外には慌てふためき逃げ惑う使用人たちの姿があった。中はいったいどのような状況なのか。確かめるためには中に入るしかないと、兵は結界を壊そうとするがびくともしない。複雑に張り巡らされた魔力がそれの破壊を阻止していた。

「くそっ‼」

壊れない結界をドンッと叩き声を荒らげたところに「兵士様！」と声がかかった。

「助けてください！」

「あれはいったいなんなのですか⁉」

「旦那様が！」

公爵邸の使用人と思しき者たちが混乱し、兵に詰め寄り口々に叫ぶ。

「落ち着いて！　いったい何があったのだ？」

「わかりません！　急にお屋敷が揺れはじめて……初めは地震かと思ったのです」

「しかしどんどん揺れは激しくなり、旦那様のお部屋の辺りが大きな音とともに崩れたのです！」

「土煙で視界が悪くなって、私たちも急いで外に逃げ出しました。そうしたら、あれが、あれが空に！」

「魔導師二名が旦那様を守り応戦しているのを見つけ、私たちも加勢にと思ったのですがどういう訳かここから中に入れないのです！　中にはまだ他に使用人もいるのです！」

結界の中を覗けば、使用人が言っていたようにリンデン卿と茶色いローブを纏った二人の魔導師らしき人物が巨大生物と対峙していた——。

🐾　🐾　🐾

「お前たち！　なんでも良い！　竜を引きずり下ろせ！」

リンデン卿の言葉に従い魔導師たちは天竜の頭上から氷の槍を降らせる。

『ッグゥ、結界といいこの攻撃といい人間の分際でやりよるわ』

「天竜！」

外へと出た私たちはそのまま上空へ飛び立とうとした。しかしその直前、瓦礫《がれき》の下から這い出してきた魔導師たちは素早く結界を張った。私を腕に庇いながら応戦する天竜はなかなか結界を破ることができない。

「天竜！　私も攻撃だってできるし、盾で自分を守れるから大丈夫だよ！　一旦下ろして！」

『ならん。あの者どもはハルカよりも強い。下りたが最後捕らえられるぞ。それ以前にあやつらに対抗するほどの魔法を使うのは慣れていないハルカには危険すぎる』

「でも！　天竜の負担になりたくない！　私だって戦えるよ！」

『では聞くが、ハルカはもし自分の攻撃であやつらが死んでも良いのか？』

「……え？」

思わぬ天竜の問いかけに言葉に詰まる。そうだ。攻撃するということは相手の命を奪うこともあるかもしれないということ。その可能性を考えもしない私はやはり甘い。

「そ、れは、でも……」

『断言する。おぬしには無理だ。心優しきハルカが後で苦しむ姿など我は見たくない。それに言いたくはないが、我もこの姿を保っていられる時間は長くない。早くここから出ねば――まずい‼』

私たちに見たこともないくらい強大な火炎球が向かってきた。天竜が大きな尾を振り上げると、これまた見たことないくらい強大な水の障壁《しょうへき》が出来上がる。

ドォン‼　水の障壁に当たった火炎球は大きな音とともにジュワジュワッと白煙を上げて蒸発した。ほっとしたのも束の間、今度は天竜に異変が起きた。私を抱える腕がシュルシュルと少しずつ縮んでいったのだ。

『……すまぬ。今ので予想外に魔力を使い過ぎた。大きさを保っていられぬ』

ユーリと同じくらいの大きさまで小さくなってしまった天竜は私を抱えたままゆっくりと地上に降り立った。それを見たリンデン卿は笑い声を上げた。

「ははっ、はっはっは！　なんだその姿は。もう終わりか？」

「うるさい！　来ないでよ！」

リンデン卿はゆっくりとこちらに向かって歩いてくる。その間も魔導師たちの攻撃は止まらず、小さくなった天竜は防戦一方だ。

「ここまで来てまだそれだけ威勢が良いとは大したものだ。やはり君は普通とは違う。特別だ」

「馬鹿じゃないの！　あんたこそ普通じゃない！　あんたがどれだけ偉いか知らないけど、これだけの騒ぎになったらあんただってただじゃ済まないはずだ‼」

私の叫びに一瞬リンデン卿が足を止めた。しかしそれはほんのわずかな時間で、リンデン卿は歪んだ笑みを浮かべたまま再びこちらに向かい進み出した。

「ああ、そうさ。私はもう終わりだろう。今まで築いてきた地位も、手に入れた名誉も全て失う」

リンデン卿は一歩一歩、歩みを進める。

「だというのに君だけが元の生活に戻り、皆に大事にされ、あの騎士の腕に抱かれるなど想像するだけで腹立たしい。不公平だと思わないかい？」

思わない。大体これは全てリンデン卿が自分で蒔《ま》いた種なのだ。私は巻き込まれただけの被害者で、こちらに責任を問われても困る。こういう人間の思考回路を理解するのは一生かかっても無理だろう。

「そんなの自業自得だ！」

「ふふ、そうさ。不公平なのだよ。君だけが幸せになるなんて認めない」

『ハルカ！』

ついにリンデン卿は私に手が届くところまで近づいてきた。会話が噛み合わず、ぶつぶつと呟くリンデン卿は生気のない顔をしていて今まで以上に恐ろしい。天竜も必死に私を助けようとしてくれているけれど、魔導師に二人がかりで攻撃されたうえこの場を囲っているものと同じような膜に身体を縫い留められており身動きが取れなくなっていた。

『ハルカ！　逃げろハルカ！　ええいっ、放せ！　放さぬか！』

逃げたい。私だってそうしたい。

（でも脚が動かないんだよ……！　動け！　動け！）

人というのは恐怖を前にすると身体が固まってしまうらしい。特に私みたいな異世界人は、なんだかんだ言って平和な世界にいて、生き死にを左右するようなやりとりなんて今までなかった。

脚は動かないのに涙だけが自然と溢れてくる。

「君は涙までも美しい。まさに私の求めた可愛い人形だ」

両手で私の頬を包みながら迫ってくるリンデン卿の瞳はどこか遠くを見つめているようだった。

「君の言うとおり私はもう終わりだろう。処刑されるか、生かされるかはわからないが私の人生はここまでだ。……君だけが幸せになるなんて不公平だ。君が他の誰かの者になるというのなら――今ここで、君の人生もともに終わりにしようじゃないか」

リンデン卿は狂ったようにそう告げると懐から華美な装飾の短剣を取り出した。

（嫌だ、こんなところで死にたくない！　まだやっていないことや伝えていないことがたくさんあるんだ……！　お願いだから動いて！　動け脚！）

それでも動かせず、震えるだけの脚に絶望を覚えた。リンデン卿が短剣を振り上げ、私はもう駄目だと思った。この時思い出されたのは日本にいる家族、こちらの世界で優しくしてくれた人たち、そしてラジアス様の顔だった。

振り下ろされる短剣がスローモーションのように見える。自分の死を覚悟し私はぎゅっと目を瞑った。――その時。

「汚い手でハルカに触れるな」

待ち焦がれたあの人の声が聞こえた。

――いったいいつ現れたのか。どこからやって来たのか。気づいたら彼らはそこにいた。

大きな狼の地鳴りのような咆哮とともにびくともしなかった結界がパリンと音を立てて呆気なく消えた。男を背に乗せた狼はまっすぐリンデン公爵のもとに走る。

その背から軽やかに飛び降りた男はそのままリンデン公爵に向かい、短剣ごとその身体を吹き飛ばした。そして男を下ろした狼と、どこからか現れた宵闇鳥が竜を相手にしていた魔導師らしき男たちに飛びかかる。

国王の兵は目の前の光景を絵物語を見るかのように呆然と見ていた。

「汚い手でハルカに触れるな」

突如耳に入ってきた声に私は瞑っていた眼を開けた。私を庇うように立った人の大きな背中、アッシュベージュの髪は先ほどの声と合わさって彼がここにいるということを私に実感させた。

「無事か⁉　遅くなってすまない！」

「……ほんとに？　本当に、ラジアス様？　幻とかじゃ、ない？」

「ああ、幻ではない。ちゃんとここにいる。よく、よく頑張ったな」

わずかに身体をこちらに傾け、大きな手が頭の上にぽんと置かれた。ああ、この手だ。ずっと待っていた人が本当にここにいる。私は生きている。

「うう。うぇ……ひっく……遅いじゃないですか～～～！」

いろいろな感情がぐしゃぐしゃになって、私はラジアス様の背に縋って泣き出してしまった。しかも助けに来てくれて嬉しかったのに、口から出た言葉は文句だ。とことん可愛げがない。

「本当に遅すぎた。それについての苦情は後からゆっくり聞くから。まずはこっちを片付ける」

そう言ってラジアス様が視線を前に戻すと彼に吹き飛ばされたリンデン卿が顔を顰めフラフラと立ち上がっていた。

「先ほどはどうも。リンデン公爵」

ラジアス様の言葉で私は初めてリンデン卿が公爵だということを知る。貴族だろうとは思っていたけれど、まさかそんなに位の高い人だったとは。

「う、げほ、はあ、はあ。やあ……ガンテルグ殿、ずいぶんと早いお出ましじゃないか。げほ」

「リンデン公爵、貴方の所業は直《じき》に国王陛下の知るところとなる。すぐにアルベルグの兵たちもこちらにやって来るだろう。無駄な抵抗はやめたほうが身のためだ」

「ははは。そうか。やはり陛下は私に見張りをつけていたか」

リンデン公爵は力なくその場に座り込んだ。抵抗しようにももう全身ぼろぼろでそんな力は残されていないのだろう。

「参った、降参だよ。竜に加えて聖獣まで出て来られたら私にはもう為《な》す術《すべ》がない」

リンデン公爵の視線の先にはうつ伏せの状態で天竜とユーリに踏みつけられている魔導師たちの

姿があった。側には宵闇鳥もいた。

さすがに一対一となれば人間などいとも簡単に制圧されてしまうらしい。

「ご主人様……申し訳ございませんっ……っぐぁ」

魔導師の一人はまだ意識はあるようだが、ユーリにさらに力を込められて苦しさで呻いた。しかし次の瞬間リンデン公爵が叫んだ。

「まだ息があるのならばやれ！　彼女だけでも道連れにしろ！」

リンデン公爵の命に素早く反応した魔導師は、最後の力を振り絞るように私に向かいいくつもの氷の槍を放つ。

「そんなこと許すわけがないだろう」

しかしその魔法は私に届くことなくラジアス様の剣と宵闇鳥の羽ばたきによって叩き落とされた。

氷の槍を放った魔導師は魔法を放つと同時にユーリによってさらに踏みつけられ気を失っていた。

「ユーリ」

『……もう気を失っている。問題ない』

ラジアス様の冷めきった声色にあのユーリが顔を逸らした。

「ユーリ」

『わかったからその気を鎮めろ』

ユーリと宵闇鳥は気を失った魔導師たちを天竜に任せると、私とラジアス様の傍までやって来た。

「ハルカを頼んだぞ」

ラジアス様はユーリに私を預けるとリンデン公爵のもとへと進んで行った。

『すまなかった』

「え？　何が？　今の？」

『それもあるが、見つけるのが遅くなった』

ユーリの言葉に止まっていた涙がまた出そうになる。私はそれを隠すようにユーリに抱きついた。

「……いいんだよ。助けに来てくれただけで嬉しい。人間には興味ないっていつも言ってるのにね。ありがとう。宵闇鳥も来てくれたんだね。みんなありがとう」

『お前の魔力は失うのが惜しいほど美味いからな』

ふんと鼻を鳴らしてそっけなく答えるユーリとピロピロと囀《さえず》る宵闇鳥に安心感を覚える。

(ああ、いつものユーリだ。本当に助かったんだ)

私がユーリを抱きしめる中、ラジアス様はリンデン公爵の目の前に立ち項垂れるその首に剣を突き付けていた。


「はは、あんな簡単に防がれてしまうなんてね」

「言いたいことはそれだけか」

「他に何を言えば良いのだ。彼女に対する謝罪か？　言う訳がないだろう。謝罪するくらいなら初めから攫ったりしない」

頭を上げたリンデン公爵は言葉通り反省の色など微塵も感じさせなかった。

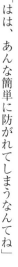

「そうだ。最後に良いことを教えてあげよう。彼女をこの国に、いや、この世界に連れてきたのは私だ」

「……なんだと？」

「私とあそこで伸びている魔導師たちが喚んだのさ。水鏡に映った珍しい黒髪黒目の少女、そう彼女だ！　何人か犠牲を払ったがそれにふさわしい人物がやって来ると喜んだのに、彼女が現れた先は君たちの国だった。わかるかい？　私のこの気持ちが。彼女は元々私のものだったのだよ。誰の目にも触れることなく、私だけの愛しい人形になるはずだったのだ。私は自分のものを取り返そうとしただけさ」

悪びれる様子もなく淡々と語るリンデン公爵に身体中の血が煮えたぎりそうなほどの怒りを覚える。

「……ふざけるな。ふざけるな！　お前の勝手な欲望で何度ハルカを傷つけた！」

家族と離され、知らない世界で心細くないわけがない。不安を一人で抱え込み、何度も涙するハルカの姿を知っている。そんなハルカを思えばリンデン公爵の言葉を許せるはずがなかった。

剣を握った手に思わず力が入る。けれど俺はその剣を動かすことなくぐっと堪えた。それはアルベルグ国王の言葉に従ったからでも、リンデン公爵を許したからでもない。

「どうした？　なぜ殺さない！　私が憎いだろう⁉」

「ああ、憎い。殺してやりたいほど憎いに決まっているだろう！　……だからこそ俺はお前を殺さない」

「なぜ、なぜだ！」

「お前が死を望んでいるからだ。死んで楽になろうなど俺は絶対に許さない。意思に反して生かされて、周りの目に怯えながら死ぬまで自分の罪を悔いればいい」

死にたがっている奴にそんな褒美を与えてなるものか。絶望で項垂れるリンデン公爵の首から剣を引き鞘《さや》に戻し、ぼろぼろになったリンデン公爵の服を引きちぎる。腕を後ろで縛り上げ、自害防止のために口にも布を噛ませて頭の後ろで固く結んだ。

そこまで終えてから、何もできず成り行きを見守るしかなかった国王の兵を呼んだ。

「貴方はアルベルグ国王の配下で間違いないか」

「は、はい」

「もうわかっていると思うがリンデン公爵は黒だ。流民の拉致に関わっているどころか主犯だ。国王陛下は生きて捕らえよと仰せになった。一応手の拘束と口枷《くちかせ》はしたが、念のため足の拘束もしたほうがいいだろう。魔導師のほうも同じだ。後は任せてもいいだろうか？」

「はい。……申し訳なかった。アルベルグの者として謝罪する」

そう言って兵に頭を下げられ、ようやく張りつめていた気が緩んだ。

「……いえ。では後はお願いします。もうじき国王陛下の命により貴国の兵もこちらに到着すると思いますので」

俺がそう言うのとほぼ同時に馬の嘶きと足音が聞こえてきた。

「ああ、来たようですね。彼らへの状況説明もお願いしていいですか？　私は彼女の傍にいてやりたいので」

俺の視線の先には聖獣と天竜に守られるハルカの姿があった。

天竜は自身が倒した魔導師とユーリから押し付けられた魔導師を、やって来たアルベルグの兵に向かって纏めて放り投げた。みんな天竜とユーリを恐れて近づけないのだから仕方がない。

そして天竜はゆっくりとユーリと私に近づき『すまなかった』と謝った。

「なんで謝るの？」

『……ハルカに怖い思いをさせた。ユーリたちが来なければどうなっていたかわからん』

申し訳なさそうに頭《こうべ》を垂れる天竜に私は抱きつく。

「そんなことない！　そんなことないよ。天竜のおかげで外に出られた。天竜がいたから、一緒にいてくれたから私も頑張れたんだよ」

私が「ありがとう天竜」と言うと、天竜はどこかほっとしたように『そうか』と呟いた。そしてシュルシュルと縮んで手乗りサイズに姿を変え、ユーリの頭に乗った。

『邪魔だ、降りろ』

『良いではないか。我は疲れたのだ。おぬしたちよりもたくさん動いたのだ』

『大体空に浮かんでいた時は大きかったのになぜまた縮む』

『楽だからに決まっているではないか。仕方なかろう。魔力の定着には多少時間がかかる。今の我では意識せずとも保っていられるのはせいぜいおぬしと同じ大きさくらいだ』

ユーリと天竜がそんな話をしていると、ラジアス様が私たちのもとに戻ってきた。先ほどまでの険しい表情とは違い、いつもの私がよく知るラジアス様の顔に戻っていたが、やはりまだ私を心配しているように見えた。

「ハルカ。全て終わった。遅くなってすまない」

「いえ！　天竜も一緒だったから大丈夫です。なんともありません。ほら、私だって第二部隊の一員ですから！　せっかく助けに来てもらったのに遅いとか言ってすみません」

私は笑って拳を握り、力こぶを作るようにしてみせた。私は大丈夫。安心してください。そう示したつもりだった。

けれど私のその拳はラジアス様の大きな手に包まれ、そっと下ろされた。私を正面から見るラジアス様の顔には沈痛な表情が浮かんでいた。

「ラジアス様？」

「なんともないはず、ないだろ？」

「え？」

「俺たちが来るまでよく頑張ってくれた。だがもう頑張らなくてもいいんだ」

「ラジアス様？　本当に平気ですよ？」

「手、震えている」

そう言ってラジアスによって開かれた私の拳は、たしかに震えていた。

「あれ？　おかしいな。手、疲れてるんですかね？」

「ハルカ」

「ちょっと待ってくださいね。きっとすぐ止まりますから」

「――っハルカ」

次の瞬間、私はラジアス様に抱きしめられていた。

「ハルカ、本当にもう終わったんだ。ちゃんと俺たちの国に帰れる。もう強がらなくてもいい、耐えなくていいんだ」

回された手がトントンと優しく背中を叩く。

「辛かったな。心細かったよな。よく折れずに頑張った。助けることができて、本当に、本当に良かった……！」

もう限界だった。ラジアス様の優しい手と声に、抑えていた感情が溢れ出す。

「こわ、かった……本当はずっと怖かったんです……」

「ああ」

感情とともに涙まで溢れ出す。

「……ふ、ひっ……天竜がいてくれたけど、それでもやっぱり不安でっ……あいつは絶対に見つからないって自信満々で、ふぇ……このまま見つけてもらえなかったら、どうしようって！」

ラジアス様の服をぎゅっと握りしめて叫ぶように感情をさらけ出す。

「うぅ、ひっく……でも、ラジアス様なら、……うぁ……絶対捜してくれるって心のどこかで信じてて……」

「ああ、俺は絶対にハルカを諦めたりしない。信じてくれて、ありがとうな。お前にまた会うことができて、こんなにも嬉しい」

私を抱きしめるラジアス様の腕に力が入る。――温かい。ずっと緊張していた心が解けるようだった。

「うぇ、ひっぐ……うわあああぁーー、ラジアス様！　ラジアス様！　怖かったよぉーー。また一人になっちゃうんじゃないかって……もうラジアス様に、みんなに会えなくなるかもしれないって思ってて っ、ひっく、うあああ――」

私は思いっきり泣いた。日本にいた時もここまで泣いた記憶はないくらいに、声が嗄《か》れるまで泣いた。こんなに泣くつもりはなかったのに、一度出た涙は止《とど》まるところを知らず、いつまでもラジアス様の腕の中でぐすぐすと泣き続けた。

途中で「大丈夫だ。俺はハルカの傍にちゃんといる。皆もハルカの帰りを待っているよ」なんて優しく言うものだから、止まりかけていた涙がまた溢れ出したのは仕方がないと思う。散々泣き倒し気持ちが落ち着いてくると、自分の今の状況がわかるようになってくる。

今の状況――そう、私は今ラジアス様に抱きしめられているのである。理解した途端に自分の鼓動が跳ね上がるのがわかった。恥ずかしい。恥ずかしいのに落ち着く。何この矛盾！

もう少しこうしていたいと思ってしまう気持ちと、このままだと心臓が破裂すると思う気持ちとのせめぎ合いだ。

（いや、でも落ち着いたなら離れないと。ラジアス様にも迷惑がかかるし）

そう思いながら泣き腫らした目でラジアス様を見上げれば、私を抱きしめたまま「ん？」と優しい笑みを浮かべてこちらを見返してきた。超至近距離でラジアス様の笑顔を見た私は、上げた顔を勢いよく下に向けた。

この時もし私の身体から効果音が出せたなら《ボンッ！》という音がしたに違いない。間違いなく私の顔は赤い。もう耳まで熱い！

「あの、もう大丈夫です。泣いてしまってすみません」

手でラジアス様の胸を押して離れようとすると、それに気づいてそっと腕を緩めてくれる。ほっとしたような、少し寂しいような、そんな気持ちだ。

そんなこと知る由もないラジアス様は、私の頬を両手で包みそっと上に向け、親指で涙の痕を拭ってくれる。その間もラジアス様は優しげな瞳でずっとこちらを見つめていた。恋愛経験のない私はその空気に耐えられなくてまた俯いてしまう。

（駄目だ、勘違いしちゃいそう）

ラジアス様にとって私は恋愛対象外。妹ポジション。わかっているのに火照《ほて》ってしまう頬を押さえて顔を上げれば、彼はなおも私を見つめ微笑んでいた。

しかし急に真顔になったかと思うとおもむろに自分の着ていた上着を脱ぎ、私の肩に掛けた。

「きちんと前を閉めて」

「へ？」

キョトンとしてラジアス様を見上げると、先ほどまでと違い渋い表情で私に掛けた上着のボタンを閉めはじめた。

「服がボロボロだ。それにその頬、少し腫れている」

「え？　……あっ！」

私はやっとラジアス様の言わんとしていることに気が付いた。

リンデン公爵に抵抗したり、脱出や相手の魔法攻撃によって私の服はところどころ汚れたり破れたりしており、人様に晒していい格好ではなかった。それに頬も平手とはいえ男性の力で殴られたので赤く腫れているのだろう。

「す、すみません。お見苦しいものを……でもでも！　私屈しませんでしたから！　しっかり貞操は守ったし、殴られた以上の力であいつのこと蹴り飛ばしてやりました！」

あの時のことを思い出すと途端に恐怖が蘇る。何かが一つ違えば今ここにこうして意識を保っていられなかったかもしれない。

『そうだぞ。ハルカは勇敢だった。だがあの外道がハルカを二度も害そうとするから、我も我慢できずハルカとの約束を破って飛び出してしもうた』

「貞操を守った？　……しかも殴られただと？」

ラジアス様が眉を寄せた。

「まさか触れられたのか？」

まずい。なんか嫌な方向に勘違いされそうで嫌だ。誤解されたくない私は必死に説明した。

「殴られたのは平手で一回だけです。あとは帰りたいと言えないようにしてやるって言われて、馬乗りになられてなんか変な薬飲まされそうになったけど大丈夫です。本当にそれだけです！　信じてください！」

「信じる。信じるが――くそ、ハルカに触れた手だけでも切り落としておくべきだったか」

ラジアス様は私の言葉に間髪《かんはつ》を容《い》れずに信じると返してくれた。ただ最後に物騒な言葉を呟いたが。

『おい、ラズ。引き上げるようだぞ』

物騒な言葉を吐いたラジアス様に、ユーリが何事もなかったように声をかけた。ユーリに示されたほうを見ればリンデン公爵と魔導師たちが簀巻《すま》きにされ、馬の背に乗せられているところだった。

私たちの視線に気づいた一人の兵がこちらにやって来る。

「あの者らは公爵を連れて城へ戻ります。私は報告も兼ねて先に向かいますが貴方がたはどうしますか？」

話しかけてきた人物が誰かわからずそっとラジアス様を見れば「アルベルグ国王の直属の兵だ」と教えてくれた。

「できれば状況説明や流民殿の無事も一緒に報告をと思っているので、一緒に来ていただけると助かるのですが。もちろん流民殿の御身《おんみ》が最優先なので無理にとは言いませんが」

ラジアス様が「どうする？」という視線を向けてきたので私は軽く頷いて返した。

「そうですね。こちらとしても早くハルカを休ませてやりたいので一緒に行きましょう」

「そうですか。ありがとうございます」

兵はあからさまにほっとした顔になると、今度は真剣な面持《おもも》ちで私に向き深々と頭を下げた。

「本当に申し訳ない。アルベルグの者として心より謝罪申し上げる。自分にこのようなことを言う資格はないとわかってはいるが……無事で良かった」

「……いえ……っ」

本当は気にしなくていいと続けたかった。でもできなかった。悪いのはリンデン公爵であってアルベルグではない。

そうわかってはいても、あの人がアルベルグの公爵という多くの者の上に立つ立場にあったと知った今、わかっているのに体が強張った。笑うことができなかった。

そんな些細《ささい》な変化に気づいたラジアス様が私の肩をぎゅっと抱き寄せた。アルベルグの兵は短い返事しかしなかった私を気に留めることはなかった。

おそらく本当にただ言いたかっただけなのだろう。そのまま自らの馬を連れに戻って行った兵の後ろ姿を見ていた私をラジアス様が覗き込んで言った。

「悔しがる必要はない」

「え？」

「こんなことが起きたばかりなんだ。アルベルグの者を前に身体が緊張しても不思議じゃない。ハルカの心は決して負けてはいない」

「ラジアス様……」

どうしてわかってしまうのだろう。私はアルベルグの兵を前にまともに返事をすることができなかった。笑うことができなかった。強がりでもそうすることができなかった。それがとても悔しかった。リンデン公爵から与えられた恐怖に負けてしまったようで悔しかったのだ。

私はラジアス様に思いきり抱きついた。思わず、とかじゃなくて今度はきちんと自分の意志で抱きついた。

「ハルカ？　どうした？」

ラジアス様は驚きつつもきちんと私を受け止めてくれた。

「……ずるいです」

「ん？」

「なんで私の思っていること、ラジアス様にはわかっちゃうんでしょう」

ラジアス様は私を抱きしめ返して「どうしてだろうな」と言った。そして少しの間をおいて「直《じき》にわかるよ」と言って笑った。


それからはあっという間だった。アルベルグの王城へ戻る途中で、レンバックから到着し状況を聞き慌ててリンデン公爵邸に向かっていたアラン隊長ら第二部隊の面々と合流した。

みんなから安堵や労《ねぎら》いの声をかけられ揉みくちゃにされ、それすらも嬉しくてまた泣いた。そして王城に着くとアルベルグの国王だという人に謝罪され、恐縮している間に貴賓《きひん》室に案内された。

みんなと離れることを不安がる私に、国王は第二部隊の隊員を護衛に連れて行っていいという許可をくれた。部屋に着くと、待機していたアルベルグの宮廷魔導師に治癒魔法で頬を治され、あれよあれよという間に付けられた侍女さんたちにお風呂に入れられ、上質なナイトウェアを着せられベッドに案内された。

あまりに無駄のない動きにされるがままになっていたが、土や埃で汚れていた身体が綺麗になりサッパリしたところで、ふと我に返った。

「あの……」

てきぱきと動く侍女さんに声をかければ、私の心情を理解したのかすぐに欲しい答えが返ってきた。

「騎士様方でしたらこのお部屋の前に立たれておりますよ。聖獣様と一緒に来られた騎士様は別室にて汚れを落としていただいておりますので、もうじきこちらにいらっしゃるかと」

「そうですか。ありがとうございます」

あからさまにほっとした私に侍女さんたちは優しい笑顔を向けた。

「いえ。いろいろございましたからご不安に思うのは当然です」

そう言われて気づいたが、気持ちが落ち着いたせいか相手が女性だからか、先ほどと違って普通に返事をすることができていた。王城内の人、少なくとも私と関わる人々には大まかな事情がすでに伝えられているらしく、ここにいる侍女さんたちも私にとても優しく接してくれていた。

「それとあちらの扉の向こうはバルコニーに繋がっておりまして、そちらには聖獣様がいらっしゃるはずです」

「え？　外にいるんですか？」

「そのはずです。皆様がなるべくお傍におられたほうがハルカ様の不安も少ないだろうからと陛下がこちらの部屋をお選びになったのです。王城に滞在中に何かございましたらお声がけください。では外にいる方に声をかけて私どもは失礼させていただきます」

侍女さんたちが部屋を出て行くと、それを待っていたかのようにラジアス様が入ってきた。扉の外には本当に第二部隊の隊員が立っており、私の視線に気づくと軽く手を振って返してくれた。

ここはアルベルグだけれど、見知った顔のみんながいてくれることで安心できた。ラジアス様はベッド脇まで椅子を持ってきてそこに座った。

「ハルカ、どうだ？　少し落ち着いたか？」

「はい。ラジアス様はもう隊服洗ったんですか？」

私はラジアス様の着ている服をじっと見る。先ほどと同じ濃紺の隊服を着ているが、妙に綺麗になっていた。

「ああ、これか。後から来た隊長たちに持ってきてもらった物だ。ハルカが見つかるまでなんとかして居座るつもりだったからな。着替えを用意していたのが役に立った」

見つかるまで捜してくれるつもりだったのだと聞いてまた心が温かくなる。

「ハルカのその格好は俺の実家に行った時のことを思い出すな」

「なんだかいろんなことがありすぎてかなり前のことに感じます」

「……そうだな」

ラジアス様は真剣な顔になると私を見つめて頭を下げた。

「すまなかった」

「え？　ラジアス様？」

「一番大変な時に傍にいてやれなかった」

「そんなことないです！　今回だって助けに来てくれました！」

「だが遅くなった。最初に助けを求められた時、俺は間に合わなかった。……天竜に聞いたんだ、俺の名を呼んだと」

「え……えっ⁉」

「え？」

（え？　私呼んだの？　ラジアス様呼んだの⁉　っていうか、天竜なんでそれラジアス様に言うの⁉　いやーーーっ！）

私は思わずベッドに突っ伏した。自分でも気づかないうちにラジアス様の名前を呼んでいたこともそうだが、なぜそれを本人の口から聞かなければならないのか。恥ずかしい。

「どうした、ハルカ⁉　どこか痛むのか？」

「……強いて言うなら恥ずかしさで心臓が痛いです」

「そ、そうか」

立ち上がっておろおろしていたラジアス様が椅子に座り直した。私はなんとなく気恥ずかしくてベッドにうつ伏せになったままだ。うわ～、なにこの空気！

「……」

「……」

「あの」

「な、なんだ？」

「ラジアス様が謝ることなんて何もないです」

「だが」

「だがも、しかしもないです。悪いのはリンデン公爵ですし。私はラジアス様が助けに来てくれただけで嬉しかったです」

「ハルカ……」

「っはい！　じゃあもうこの話は終わりってことで！　私の誘拐事件は無事解決！　これからどうするんですか？　私がこの状態ってことは今日はアルベルグの王城でお泊りってことですよね？」

変な空気を強制的に終了させ起き上がった私に苦笑いしながらも、ラジアス様は今後の予定を教えてくれた。

今日はもう夜も遅くなってしまったので、このままアルベルグのお世話になること。明日は昼頃から事件に関しての聴取をさせてほしいと言われていることなどだった。

「すぐにレンバックに帰りたいところだが、一遍に終わらせてしまったほうが、もうこの国に来る必要がなくなるからな。そのほうがハルカに負担が少ないのではないかと隊長が了承したんだが、大丈夫か？」

「はい」

「本当か？　話すのが辛いようなら無理はしなくていいんだぞ？」

「大丈夫です。……だってラジアス様が傍にいてくれるんでしょう？」

私がにっと笑ってそう言えば、ラジアス様は一瞬驚いた顔を見せながらも、ふんわりと笑って「もちろん」と言った。それだけで私は頑張れる。

「私は一人じゃないですから……ラジアス様も、みんなも私を守ってくれるって信じてるから平気です」

口に出すと実感が増す。ラジアス様だけではない。みんなが私との再会を喜んでくれた。無事で良かったと笑ってくれた。

私のために動いてくれる人たちがたくさんいる。リンデン公爵に植え付けられた恐怖に怯えて、逃げるように帰るなんてしたくない。すっきりさっぱりケリをつけて帰ろう。

私が一人意気込んでいるとラジアス様が椅子から立つ。

「では明日に備えて今日はもう休め」

「あ、はい。そうですね」

「大丈夫だ。この部屋の前には常に第二部隊の者が立っているし、両隣の部屋も交代する隊員に貸し出されているから俺もそこにいる。何かあったらすぐに呼べ。あと外のバルコニーには――」

「ユーリたちがいるんですよね？」

「ああ。なんだ聞いていたのか。ユーリと天竜も一緒にいる」

ちなみに宵闇鳥は一足先に私の無事を報告する書簡を持ってレンバックに飛び立ったらしい。これでレンバックに残っているみんなも安心するだろうと言ってラジアス様は笑っていた。

ラジアス様は私に横になるように促すと布団を掛けた。

「だから安心して休め」

そう言って私の額にかかった髪を優しく撫で上げ、そこにチュッと唇を落とした。唇を落としたのだ。大事なことだから二回言った。

「おやすみ。いい夢を」

「……オヤスミナサイ」

パタンと扉の閉まる音とともにラジアス様は部屋を出て行った。

「…………は？　……ぁえ？」

私の止まっていた時間が動き出し、よくわからない声が出た。

「え？　なに今の。おでこにちゅう……でこチュー……ちゅー……キス……キスッ⁉」

ラジアス様の唇が触れた額を手で押さえると、暑くもないのに顔に熱が一気に集まった。

（え？　なんで？　なんで⁉　何が起きた⁉）

おやすみの挨拶はこれが普通なのか⁉　いや、ない。絶対違う。今までこんなことはされたことがない。

（じゃあ、なんだ⁉　妹にでこチューはしないよね？　……この世界はするの？）

日本でもお酒の入ったお兄ちゃんたちに悪ふざけでされかけて殴り倒したことがある。しかし先ほどのラジアス様からはふざけた様子など微塵も感じなかった。

（じゃあ、なんだろ……もしかして、私のことが好き、とか）

そこまで考えて私は自分の考えが恥ずかしくて隠れるように布団の中に頭を入れた。そんな都合のいいことがあるのだろうか。アルベルグに来てからのラジアス様がいつも以上に自分に甘いからそんなことを思ってしまったのかもしれない。

（でも、もしそうだったら……想像でも嬉しい）

人生何があるかわからない。半年前までの自分は女子高生としての普段の生活になんの疑問も焦りも感じていなかった。ところが、異世界に来るというなんともファンタジーな出来事でいきなり家族や友達と二度と会えなくなってしまった。突然日常が終わりを告げたのだ。

今回だってそうだ。まさか自分が攫われるかもしれないなんて思っていなかったし、まして死の危険に晒されるなんてことは想像もしていなかった。

明日がいつも通りに来るとは限らない。やりたいことがあるなら、会いたい人がいるなら、伝えたいことがあるなら――いつかそのうちにと言って後悔してからでは遅いのだ。

（レンバックに帰ったら、ラジアス様に好きだって伝えよう）

驚くだろうか。困らせてしまうだろうか。拒絶されてしまうかもしれない。しかしどのような結果になっても私は後悔しないだろう。

（いや、するか。フラれたら普通に凹むわ）

格好つけてみたが断られたら泣くかもしれない。

（でも何もしないままラジアス様が他の人と付き合ったりしたら絶対後悔する）

「ふふっ」

自分の口から笑い声が漏れた。数時間前までリンデン公爵のもとで自分の死までも覚悟したはずだったのに、この状況はなんだろうか。

今私の頭の中を占めているのは事件のことでも明日のことでもない。ラジアス様のことだけだ。それもこれもラジアス様が去り際に額に口づけを残していったせいだ。我ながら図太いというか、単純というか。

（怖い思いをしたはずなのに全部上書きされちゃったなあ。もういっそ今日はでこチュー記念日にしようか）

「でこチュー記念日……ダサ、ふふ」

自分のネーミングセンスのなさは置いておいて、どうせ記憶に残るなら嬉しい記憶のほうがいい。今回の誘拐事件を今後思い出しても、ラジアス様のおかげで最後は幸せな気持ちになれるだろう。そんなことを考えながら、私はゆっくりと眠りについたのだった。


翌日の事情聴取はとても簡単なものだった。事件に関わった人たちからの聴取は昨日のうちに終えていたらしく、私にはほぼそれらの確認をとるだけだった。

それと、聴取の場にいたのがアルベルグの国王その人だということには驚いた。リンデン公爵の実の兄だそうで昨日は気づかなかったが、よく見ればたしかにリンデン公爵と似た面差《おもざ》しだった。

けれど不思議と怖くは感じなかった。

国王はリンデン公爵の今後の処遇について私に希望を聞いた際には「私があの者の兄だからといって遠慮はいらない。全てが希望に沿うとは言えないが、できるだけ貴女の願い通りにしたいと思っている」と言った。

「では、死刑だけはおやめください」

私がこの言葉を口にした時、ざわついたのはアルベルグ側の人たちだけだった。第二部隊のみんなにはすでに私の意向は伝えてあったから当然だ。

「私がここにいることで本音が言い辛いなら席を外そう」

「その必要はありません。これが私の本音ですから」

「……なぜ、と聞いても良いだろうか。私は、いやアルベルグの者は皆貴女がリンデン公爵の死を願うと思っていた。あやつはそれだけのことをしたと」

それは当然のことだろう。他国から人を攫い、軟禁し、罪が暴かれれば殺そうとしたのだから。

しかもそれが国の重要人物とされる者ならなおさらである。

「それでも私はあの人の死を望みません。許せるかと聞かれたら絶対に許せませんし、二度と会いたくもありません。でも私は、どんな経緯であれ自分のせいで誰かが死ぬなんて嫌なんです。ふいに思い出してしまった時に《死》という言葉が一緒についてくるのが嫌です」

これを第二部隊のみんなの前で言った時、「甘い」と言われた。私だってそれは思う。しかし先ほど言った言葉に嘘はない。私は私のせいで誰かが死ぬということがどうしても嫌なのだ。

天竜の言ったとおりだ。そんなの耐えられない。今後も心から笑って生きていくために、あんな人に私の人生に影を落としてほしくない。

「ですから、これはリンデン公爵のためでも、あの人の兄である国王陛下のためでもありません。私のためです」

「……そうか。ならば貴女の希望通りにしよう」

そうして私は話の終わりとともに部屋を出た。それ以外のことはアラン隊長が話を詰めてくれたらしい。簡単に纏めると「国王の手と目の届くところで首輪でも付けて見張っておけ。二度目はない。といった感じだ」と言われた。

ついでに魔導師たちはご自慢の魔力を封じられたそうだ。それ以上は教えられなかったし、私も聞くつもりはない。二度と私に関わらないでいてくれればそれでいい。

全てを終えてレンバックに帰る道中、私はユーリの背にいた。そして私を支えるように、後ろにラジアス様も騎乗していた。

天竜はまだ私を乗せて飛べる大きさではないことと、レンバックでは公になっていない存在なこともあって、いつものように私の腰袋の中に毛玉になって入っている。そのユーリの上で、私は自分がレンバックから連れ去られた後の話を聞いていた。

「――というわけで、今スイーズ伯爵は牢獄だ」

「やっぱり……」

「やっぱり？」

「攫われてから考えていたんですよ。なんで私は攫われたのか。恨まれるとしたら誰かって。私の知っている中で思い浮かぶのはスイーズ伯爵家の人だけだったので。まあ攫われた理由は想像の斜め上を行くものでしたけど」

ハハッと乾いた笑いが思わず漏れた。すぐに私を支えるラジアス様の腕に力が入る。

「大丈夫です。でもスイーズ伯爵家の人たちはどうなるんですかねー」

「とりあえず爵位は取り上げられるだろうが、それはハルカが気にすることじゃない」

「……そうですね」

そんな話をしているうちにレンバックへ続く街道に入ると、ユーリに乗った私たちはすぐに第二部隊の列から離れ森に入った。

なんでも私が攫われたことはレンバックの中でも一部の者しか知らないらしく、聖獣であるユーリが騎士団とともに戻ってくればいらぬ憶測を呼ぶということで、私たちはこっそり森から入るということだった。

隊から離れたユーリは一気に速度を上げ、あっと言う間にレンバックの王城裏の森に帰り着いた。ほんの数日離れただけなのにレンバックの王城を見てひどく懐かしさを覚える。

私が感慨に浸っている間にユーリが遠吠えをすると、城内からダントン先生と近衛を連れた陛下が走って出てきた。

ダントン先生には「無事で良かった」と抱きしめられ、陛下には「よく戻った」と肩を叩かれた。

「ガンテルグ。お前もよくやってくれた」

「いえ。私はさほど。ハルカ嬢本人の頑張りと天竜のおかげで連れ帰ることができました」

『そうだぞ！　我はハルカのためにたくさん動いたのだ。だがラジアスもハルカを守った』

天竜が自慢気に腰袋から跳び出してきてそう言った。

「そうか。では詳しい話はまた後ほど聞くとしよう。今はしっかりと身体を休めるように。ガンテルグ、お前も一緒に休んで良い」

「ありがとうございます。アルベルグ国王からの書状は後ほど帰還する隊長が持っておりますので」

「わかった」

「では失礼いたします」

『ついでに宿舎まで連れて行ってやろう』

「本当か？」

「ユーリ、ありがとう」

いつものように抱きついて礼を言うと『礼なら次に会った時とびきり上質な光珠を寄こせ』と言われた。どこまでもユーリらしい。第二部隊の宿舎に着くと、そこにはレンバックに残っていた第二部隊の面々とジェシーさん、それにミリアさんが待っていた。

「「ハルカ！」」

私はジェシーさんとミリアさんに抱きしめられた。

「良かった！　本当に良かったわ！」

「無事なのね？　どこもケガとかしていないのね？　本当に心配したのよ！」

二人が泣きながら言うものだから、私もつられて泣いてしまう。ああ、涙腺《るいせん》が弱くなったなあ。

三人でわんわん泣いていると隊のみんなは笑いながら私の背中をポンポン叩いていく。

そしてルバート様がジェシーさんにハンカチを渡し「ほら、言うことがあるのでしょう？」と言うとジェシーさんたちは涙を拭い、無理やり笑顔を作った。

「ハルカ、おかえりなさい」

「おかえりなさい。貴女の帰りをみんな待っていたわ」

「～～ただいま戻りました！」

「おう！　おかえり！」

「よく帰ってきた！」

「頑張ったな！」

「……ただいまっ、ただいま～～～～っうわぁぁぁん」

「お？　どうした？　急に幼くなったな」

「いつもの優男《やさおとこ》風のハルカはどこ行った」

「いいじゃないか。泣きたい時は泣け、泣け！」

今度は私が二人に抱きついて泣いて、それにつられて二人もまた泣いて、みんなで笑った。

私におかえりと言ってくれる人たちがこんなにいる。ただいまと、帰って来たんだと思える場所があることが嬉しかった。

五章　想いを告げて

「駄目だ……ゆっくり話す時間が全然ない」

レンバックに帰ってきてから数日。事件に関わったスイーズ伯爵家の処遇が決まった。スイーズ伯爵家は爵位を剥奪《はくだつ》のうえ取り潰しとなり、当主であるヘンリー・スイーズはアルベルグ王国にその身柄を移され、開発中の鉱山送りにされたそうだ。

なぜアルベルグなのかというと、元々は死をもって罪を償うべきだとの声が上がっていたらしい。けれど、そもそもこのレンバック王国には死刑というものが存在しない。そして私もそれを望まなかった。

さてどうするか、となった時タイミングよくアルベルグから追加の書状が届いた。そこにはネイサン・リンデンの正式な処分内容が書かれており、公爵位の剥奪及び国が管理する中で最も過酷な労働を強いられる鉱山へ送られ強制労働を科せられることが書いてあったそうだ。

詳しく聞けば、そこは罪人が送られる収容所のようなところで、そこに行くくらいなら死んだほうがましだと言われるような場所なのだとか。だったらスイーズ伯爵もそこで死ぬまで後悔したらいいという話になったらしい。

そのことを告げられたスイーズ伯爵は青ざめ、震えながら叫んだという。

「ふざけるな！　ふざけるなぁ！　私を誰だと思っている⁉　私は貴族だぞ⁉　そんな場所で平民の罪人に混ざって働けというのか⁉」

私はスイーズ伯爵、いやヘンリー・スイーズに会ったことはないが、それを聞いた時「ああ、やっぱりあのお嬢さんの親だな」と思った。

まあ今となっては彼自身も平民の罪人であるから周りはみんなお仲間である。そのことをいつ受け入れるかはわからないが、ネイサン・リンデンとヘンリー・スイーズが再び顔を合わせる日もそう遠くはないだろう。その時彼らがどうなるかは私の知ったことではない。

次にスイーズ伯爵家の奥方と、娘のフィアラだが、二人にはヘンリー・スイーズの詳しい罪状は伏せられているらしい。

奥方は夫が罪を犯したことと彼の爵位剥奪を聞くと「私はもうあの方とは無関係です。ああ、恐ろしい。離縁いたしますわ」と言って生家に戻ったそうだ。

初めは娘のフィアラも連れて戻るつもりだったそうだが、フィアラは直接事件に関わってはいないものの、私に対しての悪意がある危険分子として辺境の修道院へ送られることが決まった。

それを知った奥方は「貴女はもう私の子ではないわ。いったい誰に似たのかしら。もうお母様などと呼ばないでちょうだい」とあっさり娘を捨てて行ったらしい。これを聞いた時はさすがにフィアラのことを不憫に思った。

ただ、身分が下の者を見下し、人に褒め称えられることが日常だった彼女だ。修道院で慈善活動や質素倹約な生活を強いられ耐えられるのか甚だ不安ではあるが、あの苛烈《かれつ》な本性をもってすれば案外しぶとく生きていけそうだとも思う。

最後にスイーズ伯爵家で働く使用人たちについて。執事の働きが事件解決の糸口になったということを聞いたので、もし会う機会があるのならお礼を言いたいと思っている。

スイーズ伯爵領は領主がいなくなってしまったわけだが、ヘンリー・スイーズにはいいのか悪いのかフィアラ以外に血縁の者がいなかった。

そのため領地は国が管理することになったらしいのだが、新たな管理者を国が派遣するよりも執事のディアス・ギスさんがそのまま運営するほうが合理的だろうということになったらしい。

なぜそれが合理的なのか初めは疑問だったが、今までも領主の代わりにほとんどのことを執事が執り行っていたと聞かされればそれも納得だ。

よく知らない人に対して言うのもなんだが、ヘンリー・スイーズは本当に碌《ろく》でもないなというのが素直な感想だ。

執事以外の使用人たちも何人かは屋敷の維持や領の運営のために残り、他の者は希望する働き口を紹介されたり、他の貴族から引き抜かれたりしたらしい。なんでも、スイーズ伯爵家の使用人は領主と違って優秀である、というのは知る人ぞ知る話らしい。

そして私はというと――。

「駄目だ……ゆっくり話す時間が全然ない」

いまだラジアス様に自分の気持ちを告げられずにいる。怖気《おじけ》づいたわけではなく、単純にバタバタと忙しいのが理由だ。

食事時など一日の中で一緒になる時間がないわけではないが、じっくり腰を据えて話す時間が取れていない。前のように一緒に出掛けるとまではいかなくとも、きちんと場を整えて告白したい。

そう思っているのだが、帰ってきてからというもの誘拐事件の事後処理や、夜会の最終準備などに追われていてなかなかそれが難しい状況にあるのだ。

そう、夜会である。あんなことがあったからすっかり忘れていたが、もう明後日には夜会があるのである。

何もこんな時にと思わないでもないが、すでに多くの貴族に招待状が送られており、今回の事件もそのほとんどの人たちは知らされていないので、特別な理由なく変更することは難しかった。

「あ、ハルカ。ちょうどいいところに」

私がもやもや考えながら書類の仕分けをしていると、ジェシーさんから声をかけられた。

「ジェシーさん。何かありましたか？」

「ハルカの夜会用の衣装の最終調整をしたいそうなのよ。王城に呼ばれているから時間があるなら行きたいのだけれど」

「大丈夫ですよ。あ、少し待ってもらっていいですか？」

「ええ」

私は自室に戻り、引き出しからラジアス様にもらった髪飾りが入った箱を取り出した。

「お待たせしました」

「あら、それって」

「ラジアス様からもらった髪飾りです」

「まあ！　ではそれが似合う髪型も考えないといけないわね。当日は私とミリアが着付けをするから任せてちょうだい」

「よろしくお願いします」

王城の部屋に着きドレスを見て私は息を飲んだ。

「すごい……キレイ」

中で待っていた王城付きの侍女さんが広げて見せてくれたのは濃紺のビスチェタイプのプリンセスラインドレスだった。ウエストの切り替え部分には光沢のあるアッシュベージュの幅広なリボンがあり、スカートの部分は濃紺の生地の上に光沢のある糸で刺繍《ししゅう》が施されたブルーグレーのオーガンジーが重ねられている。

物知り顔で語っているが、これらのオシャレ用語は全て教えてもらったもので、正直何が何だかわかっていない。とりあえずすごく好みってことだけは確かだ。

「衣装は陛下が用意してくださったんですよね？」

「さようでございます」

私はこそっとジェシーさんに耳打ちする。

「この色って……なんかいろいろバレてますかね？」

「ふふ！　どうかしら？　でも、素敵ね！」

「はい！」

こそこそ話す私たちに侍女さんは不思議そうにしながらも「上品なお色でございますね。ハルカ様にきっとよくお似合いになりますわ」と言ってくれた。

濃紺は騎士団第二部隊の正装の色、リボンはラジアス様の髪の色。そういえばエスコート役をラジアス様に決めたのも陛下だった。あの頃から陛下には全てお見通しだったのかと思うと、恥ずかしさもあるが今は感謝するべきだろう。

試着をしている間に遅れてきたミリアさんも加わり、髪型をああしようかこうしようかと楽しみながら考えた。

その最中に取り出した髪飾りを「まあ、素敵な髪飾りですね」と侍女さんが言うと、ジェシーさんが「第二部隊の副隊長からの贈り物なんです」と答えた。

「ちょっと、ジェシーさん！」

「なあに？　嘘は言っていないわよ？」

「もうジェシーったら」

「え？　あら？　……あらあら！　まあまあ！　そういうことでしたのね。だからあの色！　まあ陛下ったら気が利いていらっしゃいますこと！」

急に侍女さんのテンションが上がった。どこの世界でも恋バナは女性の大好物。

「お二人がそんな関係だなんて私存じ上げませんでしたわ。ああ、でもハルカ様とご一緒されていることが多いですものね。ここ最近ガンテルグ様の浮いたお話を耳にしなかったのも納得ですわ」

「いえ、あの……」

「そう思いますでしょ？　でも違いますのよ」

「お付き合いしているわけではありませんの」

私ではなくジェシーさんとミリアさんが答える。

「え？　でもこの髪飾りの石の色……ええ？　何もないなんてことございますの？」

「貴女もそう思います？　もうここはハルカのほうから行くべきだと私たちは思っていますの！」

「ということはハルカ様はやはり……。まあまあ！　そうですわ！　昨今では女性から想いを告げてもなんの問題もないですもの！」

「いや、だから……」

「それならば夜会なんてちょうどいいではありませんか。美しく着飾った姿で騎士様に想いを告げる……ロマンチックですわー」

「ですから私たちも気合が入っておりますの」

「そうですわね！　私も協力を惜しみませんわ！」

「あのっ‼」

当事者の私を置き去りにして女性陣の盛り上がりが止まらない。なんという恥ずかしさ。というか、ジェシーさんとミリアさんはなぜ勝手に私の気持ちをバラしているのか。きっと私の顔は赤くなっていることだろう。

「あの、もうそこらへんで勘弁してください……」

「あら、ごめんなさい」

「主役はハルカだったわね」

「申し訳ありません。私この手の話が大好きでして、つい。でも絶対口外はしませんからご安心くださいませ」

「……お願いします」

赤くなって俯く私の頬をミリアさんがむにっと持ち上げた。

「でもハルカ。本当に夜会はいい機会よ？　貴女想いを伝えたいって言っていたでしょう？」

「それは、まあ、はい」

「いいこと？　お化粧にドレスは女性の戦闘服よ。いつもよりも着飾ることは自分に自信を与えてくれるわ」

「そうそう。それに雰囲気も大事だもの」

「……夜会って途中で抜けられたりしますか？」

「そうですね。今度の夜会はハルカ様が主役のようなものですから、完全に席を外すということはできませんけれど、途中で休憩のために会場の外に出ることは可能ですわ」

（そっか。抜け出すこともできるんだ。これ着たら妹じゃなくて一人の女として見てもらえるかな）

立ち上がり、姿見に映った自分を見る。普段よりも格段に女性らしく見えるし、大人っぽくも見える。ラジアス様の隣に並んでも笑われることはない、と思いたい。それに、こんな格好をできる機会ももうないかもしれない。

（よしっ！）

「私、頑張ります！」

ジェシーさんたちを見て私は頑張ると宣言した。


——そして夜会当日。

私は王城の一室でジェシーさんとミリアさん、そして王城付きの侍女さんたちの手によって、頭のてっぺんからつま先まで磨かれていた。部屋付きの浴室に連れ込まれ、抵抗虚しくあっという間に服を脱がされ湯の中へ。一度経験しているとはいえ恥ずかしいものは恥ずかしい。

しかしそんな私のことはお構いなしに、湯浴《ゆあ》みの次は念入りに全身マッサージが施される。熟練の技とでも言うべきか、あまりの気持ち良さに私がぼんやりしている間に髪とメイクもささっと整えられた。

髪からはジェシーさんとミリアさんが用意してくれた柑橘《かんきつ》系の香油が爽やかに香っている。髪型も事前に相談して決めており、両サイドの髪を緩く編み込んで頭の低い位置で後頭部の髪とともに一纏めにし、ラジアス様からもらった髪飾りで留めたシンプルなもの。

とはいえ、完成までのあまりの速さに驚くばかりだ。

「首から上は完成ね。どうかしら？」

手鏡を渡され、自分でその姿を確認し、私は思わず振り返った。

「すごいです！　私じゃないみたい！」

鏡の中にはどこからどう見ても自分史上最高の私が映っていた。

「お化粧はさほど濃くはしませんでしたが、ハルカ様は元の肌がお綺麗ですのでこれくらいでちょうどいいかと。いかがでしょう？」

「すごいです！　うわぁ……これ本当に私ですか？　鏡に魔法とか仕込んでません？」

「ふふ、何言ってるのよ。私たちはハルカの魅力を最大限引き出しただけよ？」

「いやいや、でも……うわぁ、本当にすごいなぁ」

日本にいた時も興味がなかったわけではないが、自分がメイクなんてしても、などとどこか諦めていたから今回は言わば初メイクに近いのだ。壊れたように「すごい」という言葉しか出てこない私をみんなが微笑ましげに見ていた。

「あのようにされていると、やはりハルカ様も年頃の女性なのだなと実感しますね」

「そうですね。普段の男装のような格好ももちろんお似合いですけれど、こちらも」

「ええ。私たちとは違った色彩がまたハルカを凛《りん》とした女性に見せているようだわ。まあ今は少女のようなはしゃぎようだけれど」

ミリアさんや侍女さんたちもついつい笑みが零れる。

「さあさあ！　時間がないわ！　最後はドレスよ」

ジェシーさんの合図で最後の着替えに入る。ドレスを身に纏うと気持ちが引き締まるような気がした。

「綺麗よ、ハルカ」

「素敵ですわね」

「本当に？　おかしなところとかないですか？」

「大丈夫よ。誰が準備したと思っているのかしら？　完璧だわ」

ジェシーさんが自信満々にふふんと笑った。

「あ、でも待って。あと首飾りと耳飾りをつけなければ完璧とは言えないわね」

「そうなんですか？　でもそんなの用意してなかったですけど……」

「それは、ねえ？」

「そうねぇ。ふふ」

ジェシーさんとミリアさんが顔を見合わせて笑った。

「？　なんですか？　……何か企《たくら》んでます？」

「まあ、酷いわ」

「企むだなんて。少し情報提供しただけよ」

「情報提供？」

——コンコン。私が聞き返したところで部屋の扉がノックされた。

「来たわ！　素晴らしいタイミングね」

部屋の中にいたメイドさんが扉を開けると、そこには燕尾《えんび》服に身を包んだラジアス様が立っていた。

濃紺の生地でシャツは白、中に着ているベストはブルーグレーで刺繍が施されており、襟と蝶タイは黒色でいずれも光沢のある生地で仕立てられている。色こそ第二部隊の騎士服を思い起こさせるが、それと比べると非常に華やかな装いだ。

ラジアス様自身ももちろんそれに負けていない。普段は下ろしている前髪も今日は撫でつけるようにしっかりとセットされていた。私がラジアス様を観察している間、彼もまた私をじっと見つめていた。

「……」

「あの、ラジアス様？」

「……綺麗だ」

「へ？」

「とてもよく似合っている」

真っすぐ私の目を見て放たれたその一言は破壊力抜群だった。心臓がぎゅん！　ってなった。耐えきれなくて思わず俯く。じわじわと頬が熱くなっていくのが自分でもわかる。

（ええい！　恥ずかしがって終わってたらいつもと同じだ！　頑張れ自分！）

恥ずかしい気持ちを認めつつ、脳内で必死に自分を鼓舞する。

「ラジアス様も……」

「ん？」

「ラジアス様も素敵です。あと、あの……お揃いみたいで嬉しいです……」

顔を上げられないまま、しかも最後のほうは小声になりながらも言い切った私の頬はさぞかし赤いことだろう。そんな私をラジアス様がどんな顔をして見ているかなんて今の私は気づかない。

「ありがとう。陛下に伺って色を合わせた甲斐があったな」

「副隊長！　ドレスもいいですけれど、ハルカの今日の髪型も素敵でしょう？」

恥ずかしさで動けなくなっている私の身体をくるっと回転させて、ラジアス様に背を向けるように髪型を見せたのはジェシーさんだ。私の髪にはもちろんラジアス様がくれた髪飾りが光っている。

「ああ、本当につけてくれたんだな。嬉しいよ。やはりハルカによく似合う」

「でもこれで完成ではありませんわよ？　例の物、持ってきてくださいまして？」

「もちろん。ハルカ」

名前を呼ばれて振り返ると、目の前に差し出されたのはベルベットのジュエリーケースに入ったイヤリングとネックレスだった。

「これをハルカに」

「え？」

ええ？　この上品で綺麗でとんでもなく高そうな物を私にって言ったか。聞き間違いではないかと周りを見れば、ジェシーさんたちがにやにやとこちらを見ていた。まさか、まさかこれが彼女たちの企み？

「……好みではなかっただろうか」

何も言わない私を見て、ラジアス様がそう言う。そんなわけない。めちゃくちゃ好みだよ！　というかラジアス様からだったら何をもらったって嬉しいのだ。でも、でもさ。

「ちがっ、こんな高価そうなもの受け取れませんよ！」

「いただいておきなさいよ。こういったことで男性に恥をかかせては駄目よ？」

「え？」

「ドレスは陛下に先を越されてしまったから、宝飾品だけはご自分で用意するって副隊長が仰ってね」

「え？」

「ジェシー。余計なことは言わなくていい」

「え？」

私はジェシーさんとラジアス様の顔を交互に見返す。なんとなく、気のせいかもしれないがラジアス様の耳がほのかに赤く色づいているような気がする。

「ハルカは背が高いから私たちだとつけるのが大変ですの。副隊長、お願いしてもよろしいでしょうか？」

そう言ってミリアさんはラジアス様の顔を見る。いやいやいや。私が椅子に座ればいいことではないでしょうか、などとは言えない雰囲気だ。

ラジアス様が「俺がつけても構わないのか？」と問えば、私を無視してジェシーさんやミリアさん、そして遠巻きに控えている侍女さんたちまでもがこくこくと首を縦に振る。ラジアス様は頷いてネックレスを手に取った。

首の後ろへと手が回るとラジアスの身体が自然と近くなる。ダンスの時よりも近づいたその距離に、思わずびくりと身体が揺れた。

（ち、近い！　ヤバイ！　まつ毛長っ！　眩しすぎてもはや目の毒っ……！）

抱きついたり抱きしめられたりしたこともあるが、あの時とは状況がまったく違う。心臓がバクバクして口から飛び出そうだ。

「よし、できた」

ほっとしたのも束の間。

「後は耳飾りだな」

私の身体はまた固まった。

（イヤリングもラジアス様がつけるの⁉）

するっと自然に伸びた手が耳に触れると、私はもう岩のように固まりピクリとも動けなくなった。

もう完全にキャパオーバーです。

「ハルカがこの髪飾りをつける予定だと聞いたから同じ色の物を用意したんだが……」

（みみみ、耳元で話さないでーー‼）

一人で内心あたふたしている私をよそに、ラジアス様が両耳にイヤリングを着け終え一歩下がる。

「……ああ、いいな。思った通り、よく似合う」

私を見て満足そうに頷き、笑った。イヤリングもネックレスも髪飾りと同じように琥珀《こはく》色の石が使われている。ラジアス様の瞳と同じ琥珀色。ラジアス様とお揃いのような色合いのドレス。嬉しくないわけがない。

恥ずかしいけれど嬉しい。ラジアス様といて何度この気持ちを味わっただろう。

「ありがとうございます」

私が精一杯の笑顔でお礼を言えば、ラジアス様もまた極上の笑顔を返してくれる。そこへコンコンと扉をノックする音が響き、案内役のメイドさんが顔を出した。

「そろそろお時間ですのでお二方ともご準備を」

そう声をかけられるとラジアス様は右手をすっと私に差し出した。私は「よろしくお願いします」と言ってその手に自分の左手を重ねた。

「ハルカ、楽しんできてね」

「ハルカ様、私たち侍女やメイドも会場の中と外に控えておりますので、何かございましたらお声がけください」

「ありがとうございます。行ってきます！」

「副隊長、ハルカのことよろしくお願いします」

「ああ。では行くか」

「はい！」

こうしてラジアス様と私は部屋を後にした。残されたジェシーさんたちがそれを微笑ましく見送っていたなんてこの時は知らなかった。


「あのお二人は本当にお付き合いされていませんの？」

「ガンテルグ様のハルカ様を見る目。こちらがくらくらするほどでしたもの」

「そうね。お顔も雰囲気も含めてとても人気のあるお方ですけれど、今まで見たことがないくらい優しいお顔をされてましたわ」

「絶対ハルカ様に想いを寄せておられますわよね」

「ええ、ええ。しかも隠そうとしていらっしゃらないご様子でしたわ」

「どこからどう見ても相思相愛の恋人同士でしたわよ」

恋人同士でないなど信じられない。なのになぜ。あの顔を向けられてハルカは何も気づかないのか。皆不思議でしょうがない。

「自分のことを恋人にしたいと思う物好きな人などいるわけがないって以前言っていたから……無意識にあり得ないって思っているのでしょうね」

「あら？　そうでしたの？」

「元の世界でも背が高いほうで女性だけが通う学校に通っていたらしいのだけど、恋愛には縁がなかったし誰かから想いを寄せられることもなかったと言っていたわ」

「女性だけの学校……そんな学校がありますのね。それは……さぞ人気がおありでしたでしょうね」

「でもハルカ様は原石でしたわ。あのようにお綺麗になって」

「やはり元々のお顔が整っておいでですもの。普段のお姿も素敵ですけれど、着飾ったハルカ様は貴族のご令嬢にだって負けていませんわ」

侍女たちが頷く。

「ガンテルグ様も気が気でないでしょうね」

「ですからあれらの飾りなのでしょう」

「ああ、そうですわね」

「誰が見てもわかりやすいですわ」

自分の色を帯びた宝飾品は恋人、婚約者に贈る物の定番だ。髪飾りに耳飾り、そして首飾りまで揃えると、それはもう独占欲の表れのようでもある。

「あれは本気ですわね」

「副隊長もはっきり言ってしまえばいいのに」

ジェシーはそう言いながら先ほど会場に向かった二人の姿を思い浮かべる。

「今日で何かが変わるといいわね」

そう言ってミリアは笑った。

会場に着くまでの間にダントン先生や、警備をしている第二部隊のみんなに会っては驚かれた。

「おやおや。ずいぶん可愛らしくなったものだね。見違えたよ」

「副隊長、お疲れ様です！　あれ？　今日はハルカと一緒じゃなかったんですか？　……えええ？　お前ハルカか？　嘘だろ⁉」

「……お前、それは詐欺だろう……いや、すまん。伸びしろすごいな」

「今日の警備メンバーに自分たちが選ばれた理由がわかりました」

などと言われた。私も「ありがとうございます」や「ちょっと失礼ですよ！」などと返したおかげか、だいぶ緊張も解れてきたように感じていた。感じていたのだが。会場に入り、陛下の挨拶を聞いているうちにそれは元に戻ってしまった。

「もう皆も知っていると思うが、流民であるハルカ・アリマ嬢は我がレンバック王国の民となった。彼女は聖獣ユーリティウスヴェルティを始めとする魔力持ちの生き物たちに、己の魔力を分け与えることができる稀有な魔力特性の持ち主であり、聖獣とともに生きる我が国の宝である」

（国の宝⁉　ひぇ……）

感情が顔に出ないように笑みを貼り付けて前を向いているが、気持ち的には変な汗がダラダラ流れている。それを知ってか知らずか陛下の話はまだ続く。

「……耳の早い者はすでに聞き及んでいることと思うが、先日ハルカ嬢を他国に引き渡そうとした愚か者がいた」

会場がざわざわと騒がしくなる。ところどころで「スイーズ伯爵家が最近取り潰しになったのは」「あの噂は本当だったか」などと囁かれていた。

「ハルカ嬢に害なすことはこの国に害なすことと考えよ。今宵集まった者の中にそのような愚か者がいないことを願っている。私からは以上だ。さあ皆の者！　久しぶりの夜会だ。存分に楽しめ！」

陛下の話が終わると招待された貴族たちが次々と国王夫妻に挨拶をし、そのままの流れで私たちのもとへと挨拶にやって来る。

今日は私のお披露目がメインなのでこれは避けては通れないことらしい。何も話さず笑顔で頷くだけでいいとは言われているが、それだけでもなかなか苦痛だ。しかし挨拶に来る中に見知った顔を発見し、気分が浮上した。

「ハルカちゃん！　とっても綺麗よ！」

ルシエラ様だった。相変わらずお美しい。そんなルシエラ様の隣にいるのはラジアス様によく似た面差しの男性。間違いない。ラジアス様のお父さん、ガンテルグ侯爵だ。

「父上、母上、お元気そうで何よりです。ハルカ、俺の父だ」

「初めまして、お嬢さん。ハルカ嬢と呼ばせてもらっても構わないかい？」

「もちろんです」

「ありがとう。君のことは妻からよく聞かされているから初めて会う感じがしないなあ」

のんびりとした雰囲気を持った方だった。

「ガンテルグ侯爵、お初にお目にかかります。ハルカ・アリマと申します。ラジアス様には大変お世話になっております。ルシエラ様もご無沙汰しております」

「まあ、すっかり立派なレディね。……ラジアス、ちょっと」

ガンテルグ侯爵とルシエラ様は私を見てにっこりと笑った後、ラジアス様の袖を引き何やらこそこそと話している。そして二人はすぐににやりと笑ったかと思うとラジアス様から離れた。

そして「ハルカちゃんにとって今日はいい思い出になると思うわ」と言って去って行った。うーん、どういうこと？


「何を話してたんですか？」

「大したことじゃない」

確実に何か言われたのだろうが、ラジアス様がそう言うのならそうなのだろうと納得した。そして挨拶が一通り終わると会場内には音楽が流れはじめた。

（ついにダンスの時間が！　こんな大勢の前で踊らなきゃいけないなんて……失敗したらどうしよう。ラジアス様に恥かかせたくない！）

私が笑顔の下で一人焦っていると、ラジアス様がすっと手を差し出した。そして悪戯な笑みを浮かべてこう言った。

「麗しのレディ、私と一曲踊っていただけませんか？」

にっと笑ったラジアス様を見て、私も思わず笑いが零れた。私の緊張を解そうとしてくれていることが伝わってきて嬉しかった。

「……喜んでお受けいたします」

差し出された手にそっと自分の手を置くと会場の中央まで手を引かれる。繋いだ手から、私の気持ちが伝わってしまいそうだと思った。

踊り始めは緊張していたが、やはり相手がラジアス様だとどこか安心感があって次第に楽しくなってくる。ラジアス様も楽しそうに見えるのがまた嬉しい。一曲踊り終え、互いにお辞儀を交わすと後ろから声がかかった。

「私とも一曲お願いできるかな」

声をかけてきたのはオットー公爵だった。どうするべきか迷いラジアス様を見ると、軽く頷かれたので私はオットー公爵の申し出を受けることにした。

「夜会は楽しめているか？　まああれだけの貴族の相手をするのは大変だったとは思うが」

「そうですね。このような場はやはり緊張しますが」

オットー公爵はこの国の宰相であり、私もいろいろとお世話になっている人だ。そして以前刺繍入りのハンカチをプレゼントしてくれたマリアンヌ嬢の父親でもある。

「先の件では大変な目に遭ったな。その後問題はないか？」

「お気遣いありがとうございます。今はいたって平和です。第二部隊の皆も気にかけてくれますし」

「そうか。それならば良かった。……実を言うと、私は初め君が第二部隊に身を置くことに賛成はしていなかったのだよ」

ダンスをしながらいきなり告げられた言葉に私は思わず目を瞠った。

「ああ、勘違いしないでくれ。今は認めている。初めは得体のしれない異世界の娘を騎士団に置いておく理由がないと思っていたのだ。だが君ときたら文字も読めるし、計算も強いというか頭が良い上に稀有な魔力の持ち主ときた。私個人としては第二部隊に渡した書類が早く戻ってくるようになって感謝したいくらいだ」

オットー公爵はさらに続ける。

「私的なことを言えば、娘のマリアンヌが君のおかげで刺繍に目覚めてな。そちらについても礼を言いたい」

「マリアンヌ嬢がですか？」

「ああ、何度か君に贈り物をしているだろう？　迷惑になっていなければいいのだが」

「迷惑だなんて……マリアンヌ嬢には私物となるものが少なかった私にいろいろとお気遣いいただいて、とても感謝しております」

「そうか。マリアンヌに伝えたら歓喜するであろうな。そのハンカチに刺繍を入れるためにさぼっていた刺繍の授業にのめり込んでな。妻が喜んでいた」

はっはっはと笑うオットー公爵は完全に父親の顔だった。仕事中はあまり笑わないし、結構厳しい感じなのだが。そうこうしているうちに曲が終わる。

「第二部隊も君に合っているようだし、それにこの国で気を許せる相手ができたのは喜ばしいことだ。これからもよろしく頼むよ」

オットー公爵はグラスを持って壁際に立つラジアアス様をちらっと見てそう言った。陛下といいオットー公爵といい、なぜかいろいろバレている。年の功なのか、それとも私がわかりやすいのか。気恥ずかしく思いながらも「こちらこそよろしくお願いいたします」と返した。

オットー公爵の後も数人にダンスを申し込まれ、数曲を踊ることになった。何人かとは踊るように、ただし同じ人物と二曲以上踊らぬようにと言われていたので受けはしたが、こんなに立て続けはさすがに慣れないヒールだと辛いものがある。

途中でもういいのではないかとラジアス様を見れば、私の様子に気が付き助けに入ってくれようとした。ああ、ようやく解放されると思ったのだが、グラスを置きこちらに向かって来ようとしたラジアス様はあっという間に若いご令嬢方に囲まれた。

（うわ……モテるとは聞いていたけど）

こう言っては失礼だが、まるで砂糖菓子に群がる蟻《あり》、いや獲物に群がる猛獣のようだ。こういったことには慣れているのか、断りを入れながらも進もうとするラジアス様の腕に手を置き引き止めようとするご令嬢までいた。

（……なんか、やだな）

恋人でもない、まして告白もしていない私に文句を言う権利がないのはわかっている。これは完全に身勝手な嫉妬だ。

断り、手を外そうとしているラジアス様を見れば、彼もまた嫌がっているのはよくわかる。

（でも、なんか、見たくない）

見ていたくなくて目を逸らした私の前に一人の男性が立った。

「ハルカ嬢。私ともぜひ一曲お願いできますか？」

そう言って私の手を取った。彼は確か先ほど挨拶に来てくれたどこかの子爵家の子息だっただろうか。いろいろ習った今だから気づくが、返事を聞かないうちから相手の手を取るのはマナー違反ではなかっただろうか。それとも貴族と平民の場合はそれは関係がないのか。

少しもやっとした気持ちと馴れ馴れしさを感じながらも、私はこの人の申し出を受けることにした。上手い断り方もわからなかったし、正直なところあのままいると嫌な気分になりそうだったたからダンスに逃げたのだ。

身体を動かしているほうが余計なことは考えずに済むと思ったから。しかし、それはすぐに後悔に変わった。

申し出を受けると言った瞬間、指先をぎゅっと握られた。ダンスが始まっても背に回された手が妙に自分を引き寄せようとしてきて気持ちが悪い。

しかしダンスを受けてしまった以上、途中でやめるのは失礼に当たるため必死に笑みを貼り付け堪えた。

（ええい！　適切な距離を取れっつーの！）

もちろん心の中では文句たらたらだ。

「ハルカ嬢の噂はかねがねお聞きしておりましたが、あれは誰かの嘘だったようですね」

「嘘、ですか？」

「ええ。男のような格好をしていると。こんなに素敵な女性だとは思いもしませんでしたよ。貴族でないことのほうが嘘のようだ」

「……そうですか？　ありがとうございます」

この会話だけで私はこの男がフィアラと似たようなタイプの人間なのだろうなと感じた。

（気持ち悪い。そんな近づく必要ないんだよ！　はーなーれーろー！）

なおも引き寄せようとする手と妙に近い顔。普通のご令嬢ならばうっかり相手に身体を預けてしまうところだろう。しかし私は自らの筋力をもってそれを回避する。

（部活で鍛えた体幹舐めるなよー！　このボンボンが！）

近づきたい男と近づきたくない私、この妙な攻防を耐え凌《しの》ぎ、やっと曲が終わった。お辞儀をしてさっさと離れようとすると、肩を男の手に掴まれぎょっとする。

「放していただけませんか？」

「もう一曲お願いできませんか？」

「申し訳ありませんが少々疲れましたので」

「ああ、それでしたら私もご一緒しましょう」

いやいや、あんたといるのが疲れたんですが。笑顔で苛立つ気持ちを抑え込もうとしたが無理だった。思わず眉間に皺が寄りそうになったのを少し俯いて隠す。けれど子爵令息はさらに気持ち悪い言葉を言って寄こす。

「恥ずかしがっているのですか？　可愛い人だ。さあ行きましょう」

（もう限界……殴っていいかな。駄目だな。腕捻《ひね》りあげるのも、いや駄目だな。ヒールで足踏みつけるくらいなら……いけるかな）

私が物騒なことを考えていると頭の上から声がかかり、肩に置かれていた気持ち悪い手の感触がなくなった。

「失礼。そろそろ私のパートナーを返してもらってもいいかな」

「……は、はい！」

にっこり笑っているのにどこか冷たい空気を纏ったラジアス様の登場に、子爵令息は慌てて立ち去った。

「悪かった」

「いえ、ラジアス様もなんだか大変そうでしたね」

「まったくだ。だから夜会など出たくないんだ……大丈夫か？」

「はい。踊り出しちゃったから途中で止められなかったってわかってるので大丈夫ですよ」

「それはそうなんだが、やはりハルカが他の男といるのは面白くないというか」

「え？」

「いや、なんでもない。連続で踊って疲れているだろう？　少し休憩しようか」

その言葉に思わず勢いよくラジアス様を見上げた。

（き、きた！　今日一番のチャンス！）

「どうした？　まだ休まなくても大丈夫か？」

「いえ！　すっごく休憩したいと思ってました！」

私とラジアス様が壁際に寄るとタイミングを見計らったかのようにメイドさんが近づいてきた。

「ご休憩されるのであればお部屋をご用意してございますのでこちらへ」

そうして案内された場所で待っていたのはドレスの試着の時に手伝ってくれた侍女さんだった。

彼女が用意してくれた部屋はテーブルと長椅子があるだけのこぢんまりした造りだった。しかも長椅子は一つだけしかなく、ものすごく意図的なものを感じる。

侍女さんを見ると力強く頷かれた。サムズアップでもしそうな勢いである。ラジアス様も室内を見た際、一瞬立ち止まったが、それ以上気にすることなく中に入った。

「ワインと、ハルカは果実水でいいか？」

「あ、はい」

「ではそれを頼む」

「かしこまりました。すぐにお持ちいたします」

本当にすぐに戻ってきた侍女さんはグラスをテーブルの上に置くと「ごゆっくり」と言って扉を少しだけ開けて出て行った。

この部屋の椅子は長椅子一つのみ。必然的に同じ椅子に座るほかない。ラジアス様は私の手を取って椅子に座らせると、その隣に自分も拳二つ分ほどの距離を空けて座った。

久々のラジアス様と二人きりという状況に鼓動が速くなるのを感じる。先ほどの侍女さんの様子から察するに、この部屋には誰も近づけないようにしてくれているのだろうと思っている。

(こんなにお膳立てしてもらってるし、告白するなら今しかない！　今言わなきゃずっと言えない気がする！)

私は意気込んで果実水の入ったグラスを手に取った。緊張で貼り付きそうな喉を潤すために一気にグラスを呷《あお》る。淑女とは～とかもうどうでもいい。

「ラ、ラジアス様！」

「ん？」

「あの、あのですね、実は私――」

……。

…………。

誰か意気地《いくじ》のない私を引っ叩いてくれ……。あの後私の口から出たのは「夜会って初めてなんですよ！」だった。なんだそれ。ラジアス様だってそんなの知ってるよ。

ただ一言「好きです」と言うだけなのに。それだけでいいのに。私はいまだ告白できずにいる。それどころか気合が空回りして、再チャレンジ！　と隣のラジアス様を見ては、何も言えずに俯くという動作を繰り返していた。挙動不審。

（世の中の女子はどうやってこれを乗り越えてるの⁉　心臓がヤバイくらいにバクバク鳴ってるんですけども！）

勢いでどうにかなると思った数分前の自分を叱りたい。ラジアス様と視線を合わせられないまま空になったグラスを握りしめた。

頭の中で、告白できる人を尊敬し、不甲斐ない自分にがっかりする私を不思議そうに見ながらラジアス様がゆっくりと話しかけてきた。

「なあ、ハルカ。ハルカがこの世界に来てからもう半年が経つんだな」

「へ？　……ああ、そうですね。もう半年というかまだ半年というか」

「そうだな。最初はハルカのことを男だと勘違いして怒らせたりもした」

「あはは、そんなこともありましたねぇ」

初めて会った時のことを思い出して思わず笑いが零れる。あの時は自分の置かれた状況についていくのに必死だった。その直後に日本に帰ることができないと知った。

信じられなかったし信じたくなかった。でもそれが現実だった。どうして自分がって何度も思った。神様だって恨んだ。それでも前に進むしかなかった。あの時から今も私に一番寄り添ってくれているのは間違いなくラジアス様だ。

手に持っていたグラスをテーブルに置き、そっとラジアス様を見れば、彼の瞳は私を真っすぐに見つめていて、思わず私は動きを止めた。そんな私の頬をラジアス様の骨ばった手が撫でた。

「……だが、今はこんなにも綺麗だ」

「へっ⁉」

「どこから見ても可愛い女性にしか見えない」

「か、髪！　髪が伸びたせいですかね⁉　ド、ド、ドレスのおかげかも！」

急に雰囲気の変わったラジアス様に、私の心臓が跳ね上がる。こんなラジアス様は知らない。この空気に耐えられず、視線を外したいのに私を見つめ続けるその琥珀色の瞳と頬に添えられた手がそれを阻む。

「それだけじゃない。たとえハルカの髪が以前と同じように短くても、男物の服を着ていようとも、もうハルカを男のようだなんて思えない。俺にとってハルカは愛しい存在だから」

「……っ」

ラジアス様の言葉に私は目を瞠った。言われた言葉を頭が理解するよりも先に、私の心が反応した。ドクンドクンと自分の鼓動がひどくうるさい。

「それって……」

ラジアス様を見つめ返したまま、震える唇が言葉の真意を探ろうと声を発する。けれど本当はもうわかっている。ラジアス様がどういう意味で愛しい存在と言ったのか。

いくら恋愛経験がない私でも察することができるほどに、私の頬に優しく触れる指が教えてくれている。何よりも自分を見つめるその瞳が、私を捕らえて離さないその熱を孕んだ瞳が、私にそれを理解させた。

「好きだ、ハルカ。この命を懸けても惜しくないと思えるほど、お前のことを愛しく思う」

「……本当に？」

私は震える手を頬に添えられたラジアス様の手に重ねる。ラジアス様は優しく微笑みながら頷いた。

「俺にハルカを守る権利をくれないか？　ハルカが楽しい時も嬉しい時も、辛い時も隣にいたい。いつだってハルカの一番近くにいるのが俺でありたいんだ」

「はいっ……はいっ」

ラジアス様の手をぎゅっと握り、溢れそうな涙を堪えながら必死に首を縦に振る。

「わた、私も、ラジアス様のことが好きです。ずっと一緒にいたいで……うぶっ」

言い切るよりも早く、私はラジアス様の腕の中に閉じ込められた。拳二つ分空いていた私たちの距離は、いつの間にかなくなっていた。

「～～～‼」

思いきり抱きしめられ、苦しくなって私はラジアス様の胸をパタパタと叩く。するとはっとしたように腕の拘束が緩んだ。

「ぶはっ……ちょっと、ラジアス様、力が強い」

「す、すまない。つい」

ラジアス様は慌てて離れると椅子に深く座り直し「はあ～」と息を吐いた。そして腕で口元を隠しながら横目で私を見た。その顔はいつもより赤みを帯びていた。

「ラジアス様？」

「……緊張していたんだ」

「緊張？　ラジアス様が？　こういうの慣れてるんじゃ」

ラジアス様は少しムッとして眉間に皺を寄せる。

「心外だな」

そう言って私の肩を抱き寄せ、私の左手を自分の胸に押し当てた。

「……すごい音」

「だろう？」

ラジアス様の心臓は私と同じくらい速く打っていた。

「自分から想いを告げたのは初めてだったからな。まさかここまで緊張するとは思ってもみなかった」

「初めて？　ラジアス様って今までも恋人いたことありますよね？　いろいろ噂を耳にしてますよ？」

「……変な噂じゃないだろうな。まあ、いたことは否定しないが、乞われた時にしか想いを口にしたことがない。……今思うと最低な男だな」

恋人はできるがいつのまにか別れている――私が耳にした話にはこの手の内容が多かった。せっかく恋人になれても、自分が聞いた時にしか気持ちを答えてくれない相手の側にいるのは辛いことだろう。

なんとも罪作りな男である。

「最低な男だったことは認める。だが、ハルカ、お前に対してだけは違う」

ラジアス様は真剣な顔でこちらを見る。

「他の誰にも渡したくないと思ったのはハルカだけだ。俺自身こんなに人に執着する人間だとは知らなかった。その耳飾りと首飾りも独占欲の塊みたいなものだ」

「これですか？」

「ああ。この国では基本的に宝飾品を異性に贈る場合は、相手が恋人だと決まっている。自分の色の石が使われた物を相手に贈ることで《自分の色に染まってほしい＝貴女は自分だけのもの》という意味を込めるんだ」

「自分だけのもの……」

私は自分の顔に熱が集まるのを感じた。赤くなる顔を見られるのが恥ずかしくて俯く私に「呆れたか？」とラジアス様は不安そうに言った。

「この髪飾りだって同じようなものだ。もっともこれを買った時には自分の気持ちに気づいていなかったが」

「妹みたいって言ってましたもんね。……でも私は、あの時にはもうラジアス様のことが好きでしたから。恋愛対象として見られていないってわかっていても嬉しかったんです」

「ハルカ……」

「あの、ラジアス様はいつから、その、私のこと」

気になる。やっぱり気になるよね。自分ばかりが好きだと思っていた相手がいつの間にか自分を好きになってくれていた。こんなに嬉しいことはない。

「自覚したのは初めて一緒にダンスを踊った時だな」

「え？」

髪飾りを買った後、意外とすぐだったことに驚いた。

「あの時、そのまま手を離したくないと思った。抱きしめてしまいたい衝動に駆られた。ハルカに名を呼んでもらえるだけで嬉しくなって、着飾った姿を他の誰かに見せたくないと思って。ハルカとダンスの練習をしていたルバートに嫉妬して……妹のようだと思っている存在に向ける感情にしては度を越していると自覚した。きっともっと前から惹《ひ》かれてはいたんだ」

「……その時言ってくれれば良かったのに」

「俺は案外臆病者だったようでな。自分から好きになったのは初めてだったから、正直どのタイミングで告げればいいのか迷っていた」

ラジアス様の言葉の中にあまりにも当たり前に私のことが好きだという言葉があって、それを聞くだけで嬉しさが込み上げる。

こんなに私が嬉しく感じているということを、自嘲気味に話すラジアス様はきっと気づいていないだろう。

「ハルカに嫌われていないというか、好意を持たれているような自覚はあったが、その好意の種類を計りかねていた。今まで向けられたことがある秋波《しゅうは》とは少し違うような気もして……ただ近くにいるから懐かれているのか、もし自分と違う感情だったら俺の想いを告げることによって今までの関係が崩れてしまうんじゃないかとか。まあ正直怖かった」

ラジアス様が自分と同じようなことを考えていたことに驚いた。関係が崩れるのを恐れて、一歩を踏み出せずにいたのは自分だけではなかったのだ。

「それだけじゃない。俺の行動が、せっかくハルカが作り上げた居場所に居辛さを感じさせてしまうんじゃないか、お前の安心できる場所を奪ってしまうんじゃないかと、そう思った」

「ラジアス様……」

日本で当たり前にあった幸せを突然失ったこと、新しい世界に馴染むために努力したこと、それらに悩み泣いたこと。その全てを知っているラジアス様だからこそ、私以上に私のことを考えてくれていたのだと感じ胸に熱いものが込み上げる。

「だがそんな時にあの事件が起きた。ハルカがいなくなり、万が一にもこのまま会えなくなってしまったらと思うと恐ろしかった。お前を失うようなこと以上に怖いことなどないと思った。ハルカと再び会ってこの腕に抱きしめた時、たとえこの気持ちが受け入れられなくとも、ハルカが生きてそこにいてくれるならそれでもいいとさえ思ったんだ。駄目ならすぱっと諦めて、笑って冗談にしてしまおう。本当の兄のような存在になって、ハルカの安心できる場所を守っていこうと覚悟を決めた。だから――」

ラジアス様の腕が伸び、そっと私を抱きしめる。

「今こうしていられることがとても嬉しい」

ラジアス様は私の肩口に顔を埋《うず》めると「幸せだ」と呟いた。くすぐったさを覚えながらも私も同じ気持ちを返す。

「私も幸せです」

「……実を言うとな、本当は夜会前に伝えるつもりだったんだ」

「なぜです?」

「ハルカのこんな姿を見て、他の男どもが惚れたりしたら困るだろ。堂々とハルカは俺のだと言う権利が欲しかった。もし振られたとしても害虫除《よ》けくらいにはなるしな」

「害虫……あはは、でもそれはいらない心配ですよ」

「いいや、ハルカはわかっていない。こんなに可愛いんだぞ。惚れないほうがおかしい」

（ひいっ……甘い。甘すぎる！　最屓目がすごい‼）

ラジアス様は顔を上げると頬を真っ赤に染め上げた私を覗き込む。

「……赤いな」

「ラ、ラジアス様が変なこと言うからです……」

「はは、可愛いな。……好きだよ、ハルカ」

そう言ったラジアス様の顔が目前まで迫ったかと思えば、そこで一旦止まった。

（え？　なに⁉　これどういう状況⁉　近い近い近い！　顔近い！　パニック！　パニーック！）

脳内大忙しだ。心臓はバクバクを通り越してドコドコ鳴っているし、顔どころかどこもかしこも熱があるんじゃないかってくらい熱い。それなのに目が離せない。

いっぱいいっぱいで目が回りそうな私の頬に手を添えて、ラジアス様の親指が私の唇をゆっくりさすった。ヤバイヤバイヤバイ。色気がヤバイ。

「……ここに、口づけをしてもいいか？」

「なっ……そ、そん、そんなこと、聞かないでください……」

目をぎゅっと瞑り絞り出すように答えると、ラジアス様がふっと笑ったような気がした。そして次の瞬間、私の唇に彼の唇が重なった。それはすぐに離れる軽いものだったけれど、キスはキス。

私にとってはファーストキスである。

（う、うわあぁぁぁ！　キス！　キスしちゃった！）

先ほどの比ではないくらい赤くなってはくはくと口を動かす。ラジアス様はそんな私の頬を両手で掬うように包み、親指の腹で頬をすりすりと撫で上げた。

そして再度口づけを落とし、「本当にかわいい……」と噛み締めるように呟き、照れて固まることしかできない私に向かって蕩《とろ》けるような極上の笑みを浮かべて言った。

「もう俺のハルカだ」

恥ずかしくて死ぬかもしれないと本気で思った。思ったけれど、今死んだら勿体なさすぎるのでまだまだ頑張って生きようと思う。


結局あの後、侍女さんが「そろそろお戻りください」と声をかけに来るまでずっと隣に座ってお喋りをしていた。

きつい抱擁《ほうよう》が解かれた後も、ラジアス様は私の肩を抱き寄せて離さず、合間合間で頬を撫でたり髪を弄《いじ》ったりと私でもわかるくらい愛情がだだ漏れだった。

私が思い切って頭をこてんとラジアス様の肩に預けてみれば、一瞬驚いた後それはそれは嬉しそうに頬を緩めた。

ラジアス様自身が輝いているのではと錯覚しそうなほどの極上スマイルに溶けそうになりながらも、この人にこんな顔をさせているのは自分なのだと思うと、より一層幸せな気分になった。

私たちを呼びに来てくれた侍女さんにお礼を言って会場に戻ろうとして呼び止められる。

「ハルカ様、こちらへ」

訳もわからず促されるままにもう一度長椅子に座ると、侍女さんにとてもいい笑顔で「少々お化粧を直しませんと」と唇を指して言われた。私の顔から火が出たのは言うまでもない。

休憩しにこの部屋に来た時と戻る時とではラジアス様のエスコートも少し変わっていた。私に向かい差し出されたのは手ではなく腕。

「これも恋人の特権だ」

そう言って嬉しそうに笑うラジアス様の腕に手を添わせ会場に戻った。会場に戻るとまた何人かの男性に話しかけられたが、先ほどまでだったら少し後ろに控えていたラジアス様が私の腰を引き寄せて「彼女も疲れているのでまたの機会に」と言って断りを入れた。

ラジアス様は私に向けるのとはまったく違う、柔らかいのにどこか寒さを覚える笑みを浮かべていた。

「いいんですか？」

「さっきまでは我慢していたんだ。それに早めに知らしめておかないと厄介だからな」

「……またそういうこと言う。私よりもラジアス様ですよ」

「ん？」

「ん？　じゃないです。さっきも女性に囲まれてたし……ちょっと、何にやにやしてるんですか」

私はじとっとラジアス様を睨む。

「いや、嫉妬されるのも嬉しいものだなと……っておい、静かに肘打ちするのやめろ」

「すみません。なんか無性に腹が立ったもので。私本気で心配してるんですけど」

「それこそいらぬ心配だろう」

「でも、やっぱりみんな綺麗ですし、私なんか普段はあんなだし」

私が少し拗ねたように言えば、ラジアス様は私の頬を撫でて困ったように笑った。

「……お前は自己評価が低すぎるな。それに俺はハルカの容姿だけで好きになったわけじゃない。今日のような格好もできれば他の男に見せたくない。ハルカが可愛いことは俺が知っていればそれでいい」

そう言ってこめかみにちゅっとキスをした。

「ひょわっ！」

変な声が出た。

（ふ、不意打ち〜〜っ！）

「それとも俺の気持ちがまだ信じられないか？」

「信じます！　疑ってませんからもう少しお手柔らかにお願いします！」

ラジアス様はくくっと笑いを噛み殺した。こうして本来の目的とは違った覚悟で臨んだ夜会は終わりを迎えたのだった。

エピローグ

――夜会から数日。私は今日も忙しく働いている。お披露目が済んだからと言ってやることは別段変わりはない。

「なあなあ。一回でいいんだって」

「セリアン様、しつこいですよ」

「だって気になるだろ。夜会の警備に当たったやつらがみんなしてお前が別人みたいだったたって言うんだぞ？　気になるだろ？」

いつも通りの生活に戻ってからというもの、この手の話をよく振られるようになった。特にセリアン様は第二部隊の中でも一番私のことを男のようだと思っているからか、私がどこから見ても女だったということが信じられないらしい。

まったくもって失礼な話である。その辺の石にでも躓《つまず》けばいい。

「馬鹿なこと言っていないでさっさと鍛錬に戻ってくださいよ」

「おい、逃げるなって」

相手にしていられないとセリアン様を振り切って歩き出す。諦め悪く追いかけて来ていたセリアン様が急に「ギャッ」と呻き声をあげた。

何事かと振り返れば、いつの間にかそこにいたラジアス様がセリアン様の頭を鷲掴《わしづか》みにしていた。

「セーリーアーンー。こんなところで何をしている？」

「ふ、副隊長……」

「ちょうどいいところに。ラジアス様からも言ってやってくださいよ。ドレス姿を一回見せろってしつこいんですよ」

そう訴えるとラジアス様の眼が怪しく光った。

「……ほう？」

「いたたたっ、痛いっす！　すみませんすみません！　謝るから放してください！」

ラジアス様が手を放すとセリアン様は涙目になっていた。

「副隊長、ひどいです」

「お前が悪い」

「ちょっと女装した姿見せてくれって言っただけじゃないですか。減るもんじゃないですし」

おい、ちょっと待て。女装ってなんだ。私は元から女だぞ。

「いいや、減る」

私がセリアン様の言葉にイラッとしているとラジアス様が大真面目に言った。

「大体お前みたいに単純なヤツが着飾ったハルカを見たら惚れかねん」

「いやいや、あり得ないですよ。ハルカですよ？」

「あはは、セリアン様ったらー……喧嘩売ってます？」

「う、売ってない！　わかった、俺が悪かった！　だからその笑顔で怒るのやめろ！　怖いんだって！」

「嫌だなあ、冗談ですって。こんなことで怒ったりしませんよ。セリアン様の発言が残念なのは今に始まったことじゃないですし、悪気がないのはわかってますから。それにセリアン様は恥ずかしがり屋ですもんねー。本当は私のこと大切な仲間だって思ってくれてるって知ってるから大丈夫です」

「は？　はあ⁉」

セリアン様が顔を赤くする。残念発言の多いセリアン様だが、彼は誰よりも仲間思いなのだ。私がアルベルグから帰って来た時も、真っ先に駆け寄ってきたのは実はセリアン様だったりする。

「いい加減にしろ」

言葉とともにラジアス様の拳骨《げんこつ》がセリアン様の頭に落ちた。セリアン様は頭を押さえてまたしても涙目だ。

「お前にハルカの可愛さが伝わらなくてもまったく構わないが、以前城下の食堂の娘におまけをしてもらっただけで『俺の運命』などと言い放ち惚れたヤツを信用などできるか」

「うわー……セリアン様、単純」

「う、うるせー！」

結局その恋は上手くいかなかったのだろうなと勝手に想像する。セリアン様はフィアラの見た目にも騙されていたようなので女を見る目が本当にないのだろう。

「ほら、わかったら馬鹿なこと言っていないでさっさと鍛錬に戻れ」

「うわ、ハルカとまったく同じこと言ってる……」

「なんだ？　そんなに暇なら鍛錬増やすぞ」

「いいえ！　結構です！　すぐ戻りますから！」

セリアン様はバタバタと戻って行った。

「王城に行く途中だったのか？」

「いえ、私は森に。ユーリと天竜に光珠をあげに行くところです。ラジアス様は王城ですか？」

「ああ、途中まで一緒に行こう」

ラジアス様と一緒に歩き出す。いくら恋人同士になったからといって、勤務中に過度なスキンシップをするような人ではない。それでも隣にいれることを嬉しく思う。

初めはラジアス様とお付き合いをしてご令嬢方から疎まれないかと心配していたが、まったく問題なかった。というのも、どこからどう見てもラジアス様が私にベタ惚れなのがわかるからららしい、というのはジェシーさんたちに聞いた話だ。

なんでも「あんな表情を見せられては邪魔する気にもなれませんわ」と、とあるご令嬢は言っていたそうだ。私の気持ちを知っていた人たちからは祝福され、こうして当たり前のようにラジアス様が隣にいてくれる。

「幸せだなあ」

「俺もだよ」

「……私今口に出してました？」

「ああ」

心の中で思っていたことが思わず声に出ていたようだ。しかも足まで止まっていた。ラジアス様はそんな私を見て笑った。

「どうした、急に」

「いえ、なんかそう思って」

私はこの世界に来てから今までのことを思い出す。

「この世界に来て、帰れないと知って、初めは絶望しかなかったんです。どうして自分がこんな目に遭わなければいけないのかって、そればかり思っていました。……正直言うと、今でもたまにそう思います。この先も元いた世界を忘れることはできないと思います」

私は自分の胸の内をつらつらと話し出す。

「でも。それでも、来たのがこの世界で良かった。ラジアス様やみんながいるこの世界に来れたのは不幸中の幸いでした。何も持っていなかった私が与えられた魔力は厄介なものだし、今後も迷惑をかけてしまうかもしれません。それでも私はこれからもずっとラジアス様の隣にいたい。ここで笑って生きていきたいんです」

急に語り出した私をラジアス様は何も言わずに見つめていた。私が「いきなり変なこと言ってすみません」と言うと、ラジアスはきょろきょろと周りを見て誰もいないのを確認すると、私の腕を引き抱きしめた。

「俺のほうこそお前が離れたいと言ってももう手放せそうにない。ハルカが月夜に故郷を思い出して泣いているのを知っていても、ハルカではない他の誰かがここにいることを想像もできない。この世界に家族も友人もいる俺には本当の意味でハルカの気持ちを理解することは難しいだろう」

すまないと謝るラジアス様に私は首を横に振る。

「だが、だからこそハルカには俺の前だけでもいいから本当の気持ちを言ってほしい。言っただろう？　どんな時でもハルカの隣にいるのが俺でありたいと。なかなか弱音が吐けないことも知っているが、俺がお前の全てを受け止めるから。どんな時でも俺がお前の傍にいる」

ああ、まずい。泣きそうだ。ラジアス様の背に回した手にぎゅっと力を込めると、彼もまた同じように私を強く抱きしめ返した。

「今度お前の世界の話を聞かせてくれ。ハルカを育ててくれた家族の話も。大切な人たちを忘れる必要なんてない」

堪え切れず涙が溢れる。ラジアス様の言葉がこんなにも心に響くのは、きっと本気で私のことを想ってくれているからなのだと思う。

私の全てを受け止めてくれる人、一緒にいるだけで心を支えてくれる人。こんな素敵な人はこの先現れることはないだろう。

「ラジアス様、大好きです」

私がそう言えば「俺もだ」と返してくれるこの人を、手放せないのは私のほうだろう。

「もっとこうしていたいが、残念ながら迎えが来たようだ」

心底残念そうに私を放したラジアス様の視線の先にはダントン先生とユーリ、それに天竜がいた。

『ハルカー！　遅いから迎えに来たぞ！』

「いやあ、邪魔するつもりはなかったんだが天竜様がハルカ嬢を迎えに行くと言ってね」

『遅い。ハルカのせいで私まで天竜に付き合わされるではないか。大体なぜ天竜は自分で歩かない』

「いや、私に言われても」

『ユーリに運んでもらうほうが楽だからに決まっているではないか』

『……貴様』

「まあ、まあ。天竜こっちにおいで」

『うむ！』

ぴょんと肩に跳び乗る天竜。天竜は毛玉の姿が楽らしく、アルベルグから戻ってきてからはずっとこの姿で生活している。

「では俺はこっちだから、また後でな」

「あ、はい」

「くれぐれも無理はするなよ。では魔導師長、私はこれで」

そう言ってラジアス様は私の頭をくしゃっと撫でていった。

「うーん、愛情と色気がだだ漏れだねえ」

「え？」

「いやいや、幸せそうで何よりだと思ってね」

「え⁉」

『ハルカが幸せだと我も嬉しいぞ！』

『最近のラズは会ってもお前の話しかしない。どうにかしろ』

「ええ⁉」

揶揄《からか》われながらみんなで歩いていく。先ほどまでとまた違った幸せを感じる。

この半年間で本当にいろいろなことがあった。今ある幸せが当たり前ではないと知った。自分一人では乗り越えられないことがたくさんあった。私はいろいろな人に助けられて今ここにいる。

守られるばかりじゃなく、自分も誰かの助けになれる人になりたい、今だからこそそう思うのだ。

この声が届くことはきっとないけれど、それでも日本にいる家族に私は幸せだと伝えたい。

有馬春歌、もうすぐ十九歳。ずっと幸せだと思えるように、これからも精一杯生きようと思います！

さあ、今日も元気に行ってきます！

おまけ　あなたと共に

ハルカ・アリマ、つい先日二十歳になりました。時が経つのはあっという間ということで。

今日はラジアス様に誘われて、少し離れた丘の上に広がる花畑にやって来ていた。

「うわぁ！　すごいですね！」

「ここまで敷き詰められていると圧巻だな」

今が見頃らしいが、植物園や公園でも見られるありふれた花らしい。だからこそわざわざこの丘までやって来る者は少ないらしく、穴場なんだとラジアス様は言った。

花畑を一望できる場所にシートを敷いて座り、持ってきた軽食を食べながらラジアス様との時間を楽しむ。

「それで、年の最後の月にはクリスマスっていうのがあって――」

私の話をラジアス様は笑顔で聞いている。

「一年の最後の日を大晦日《おおみそか》と言って、年が明けるとお正月です。家族みんなでおせち料理って言うお正月に食べる伝統的な料理を食べて――」

少し前からラジアス様に私が日本にいた時の話をするようになった。最初の頃は話をする度に、家族や友達、向こうでの生活を思い出し涙していた。

私には今ラジアス様やみんなが傍にいてくれて幸せなんだから、そう思っていても簡単に割り切れるものではなかった。

「あれ、おかしいな……すみません。泣くつもりじゃなかったんですけど」

「大丈夫だ、何もおかしなことなんかない」

私が言葉に詰まって泣く度に、ラジアス様がそっと抱きしめてくれた。

「悲しいのも、泣きたくなるのも当たり前のことだ。ハルカがニホンで大切にされていた証拠だ」

この世界でこんなにもよくしてもらっているみんなの前で、ぐちぐち泣いたりして困らせたくなかった。

それでもラジアス様は「せめて俺の前だけでも気持ちを抑え込むな。泣いていいんだ。元いた世界の人たちの代わりにはなれないが、それでもずっと俺はハルカの隣にいる」と何度も言ってくれた。

最近では、話していても泣かずに済むようになった。もちろん悲しくないわけではないし、寂しくないわけでもない。でも、今もし日本に戻れると言われたら私はきっと迷うのだと思う。

手放しに喜んで帰ることは選択できない。それほどまでにラジアス様に心を預けてしまったと自覚している。

「ラジアス様、私の話面白いですか？」

私は首を傾けて後ろにいるラジアス様を見る。座ったラジアス様の脚の間に私が座っている状態。よく漫画とかで見たカップルがやっている憧れの後ろからハグのあれである。

「ああ、聞いたことのないものを想像しながら聞くのも楽しい。何より、俺のまだ知らないハルカのことを聞けるのが嬉しいよ」

そう言ってラジアス様は振り返った私の頬にキスをした。当然のように赤く染まった私の顔を見て彼は笑った。

「はは、いつまで経っても慣れないものだな」

「な、慣れませんよ！」

付き合ってみてわかったのだが、ラジアス様は意外とスキンシップが多い。仕事中はそんなことはないのだが、その分プライベートな時間になると抱きしめられたり、今のように頬や頭にキスをされたりする。

（嬉しいけど！　嬉しいけども！）

異性とのこんな触れ合い経験のなかった私にはなかなか刺激が強い。顔を赤くしたまま前に向き直り俯く私をラジアス様は包み込むようにぎゅっと抱きしめ、無防備なうなじにまたキスを落とした。

「ひゃっ！」

予期せぬ場所へのキスに思わず肩が跳ねて変な声が出た。ラジアス様は私の肩に頭を埋《うず》めると小刻みに震えていた。笑いを堪えるようなくぐもった声が聞こえる。

「ラ、ラジアス様！」

「くく。いつまでも初心《うぶ》なハルカも可愛いが、この調子では結婚後が思いやられるな」

「……え？」

ラジアス様の言葉に一瞬私の思考が止まる。

「どうした？」

身体ごと向きを変えて振り返った私と顔を上げたラジアスの視線が交わる。

「ラジアス様、いま……」

「ん？」

「結婚って。ラジアス様、私と……結婚、してくれるんですか？」

ラジアス様の私に対する気持ちを疑っているわけではない。いつだって私が不安にならないようにこれ以上ないほどの愛情を示してくれる。

でも、私たちはまだ若いし、恋人になって一年くらいしか経っていないし、そんなところまで真剣に考えてくれているとは思っていなかった。

「……なんだ、ハルカは結婚してくれないのか？　俺は生半可な気持ちでハルカに想いを告げたわけじゃないぞ」

ラジアス様はごそごそと自身のポケットから小さな箱を取り出し「やっぱり用意しておいて良かったな」と言った。

「ハルカ」

ラジアス様はしっかりと私の目を見る。その目はいつになく真剣だった。

「ハルカ、愛している」

その言葉は私の心にすっと沁《し》み込んでいくようだった。

「もうお前のいない人生など考えられない。他の誰にもこんな気持ちを向けたことはない。ハルカだけだ。ハルカの強いところも、弱いところも……お前の全てを愛している」

私の答えなんて聞かなくてもわかっているはずだ。それでもラジアス様から出てくるのは懇願だった。じわじわと涙が溢れて目の前にいるラジアス様の顔がかすんで見える。

「これからの人生を俺とともに歩んでほしい。どうか俺の伴侶《はんりょ》に」

私は感極まって言葉に詰まり、何度も頷くことしかできなかった。

差し出された小箱の蓋をラジアス様が開けると、そこには想像通り指輪が入っていた。細かいデザインは涙が邪魔してわからないけれど、ラジアス様の気持ちがたくさん詰まっていることだけはわかった。

この世界に婚約指輪や結婚指輪という概念はない。お揃いの腕輪や耳飾りがその代わりになるのではというのを聞いたのが少し前のこと。

意味合いは同じでも世界によって贈る物は異なるのだなとラジアス様が言っていたのを覚えている。何かの話の途中で出た話題だったから、このくらいの会話でサラッと終わったはずだ。

それを覚えていてくれた。それだけで嬉しかった。ラジアス様は私の左手の薬指に指輪をそっとはめた。

「すぐに結婚は難しいだろうからまずは婚約指輪だな。愛している……ハルカ、俺の唯一」

そう言って、掴んだままの左手をわずかに自分のほうに引き寄せ、はめたばかりの指輪に口づけを落とした。

私は引き寄せられた左手ごとラジアス様の胸に飛び込んだ。ラジアス様はそんな私をやすやすと受け止め抱きしめてくれる。

「うぅ……ぐす……」

泣きじゃくる私の頭と背中をあやすようにラジアス様の大きな手がさする。それだけでほっとして落ち着いてくるから不思議だ。

「だいぶ感情に素直になったなあ」

「……うう、ラジアス様のせいです。ラジアス様が甘やかすから……」

「ふふ、そうだな。……目が溶けてしまいそうだ」

ラジアス様の両手が頬を滑り顔にかかる髪をよけていく。涙でぐしゃぐしゃになった顔を見られまいと逸らそうとするが、骨ばった大きな手に阻まれて駄目だった。

瞼や目尻に軽いキスが何度も降ってくる。それが止まって目を開ければ、至近距離でラジアス様と目が合った。

「……ラジアス様、好きです」

「俺も好きだ。愛している」

愛しているという言葉は好きだと言うよりもハードルが高い気がする。でも、私も言いたかった。ラジアス様にちゃんと伝えたかった。

「私も、あ、あい、愛してます」

涙はまだ出てくるし、ぐしゃぐしゃなひどい顔だとわかってはいたけれど、どうしても伝えたくて。精一杯の笑顔でそう伝えれば、ラジアス様もまた泣きそうな笑顔になった。

「本当にお前は……何回惚れさせれば気が済むんだ。毎日ハルカが愛おしくて仕方がないよ」

ほんの少しの距離を埋めようとするラジアス様に、私はゆっくりと目を閉じる。間を置かずに私の唇にラジアス様のそれが重なった。

離れては逃がすまいとまた塞がれる唇に息も絶え絶えになった頃、ようやく解放されてそのまま強く抱きしめられた。

「ハルカ、ニホンにいる家族に自慢できるくらい幸せになろう」

「……っはい！」

ザアッ――――。

突如吹いた風が小さな花びらを舞い上げた。それはまるで二人のこれからを祝福しているようだった。


そして一年後――――私たちは今日結婚式を挙げる。

今日を迎えるまでにもいろいろあった。まずガンテルグ侯爵家に二人で報告に行ったら、ルシエラ様に大喜びされた。その場ですぐにでも商人を呼び付けてドレス選びを始めようとしたのでみんなで止めた。

この時初めてラジアス様の二人のお兄さんとその奥さんたちに会った。さすがというかなんというか、顔面偏差値がとてつもない人たちだった。ラジアス様級のイケメンとルシエラ様級の美女たち。目が潤う。

ただとても気さくな人たちで、緊張していたけれどみんなに好意的に受け入れてもらえたことでほっとしたのも事実だ。

そしてこれまた初めて知ったのだが、ラジアス様は結婚したらガンテルグ侯爵の持っている男爵位を譲り受けることが決まっていたらしく、ラジアス・ウィルフォード男爵となるらしかった。もう名前からかっこいいよね。

でもちょっと待て。そうしたら私は男爵夫人か!?　嘘でしょ!?　と思っていたら、陛下に結婚の報告をした時にさらに恐ろしいことになった。

「おおそうか！　ついに結婚か。めでたいな！　どれ、私からも何か結婚祝いを贈ろう」

驚くでしょ？　国王からの贈り物ってなんだと思うでしょ？　畏れ多すぎて顔が引き攣った。お気持ちだけでと辞退しようとしたら、その場にいた宰相のオットー公爵がそれはできないと言った。なんでも私はこれからも光珠の作成で国に貢献するだろうし、私自身がどう思おうと国にとって大切な人物には違いない。そんな存在の結婚に何もしないのは体裁が悪い、ということらしい。

「それでも断ると言うのなら、お前たちの挙式は国主催で執り行うがどちらが良い？」

とてもいい笑顔でそう言われた。あれは脅しだった。それが嫌なら大人しく受け取れとそういうことだった。ここまで言われたら断れないと、私とラジアス様は諦めて結婚祝いを頂戴することにした。

そうして贈られたものの一つがラジアス様の子爵という立場だった。元々はあの事件で私を助け出したことへの褒美があったらしいのだが、私の拉致に責任を感じていたラジアス様はそれを固辞。陛下はラジアス様が断れない機会を窺っていたようで、これを機に纏めて贈ってしまおうということらしかった。

男爵位を陞爵《しょうしゃく》してウィルフォード子爵に。つまり私は子爵夫人になるということだ。気が遠くなったよね。これからルシエラ様に教えてもらわなければいけないことがたくさんだと腹を括った。

そしてもらったものはもう一つ。なんと元スイーズ伯爵領が私たちに与えられたのだ。領地なしの子爵ならまだしも一気に領地持ちになってしまった。これにはさすがのラジアス様も固まっていた。

「陛下、さすがに身に余るご高配《こうはい》かと――」

「そしてこれを機に元スイーズ伯爵領の名をアリマ領と改める」

「……え？」

　私とラジアス様は目を見合わせた。

「どちらかというとこの名が本命だ。ハルカ嬢には物を与えるよりもこのほうが良いのではないかと思ってな。この二つを私からの贈り物とさせてもらう」

「陛下……ありがとうございます……！」

　もう今ではほとんど呼ばれることのなくなった私の苗字。ラジアス様と結婚したら、私の記憶の中にしか残らないはずだった名前。それを陛下は残してくれようというのだ。

　嬉しくないはずがない。感謝してもしきれない。

「本当に、ありがとうございます」

「良い良い。愛着のある名前であれば余計にこの国から出て行きたくなくなるだろう？　さあ、もう戻っていいぞ。詳しい話はオットーから聞け」

　そう言って部屋から追い出された。

「……陛下も、粋《いき》なことをされる。でも良かったな、ハルカ」

「はい！」

「しかし、予想外に大ごとになった」

　ラジアス様はずっと騎士団にいた。元々侯爵家の三男だから領地経営などの勉強はほとんどしていない。それがいきなりの領地持ち。無知ゆえに領民を困らせるようなことがあってはいけない。

「どうしたものか」

「それについて心配する必要はない」

そう言ったのはオットー公爵だ。そういえば詳しくは彼に聞くようにと陛下は言っていた。

「いくら陛下といえど、そこまで無謀なことはされん」

オットー公爵によれば、国預かりとなっていた元スイーズ伯爵領は今もディアス・ギスさんが管理しているらしい。お屋敷も元使用人たちにより綺麗に保たれているとのこと。そしてそれをそっくりそのまま私たちに与えるのだという。

つまり、領地の管理はこのままギスさんがしてくれるので焦らず覚えていけばいい。今まで通りの生活を続けていけるし、私もラジアス様もまだ騎士団にいられるということだ。至れり尽くせりとはまさにこのこと。陛下に改めて感謝した。

その後は関わりのある各方面に挨拶に行ったり、もちろん領地にも行った。あの一件ではギスさんのおかげで解決の糸口が見えたといっても過言ではないので、しっかりとお礼を言った。まあギスさんには恐縮されっぱなしだったのだけれど。

新しい領主が自分のような何もわからない者でいいのかと若干不安に思っていたラジアス様も温かく迎えられ、安心したようだった。そもそも騎士団は国民人気が高く、ラジアス様の心配は必要のないものだったのだが。

そんなこんなで目まぐるしい婚約期間はあっという間に過ぎ、今日という日を迎えたのだ。

「ハルカ、もうじき時間だが……」

ノックとともに控室に入ってきたラジアス様は私の姿をその目に捉えると動きを止めた。

「はい。準備万端です。どうですか？」

私は椅子から立ち上がり、その場でゆっくりと一回転してみせる。日本でお馴染みの純白のウェディングドレス。ウエストにはラジアス様の衣装に合わせた光沢のある濃紺のリボン。

この一年ですっかり伸びた髪も綺麗に結い上げてもらっている。自分で言うのもあれだが、人生一綺麗な自分が更新された。

ラジアス様は私の前に立つと両手を取りぎゅっと握った。

「……綺麗だ」

そう一言だけ言って、ラジアス様はその顔に私の大好きな柔らかい笑みを浮かべた。いろいろ言われるよりも、その一言に全てが詰まっているようで、私の心を満たしていく。

「ラジアス様も、今日もとても素敵です」

こんな素敵な人が私の旦那さんになるんだと思うと自然と頬が緩んだ。そして今まであったいろいろなことが目まぐるしく思い出される。

「ハルカ？」

「ラジアス様。式の前にちょっと聞いてもらってもいいですか？」

私はラジアス様が駄目だと言わないとわかっていながらそう聞いた。

「……ああ」

私はラジアス様に両手を取られたまま話しはじめた。

「私、今でも月に向かって家族に話すように話しかけていますよね。あれ、もうそろそろやめようと思うんです」

「ハルカ、それは……」

「ああ、違いますよ？　やめなきゃいけないとか、無理して、とかそういうのじゃないんです」

今までずっと、向こうでは私の扱いはどうなっているのだろうとか、家族はどうしているのかとか、とにかく繋がりを消したくないとそう思っていた。

いきなり今まで当たり前にあった全てから引き離されて、そうでもしないとあやふやな自分を保っていられなかった。でも今はそうじゃない。

「ラジアス様がいてくれて、みんながいてくれて、私はちゃんとこの世界に存在しているって思えるんです」

私が日本で有馬春歌というただの女子高生だったことも、私だけじゃなくてラジアス様も知ってくれている。なくなってしまうと思っていたアリマという名も、領地の名として残してもらった。

「こちらに来た当初は、日本にいる家族に私のことを忘れないでほしいと思っていました。でも今はその逆で、もし私のことを覚えているのならいっそ忘れてしまってほしいと思っています」

「なぜ、と聞いてもいいのだろうか？」

ラジアス様がそう思うのも無理はない。だって何度もラジアス様の前で泣いてきたのだ。でも本当に無理をして言っているわけではない。

もし私のことを覚えていたら、急にいなくなった私のことを今でも心配しているはずだ。何をしていても、きっと私を思い出し、心配し、苦しんでいると思う。私の家族はそういう人たちだ。だからこそ忘れてほしいと思う。そのほうがきっと幸せだと思うから。

「こんな風に思えたのは私が今幸せだからです。たとえに元の世界で私の存在がなくなってしまったとしても、私は覚えてる。自分が日本で生まれて大好きな家族がいたこと、この世界に来たことを。そしてそれをラジアス様も一緒に覚えてくれている。他の誰が忘れても、もうそれで大丈夫だと思えるんです」

ラジアス様は私をじっと見つめた後、一言「そうか」と言った。

「ハルカが決めたことならそれでいい。俺はそれを尊重する」

そう言ってラジアス様は笑った。だから私もつられて笑う。私をいつも安心させてくれる存在。私を一番理解してくれる人。そんな人の奥さんに私はなる。

式にはたくさんの人が来てくれた。騎士団のみんなはもちろんダントン先生にしっかり陛下までも来ていたのは驚きだった。あれでお忍びのつもりなのかというほどに目立っていたのには苦笑したが。

興味がないと言っていたユーリまでやって来て、場は一時騒然となった。けれど、私とユーリの関係なら当然かとあっさり受け入れられ、聖獣を見られて幸運だという雰囲気になった。もちろん天竜もユーリの毛に隠れて一緒にいた。

多くの人に祝福されて嬉しくて、私も何か返したいと思った。ラジアス様の耳元に口を寄せる。

「ラジアス様、ちょっと魔法使っていいですか？」

「構わないが、何する気だ？」

私はにっと笑って手を空に向け「光よ、瞬《また》け」と唱えた。すると上空からきらきらと瞬く光が降り注いだ。わっと歓声が聞こえ、拍手が起こる。

「見事なものだな」

「幸せのおすそ分けです。みんなのおかげで今があるから」

「そうだな。これからもその気持ちを忘れずにいよう」

私が笑って「はい！」と言うと、ラジアス様も笑顔で私の頬にキスをした。この幸せに包まれた日を私は一生忘れないだろう。


有馬春歌あらためハルカ・ウィルフォード、二十一歳。

大切なものがたくさんできた。初めは戸惑った自分の魔力も、今は誰かの役に立てるなら嬉しく思える。

この魔力のおかげで特別な役目を与えられて花形職などと言われているらしいが、たとえそうでなかったとしてもみんなの私への態度はそこまで変わらなかっただろうと今なら思える。

みんな心優しい大切な人たちだ。これから先も大切なものはどんどん増えていくだろう。その一つ一つを大事にして、今ある幸せに感謝して。


私はこれからもこの世界で生きていく。

ArianRose
アリアンローズ
アリアンローズ新シリーズ
大好評発売中!!
悪役令嬢に転生したメルディーナ。
悪役にならなければ死なないと思っていたが、同じく転生者のヒロインにより殺されそうになってしまう。
ピンチの中、黒い狼に救われて、なぜか隣国の王宮に。
しかし、そこにいたのは意外な人物で……!?
転生令嬢は乙女ゲームの
舞台装置として死ぬ…
わけにはいきません!
著:星見うさぎ　イラスト:花染なぎさ

王立騎士団の花形職

～転移先で授かったのは、聖獣に愛される規格外な魔力と供給スキルでした～　2

＊本作は「小説家になろう」（https://syosetu.com/）に掲載されていた作品を、大幅に加筆修正したものとなります。
＊この作品はフィクションです。実在の人物・団体・事件・地名・名称等とは一切関係ありません。

2023年6月20日　第一刷発行

著者 ……… 眼鏡ぐま

イラスト ……… 縞
発行者 ……… 辻 政英
発行所 ……… 株式会社フロンティアワークス
〒170-0013　東京都豊島区東池袋3-22-17
東池袋セントラルプレイス5F
営業　TEL 03-5957-1030　FAX 03-5957-1533
アリアンローズ公式サイト　https://arianrose.jp/
フォーマットデザイン ……… ウエダデザイン室
装丁デザイン ……… 鈴木 勉（BELL'S GRAPHICS）
印刷所 ……… シナノ書籍印刷株式会社